황금살인자

【명판관 디 공 시리즈】

로베르트 반 훌릭 │ 신혜연 옮김

나를 땅바닥에 웅크리게 만들고
온 신경을 팽팽하게 긴장시키는
따뜻하고 붉은 피의 냄새가……

황금 살인자

황금가지

THE CHINESE GOLD MURDERS:
A Judge Dee Detective Story
by Robert Hans van Gulik

Copyright © 1959 by Robert Hans van Gulik
Ten plates drawn by the author in Chinese style

Korean Translation Copyright © 2010 by Goldenbough

Korean edition is published by arrangement with
Thomas M. van Gulik, Amsterdam, The Netherlands.

이 책의 한국어판 저작권은 Thomas M. van Gulik과
독점 계약한 ㈜**황금가지**에 있습니다.

저작권법에 의해 한국 내에서 보호를 받는 저작물이므로
무단 전재와 무단 복제를 금합니다.

서문

『황금 살인자』는 디 공이 서른셋의 나이에 처음 지방 수령으로 임명되어 산둥성(山東省) 북부 해안에 위치한 항구도시 펑라이(蓬萊)로 부임한 시기를 배경으로 한 소설이다.*

당시는 당 고종(649~683)이 막 고구려 영토 대부분에 대한 종주권을 확립한 시기였다. '디 공' 소설 연대기에 따르면, 디 공이 펑라이에 도착한 것은 663년 여름이다. 그 전해 가을, 당이 고구려와 일본의 연합군을 크게 물리치고 고구려 정벌에 성공하면서

---

* 디 공은 665년 펑라이에서 한위안(漢源)으로, 이어 668년에 다시 강쑤성(江蘇省)의 푸양(阜陽)으로 전임된다. 670년에는 서부 국경에 위치한 난팡(南方)에 부임해 5년간 봉직한 후, 676년에 북부 끝단에 위치한 베이저우(北州)로 전임되어 지방 수령으로서는 마지막으로 세 가지 사건을 해결한다. 그리고 같은 해에 중앙 형부의 책임자로 임명된다.

고구려에서 전쟁 노예들을 끌고 들어오게 되는데, 그때 끌려와 선상 유곽에 팔린 고구려 노예 중 하나가 '유수'이며, 차오타이는 그 이태 전인 661년 100명의 부하를 거느리고 고구려 원정에 참전한 인물로 나온다.**

로베르트 반 훌릭

** 당이 두 차례에 걸쳐서 고구려를 침입한 기간은 645~647년이다. 또한 고구려가 멸망한 시기는 668년으로 저자가 제시한 연도와는 차이가 있다. — 옮긴이

【 차례 】

서문
5

등장인물
8

펑라이 전도
10

황금 살인자
13

이 책에 대하여
283

등장인물

주요 인물

디런지에 : 산둥반도(山東半島) 북부 해안에 위치한 펑라이(蓬萊)의 신임 수령. '디 공', '판관', '수령' 등의 호칭을 쓴다.

홍량 : 디 공의 심복이자 관아의 수형리. '홍 수형리'나 '수형리'라는 호칭을 쓴 다.

마중 : 디 공의 심복.

차오타이 : 디 공의 심복.

탕 : 펑라이 관아 수석 서기관.

"수령 살해 사건" 관련 인물

왕터화 : 펑라이 전임 수령, 서재에서 독살된 채로 발견된다.

유수 : 고구려 창녀.

이펜 : 부유한 조선업자.

포카이 : 이펜의 사업 관리인.

"신부 실종 사건" 관련 인물

쿠맹핀 : 부유한 조선업자.

쿠 부인 : 쿠맹핀의 신부, 결혼 전 성은 '차오'.

차오민 : 쿠 부인의 남동생.

차오호시엔 : 쿠 부인(차오 소저)의 아버지, 철학 박사.

김상 : 쿠맹핀의 사업 관리인.

"농가 살인 사건" 관련 인물

판충 : 펑라이 관아 일등 서기관.

우 : 판충의 하인.

페이추 : 판충의 소작농.

페이쑤냥 : 페이추의 딸.

아쾅 : 떠돌이 부랑자.

그 외의 인물

하이유에 : 백운사 주지.

후이펜 : 백운사 부주지.

츄하이 : 백운사 시주 분배승(僧).

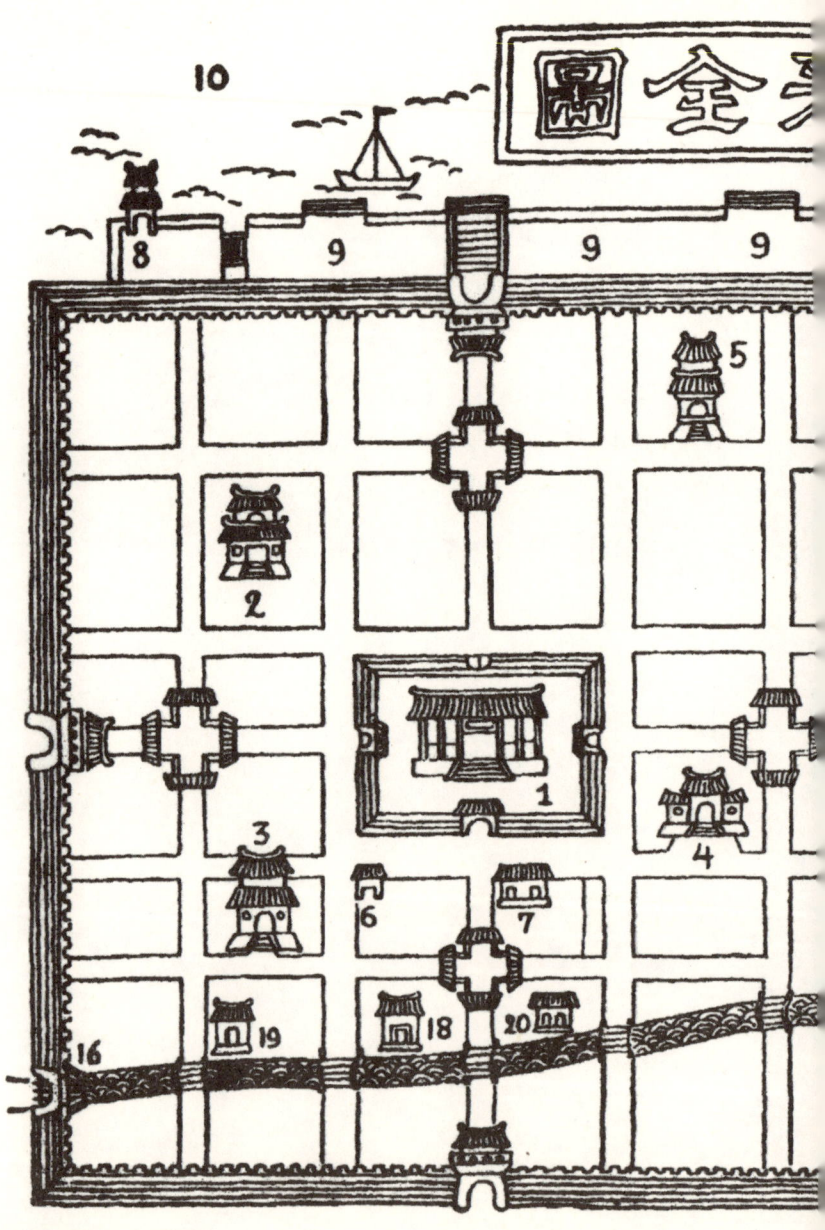

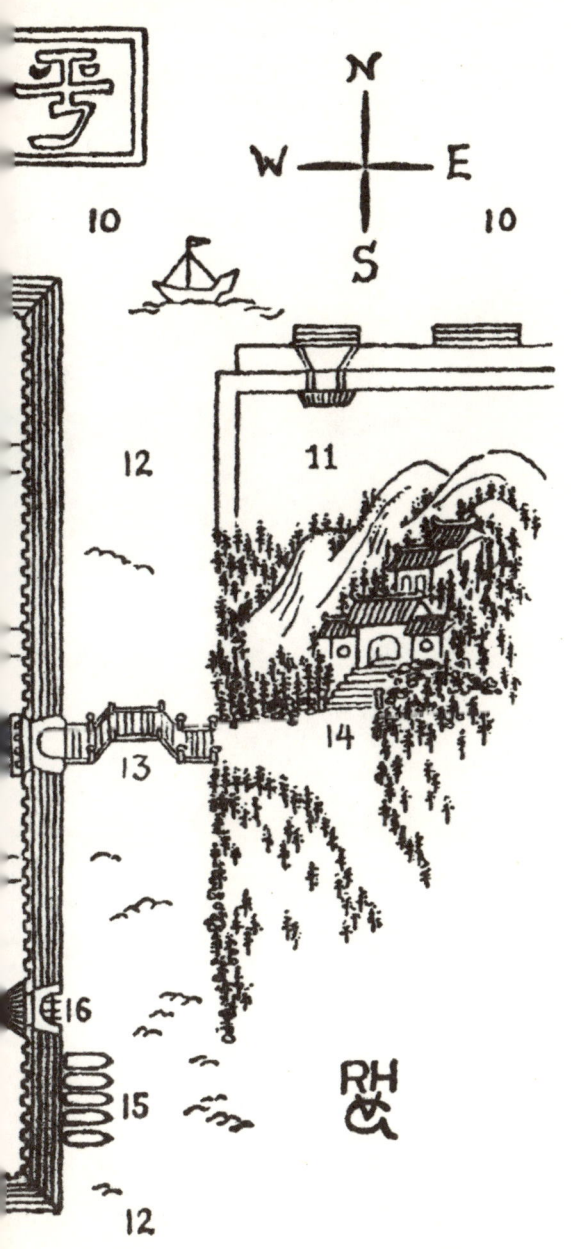

펑라이 전도

1. 관아
2. 공자 사당
3. 전쟁신을 모신 사당
4. 도시 수호신을 모신 사당
5. 고루(鼓樓)
6. 구화원(九花園)
7. 여관
8. 게 요리 전문 식당
9. 선창가
10. 강
11. 고구려 유민 정착 구역
12. 운하
13. 홍예교
14. 백운사
15. 선상 유곽
16. 수문
17. 차오 박사의 탑
18. 이펜의 집
19. 쿠멩핀의 집
20. 식당

황금살인자

죽마고우 셋이 교외의 한 식당에서 만나
석별의 정을 나누고,
디 공은 부임지로 가던 중 노상강도를 만난다.

이 세상 모든 것이 변하여도
만남과 이별만은 변함없어라,
기쁨과 슬픔이 밤낮처럼 교차하네.
관리는 바뀌어도 정의와 의리는 남는 법,
황도(皇道)는 영원히 변치 않으리.

세 남자가 희비각(喜悲閣) 맨 위층에 자리 잡고 앉아 수도 장안의 북문 밖을 가로지르는 큰 길을 내려다보며 조용히 잔을 기울이고 있었다. 소나무가 무성한 언덕 위에 자리한 이 오래된 3층짜리 식당은 언제부터인가 장안의 관리들이 먼 지방으로 전근 가는 동료들을 배웅하는 장소이자 임기를 마치고 돌아오는 동료를 환영하는 장소가 되었다. 현관에 새겨진 위 시에서도 알 수 있듯이, '희비(喜悲, 기쁨과 슬픔)'라는 식당 이름도 이러한 연유에서 비롯된 것이었다.

잔뜩 찌푸린 하늘에서 봄비가 추적추적 내렸다. 금세 그칠 것 같지 않은 비였다. 언덕 저편 공동묘지에서는 인부 두 사람이 비를 피하느라 늙은 소나무 아래 잔뜩 몸을 웅크리고 앉아 있었다.

세 사람은 간소한 음식으로 점심 식사를 마쳤다. 헤어져야 할 시간이 점점 가까워 오고 있었다. 힘겨운 이별의 순간이면 언제나 그렇듯, 정작 할 말은 못하고 괜한 소리만 늘어놓고 있는 세 사람은 모두 서른 살 전후로 보였다. 둘은 초급 비서관들이 쓰는 비단 관모를, 배웅을 받는 나머지 한 사람은 지방 수령이 쓰는 검은색 관모를 쓰고 있었다.

량 비서관이 탁 하고 잔을 내려놓으며 화난 목소리로 젊은 수령을 향해 말했다.

"도대체 왜 그런 쓸데없는 짓을 하려는지 이해할 수 없군! 자네라면 장안 최고 재판소 초급 비서관 자리 정도는 얼마든지 구할 수 있지 않은가! 그러면 여기 이 자리에 있는 허우와도 함께 일할 수 있고, 그러면 계속 즐겁게 어울려 지낼 수 있을 텐데, 왜 굳이……."

지금껏 초조한 낯빛으로 칠흑같이 검고 긴 턱수염만 쓰다듬고 있던 디 공이 량의 말을 중간에 끊으며 날카롭게 받아쳤다.

"또 그 소리! 나는……."

디 공은 화를 내려다 말고 미안한 마음이 들었는지 멋쩍은 표정을 지으며 목소리를 누그러뜨렸다.

"문서로만 범죄 사건을 조사하는 데에는 진력이 났단 말일세!"

그러자 량 비서관이 말했다.

"그렇다고 장안을 떠날 필요까지야 없지 않은가? 흥미진진한 사건은 여기도 차고 넘치네. '왕위안터'라는 재무성 비서관이 자기 사무관을 살해하고 금괴 서른 개를 훔쳐 도망간 사건만 해도 그래. 허우의 친척 아저씨뻘인 허우쾅 재무성 최고 비서관까지 나서서 뭐 새로 밝혀진 사실은 없는지 허구한 날 재판소 문턱이 닳도록 들락거릴 정도라고. 허우, 내 말이 맞나 틀리나?"

최고 재판소 비서관 관모를 쓴 허우라는 남자가 불안한 표정으로 잠시 망설이다가 입을 열었다.

"그 불한당 같은 놈이 어디에 숨었는지 아직 단서도 찾지 못했다네. 디, 구미가 당기지 않나?"

디 공이 시큰둥한 말투로 대답했다.

"자네도 알다시피 그 사건은 재판소장 본인이 직접 처리하는 중이지 않은가. 자네나 나니 지금까지 구경해 본 것이라고는 매일 그게 그거인 문서들, 그나마도 필사본이 전부가 아닌가! 종이쪼가리라면 이제 지긋지긋하네!"

말을 마친 디 공이 술병을 기울여 잔을 채웠다. 모두 말이 없었다. 잠시 후 량 사무관이 입을 열었다.

"적어도 펑라이(蓬萊)보다는 나은 곳을 고를 수도 있었지 않은가. 왜 하필이면 그 멀고 먼 연안 지역, 그것도 안개 자욱하고 비도 많아 음침하기 그지없는 그런 곳이냔 말일세! 예전부터 무시무시한 이야기가 떠도는 곳이라는 걸 정녕 모르는가! 폭풍우 치는 밤이면 죽은 자들이 무덤에서 걸어 나오고, 바다에서 밀려오는 안개 너머로 이상한 형체가 어른거린다는 소문이 파다하네.

숲에는 아직도 호랑이 귀신에 사로잡힌 자들이 숨어 산다더군. 게다가 전임자는 피살되기까지 했어! 가라고 떠밀어도 마다할 자리에 자진해서 가겠다니, 자네 정말 제정신인가!"

이 말을 들은 디 공은 여태 듣는 둥 마는 둥 하던 태도에서 돌변해 열띤 어조로 대답했다.

"생각해 보게! 수수께끼 같은 살인 사건이 일어났는데 막 부임한 신임 수령이 해결한다…… 이 얼마나 멋진 일인가! 먼지 냄새 풀풀 나는 문서나 해독하는 일에서 벗어날 절호의 기회가 아니겠나! 무엇보다 사람, 진짜 살아 있는 사람을 다루게 되는 거라고!"

허우 비서관이 냉정하게 말했다.

"아니, 자네는 죽은 자들을 다루게 될걸! 펑라이에 파견된 조사관의 보고에 따르면 단서는커녕 범행 동기조차 밝혀내지 못했다더군. 이미 말했지만, 문서국에 보관 중이던 관련 기록 일부도 귀신같이 사라졌고 말이야."

량 사무관이 재빨리 말을 받았다.

"그게 무슨 뜻이겠는가? 설마 모른다고는 안 하겠지! 그 피살 사건과 관련된 무리들이 이곳 장안에까지 손을 뻗쳤다는 말일세. 왜 벌집을 들쑤시려고 그러는가? 고위 관료들의 진흙탕 싸움에 휘말리고 싶은 겐가! 모든 문과 시험을 우수한 성적으로 통과해 창창한 앞날이 보장된 자네가 왜 자진해서 펑라이 같은 촌구석에 처박히겠다고 그러는지 도무지 이해할 수가 없군!"

옆에 있던 허우도 간곡하게 말했다.

"이보게, 디. 다시 생각해 보게. 아직 늦지 않았네. 몸이 좋지 않다고 하고 열흘 정도 병가를 내 보면 어떻겠나? 어영부영 시간을 끌다 보면 다른 사람이 발령 날 수도 있는 일 아닌가? 디, 제발 내 말 듣게. 친구로서 하는 말이야!"

친구의 눈빛에서 간절함을 읽은 디 공은 깊은 감명을 받았다. 허우와 알고 지낸 지는 고작 1년밖에 되지 않았지만, 그의 명석한 두뇌와 비범한 능력만큼은 높이 살 만하다고 생각하고 있던 터였다. 디 공은 잔을 비운 후 자리에서 일어났다. 그리고 온화한 미소를 지으며 말했다.

"친구로서 이렇게들 염려해 주다니 정말 고맙네. 전적으로 자네들 말이 옳아. 장안에 남는 편이 출세에는 더 유리하겠지. 하지만 이번 일은 꼭 해야겠다는 생각이 드네. 량이 말한 그 문과 시험은 나한테는 그냥 치러야 할 과정이었을 뿐, 큰 가치를 두고 싶지는 않네. 문서국에서 문서에 파묻혀 보낸 세월도 마찬가지고. 이제는 나 자신이 정말 황제 폐하와 백성들에게 도움이 되는 일을 할 수 있는 사람인지 시험해 보고 싶어. 펑라이 수령식이야말로 내 진짜 경력의 출발점이 되는 셈이라고!"

"아니, 끝이 될 지도 모르지."

허우 비서관이 작은 목소리로 중얼거리며 자리에서 일어나 창가로 갔다. 소나무 아래에서 잠깐 비를 피했던 인부들이 다시 무덤을 파고 있었다. 그 모습을 보던 허우의 안색이 갑자기 창백해졌다. 그는 급히 인부들에게서 눈을 돌려 친구들 쪽을 바라보며 갈라진 목소리로 말했다.

"비가 그쳤군."

"그럼, 이제 그만 가 봐야겠네!"

디 공이 큰 소리로 말했다.

세 친구의 작별

세 남자는 좁다란 나선형 계단을 함께 걸어 내려왔다.

안마당에는 한 노인이 말 두 필을 끌고 와 기다리고 있었다. 식당 종업원이 이별주를 한 잔씩 돌렸다. 세 남자는 단숨에 잔을 비웠다. 작별 인사와 격려, 이런저런 말들이 어지럽게 오갔다. 디 공이 날렵한 동작으로 말안장에 오르자, 수염이 희끗희끗한 노인도 뒤따라 말에 올라탔다. 디 공은 채찍을 흔들어 작별을 고한 후, 대로를 향해 난 길을 따라 노인과 함께 떠났다.

그 뒷모습을 바라보던 허우가 걱정스러운 표정으로 량 비서관에게 말했다.

"디한테는 차마 말 못했네만, 펑라이에서 온 사내한테서 오늘 아침 이상한 소문을 전해 들었네. 관아에서 피살된 수령의 망령을 본 사람들이 있다더군."

그로부터 이틀 후 정오가 다 된 시각, 부하와 함께 산둥(山東)성 경계에 다다른 디 공은 수비군 초소에서 점심 식사를 한 후 말을 갈아타고 동쪽으로 난 대로를 따라 펑라이로 향했다. 길은 숲이 울창한 산간벽지를 관통하고 있었다.

디 공은 수수한 갈색 여행복 차림이었다. 관복과 몇 가지 개인 물품은 말안장 양쪽에 걸린 커다란 자루에 넣어 두었다. 두 아내와 아이들은 자신이 펑라이에 정착한 후에 부르기로 했기 때문에 짐이 간소했다. 다른 짐들은 나중에 식솔들이 올 때 하인들이 뚜껑 덮인 짐수레에 싣고 오면 되었다. 보좌관 홍량은 디 공이 가장 아끼는 두 가지 물건인, 집안 대대로 내려오는 가보인 우룽도(雨龍刀)와 재판 기록과 범죄 수사에 관한 오래된 권위서 한 권을 맡아 가지고 가는 중이었다. 제국의 고문관을 지냈던 디 공의 부친께서 생전에 절제된 필체로 여백마다 일일이 주석을 달아놓은 책이었다.

홍량은 타이위안(太原)이 본거지인 디 가문에서 오랜 세월을 일해 온 가신이었다. 이 충직한 늙은 신하는 디 공이 아주 어렸을 때부터 옆에서 돌보았으며, 나중에 디 공이 수도 장안으로 와 가정을 꾸릴 때도 곁을 지켰다. 홍량은 집안의 일을 감독하는 일 뿐만 아니라 디 공의 심복 비서의 역할도 충실히 해냈기 때문에 큰 도움이 되었다. 지금 디 공의 첫 부임지인 펑라이에도 굳이 같이 가겠다고 고집을 부리는 바람에 함께 가는 길이었다.

안장 위에 앉아 있던 디 공이 말의 속도를 줄이더니 뒤를 돌아보며 말했다.

"이보게 홍, 날씨가 이렇게만 계속된다면 오늘밤이면 옌저우(兗州) 수비대 주둔지에 도착할 수 있을 것 같네. 거기에서 내일 아침 일찍 출발하면 오후쯤에는 펑라이에 도착하겠지."

홍이 고개를 끄덕이고는 말했다.

"그럼 옌저우 수비 대장에게 일러 펑라이 관아에 긴급 전령을 보내 수령님이 곧 도착한다고 알릴 수도 있을 테고, 또······."

"홍, 그런 지시는 하지 않겠네!"

디 공이 갑자기 홍의 말을 끊고는 말했다.

"전임 수령이 살해된 후 임시로 관아를 책임지고 있는 수석 서기관이 내 부임 사실을 알고 있으니 그걸로 충분해! 나는 오히려 불시에 도착하고 싶네. 아까 수비 대장이 호위병을 붙여 주겠다는 제안을 거절한 이유도 그래서야."

홍이 아무런 대답을 않자 디 공이 말을 이었다.

"전임 수령 살해 사건 자료를 꼼꼼하게 들여다보았네만, 자네도 알다시피 가장 중요한 자료가 없어. 수령의 서재에서 발견된 개인 문서 말일세. 조사관이 장안으로 돌아올 때 가져오긴 했다는데, 그걸 도난당하다니!"

홍이 염려스러운 듯 물었다.

"왜 조사관은 평라이에 사흘밖에 머물지 않았을까요? 어쨌거나 한 지방의 수령이 살해된 것은 아주 큰 사건임에 분명한데 말입니다. 더 많은 시간을 할애했어야 하거니와, 최소한 범행 동기나 살해 방법에 대한 가설이라도 세워 놓은 다음에 떠나왔어야 하지 않습니까?"

디 공이 고개를 주억거렸다.

"그것도 그렇고 이상한 점이 한둘이 아니야! 조사관이 보고한 내용이라고는 왕 수령이 서재에서 독살된 채 발견되었다는 점, 그 독의 성분이 뱀나무 뿌리를 갈아 만든 것으로 확인되었다는 점, 그 독이 어떻게 사용되었는지는 밝혀지지 않았다는 점, 그리고 범인이나 범행 동기에 대해 아무런 단서를 발견하지 못했다는 점이 다라네!"

잠시 후, 디 공이 다시 말을 이었다.

"임명장을 받자마자 그 조사관을 만나러 재판소로 갔더랬네. 하지만 그는 이미 새로운 임무를 받고 저 먼 남쪽 지방으로 떠나고 없더군. 비서관이 서류를 주긴 했는데, 그것으로는 불충분했어. 비서관 말로는 조사관이 그 사건에 대해서는 한마디도 꺼내지 않았다더군. 기록도 남기지 않았고 어떻게 하라는 지시도 내

황금 살인자 23

리지 않았다는 거야. 홍, 우리는 원점에서 시작해야 한다네!"
 희끗희끗한 수염의 홍은 대답하지 않았다. 그는 왜 주인이 이 사건에 이토록 열의를 보이는지 이해할 수 없었다. 두 사람은 말없이 계속해서 길을 갔다. 한참을 왔는데도 마주치는 사람 하나 없었다. 주위가 황량했다. 길 양 옆에는 높다란 나무와 덤불숲이 무성하게 우거져 있었다.
 막 모퉁이를 돌아서는데, 갑자기 좁은 샛길에서 말 탄 남자 둘이 튀어나왔다. 사내들은 누더기를 걸치고서 때에 전 푸른색 형겊으로 머리를 질끈 묶고 있었다. 하나가 활을 겨누고 있는 동안 나머지 하나가 칼을 빼 들고 디 공과 홍에게 다가왔다.
 "어이, 관리 양반! 그만 말에서 내리시지! 당신 말하고 저 늙은이가 타고 있는 말을 통행료로 접수해야겠어!"

**격렬한 칼싸움이 무승부로 끝나고,
네 사람은 옌저우에 있는 한 여관에서
함께 술을 마신다.**

홍은 주인에게 칼을 전해 주려고 말 위에서 급히 몸을 돌렸다. 그때 화살 하나가 휙 소리를 내며 머리를 스쳤다. 활을 쏜 사내가 소리쳤다.

"어이, 늙은이! 당장 그 장난감 내려놔! 목구멍에 화살 처박히는 꼴 당하고 싶지 않으면!"

디 공은 재빨리 상황을 파악했다. 분한 마음에 입술을 깨물었지만 어쩔 수 없었다. 잠깐 방심한 새에 기습을 당하고 만 것이다. 호위병을 붙여 주겠다는 제안을 거절한 자신이 저주스러웠다. 칼을 든 사내가 거칠게 내뱉었다.

"빨리 빨리 움직여! 그래도 우리같이 정직한 강도를 만났으니까 목숨이라도 붙어 있는 줄이나 알아!"

"정직한 강도라고! 무방비 상태의 여행객이나 등쳐 먹는 주제에 우습군! 활잡이까지 대동한 꼴이라니! 그래봤자 노상강도지!"
말에서 내려오던 디 공이 콧방귀를 뀌며 말했다.
사내가 눈 깜짝할 새에 말에서 뛰어내리더니 디 공 앞에 서서 칼을 겨누었다. 디 공보다 손가락 마디 하나 정도 큰 키에, 어깨가 떡 벌어지고 목이 두꺼운 것으로 보아 기운이 엄청 셀 것 같았다. 그는 턱살이 늘어진 얼굴을 디 공에게 들이밀며 거칠게 내뱉었다.
"같잖은 벼슬아치 주제에 감히 나를 모욕하다니!"
"칼을 이리 주게!"
디 공이 누르락붉으락한 얼굴로 홍에게 지시했다.
활을 겨누고 있던 사내가 잿빛 수염의 홍 앞으로 급히 말을 몰며 위협조로 디 공에게 소리쳤다.
"입 닥치고 시키는 대로나 해!"
"그저 그런 노상강도가 아니라는 걸 증명해 보시지! 검을 줘. 이 녀석부터 해치워 주지. 다음은 네놈 차례다!"
칼을 들고 있던 덩치 큰 사내가 갑자기 웃음을 터트렸다. 그러더니 겨누고 있던 칼을 내리고 다른 사내에게 소리쳤다.
"어디, 이 수염쟁이랑 한 판 놀아 볼까! 어이, 이자한테 칼을 가져다 줘. 샌님께서 칼 맛을 봐야 정신을 좀 차리시려나 보다!"
활을 든 사내는 디 공을 찬찬히 훑어보더니 날카로운 어조로 말했다.
"장난할 시간 없어! 말이나 챙겨서 어서 여길 뜨자고!"
디 공이 비아냥거리며 말했다.
"역시 내 생각대로군. 입만 살아 있는 소인배들 같으니!"
덩치 큰 사내가 사납게 욕지거리를 내뱉더니 홍한테로 다가갔다. 그리고 홍이 갖고 있던 칼을 낚아채 디 공에게 던졌다. 디 공은 칼을 받아들고 재빨리 여행복을 벗어던졌다. 그리고 긴 수염을 두 갈래로 나눠 목 뒤로 넘긴 다음 양 끝을 묶었다. 그리고 칼을 뽑아들며 강도에게 소리쳤다.

"무슨 일이 있어도 저 노인은 무사히 풀어주겠다고 약속해!"

사내가 고개를 끄덕였다. 그러고는 곧장 디 공의 가슴팍을 노리고 덤벼들었다. 디 공은 가볍게 피하며 재빨리 일격을 날릴 자세를 취했다. 사내가 가쁜 숨을 몰아쉬며 뒤로 물러섰다. 사내의 공격이 훨씬 조심스러워지면서 싸움이 본격적으로 시작되었다. 홍과 활을 든 사내는 그 둘을 지켜보고 있었다. 몇 번 치고받는 동안, 디 공은 사내가 실전에서 잔뼈가 굵은 싸움꾼임을 분명히 알 수 있었다. 칼놀림이 정식으로 배운 것만큼 정교하지는 않았지만 얕잡아 보기 힘들 정도로 기운이 셌으며, 디 공을 계속해서 울퉁불퉁한 길가로 유인하는 것으로 보아 전술가로서의 영리함도 엿보였다. 덕분에 디 공은 발놀림에 신경을 곤두세워야 했다. 지금껏 도장 밖에서는 한 번도 실제 대전을 치러 본 적이 없던 디 공은 이 싸움을 처음부터 철저히 즐기고 있었다. 조금만 더 있으면 상대를 쓰러뜨릴 기회를 잡을 수 있을 것 같았다. 그러나 사내의 평범한 칼은 우룡도의 단련된 칼날을 오래 버텨내기에는 역부족이었다. 날카롭게 파고드는 일격을 받아치는가 싶더니 갑자기 칼날이 두 동강 나버렸다.

사내가 손에 남은 칼자루를 어이없다는 표정으로 바라보고 있는 동안, 디 공이 남은 사내를 바라보며 소리쳤다.

"이번엔 네놈 차례다!"

노상에서의 칼싸움

사내가 말에서 뛰어내리더니 승마용 윗옷을 벗고 옷자락을 허리끈 밑으로 쑤셔 넣었다. 그는 디 공의 검술이 일류 수준임을 이미 간파하고 있었다. 공격을 몇 번 주고받으면서 디 공 역시 상대가 만만치 않음을 깨달았다. 정식으로 배운 것 같은 칼놀림에, 좀처럼 빈틈을 보이지 않았다. 디 공은 전율이 밀려옴을 느꼈다. 바로 전 싸움에서 몸을 푼 터라 지금 몸 상태는 최고였다. 우룡도가 마치 몸의 일부처럼 느껴질 정도였다. 디 공은 예리한 공격과 거짓 공격을 교묘히 섞어가며 상대를 맹렬히 공격했다. 상대가 옆으로 한 걸음 비켜섰다. 덩치에 비해 놀랍도록 가벼운 몸놀림이었다. 그러더니 연속해서 빠르게 칼을 내리치며 반격해왔다. 디 공은 우룡도로 허공을 가르며 이를 모두 막아낸 후, 칼을 앞쪽으로 길게 내뻗었다. 칼날이 사내의 목을 아슬아슬하게 스치고 지나갔다. 그러나 사내는 주춤하지 않고 재빨리 공격하는 체하며 자세를 가다듬었다.

그때 갑자기 무기들이 시끄럽게 절그렁거리는 소리가 들려왔다. 순식간에 20여 명 정도의 기병들이 길 모퉁이에서 나타나 네 사람을 둘러쌌다. 이들은 석궁과 검, 창으로 중무장하고 있었다.

"웬 놈들이냐!"

대장으로 보이는 사내가 소리쳤다. 짧은 쇠사슬 갑옷과 뾰족하게 올라온 투구로 보아 기마 헌병대 대장임이 분명했다.

한창 즐기고 있던 와중에 방해를 받아 화가 난 디 공이 퉁명스럽게 대답했다.

"내 이름은 디런지에, 펑라이 신임 수령이다. 부임 명령을 받고 가는 길이다. 이 세 사람은 모두 내 부하들이고! 오랫동안 말을 타고 오다 보니 다리가 뻣뻣하기에 몸이나 풀까 하고 대련하던 중이다."
대장은 아무래도 수상쩍다는 눈빛으로 무뚝뚝하게 내뱉었다.
"그렇다면 증명서를 내놔 보시오!"
디 공은 장화에서 봉투 하나를 꺼내 대장에게 건넸다. 대장은 재빨리 봉투 안의 서류를 훑어보았다. 그리고 곧 디 공에게 돌려주고는 경례하며 공손하게 말했다.
"귀찮게 해드려 죄송합니다! 근방에 노상강도가 날뛴다는 보고가 들어와 순찰하던 중에 본의 아니게 실례를 범했습니다. 그럼 남은 여행 잘 하십시오!"
대장은 큰 소리로 호령한 후, 부하들을 이끌고 서둘러 자리를 떠났다.
헌병대가 시야에서 사라지자 디 공이 다시 칼을 들었다.
"자, 다시 시작하지!"
디 공은 이렇게 말하며 상대의 가슴을 향해 칼날을 깊숙이 찔러 넣었다. 사내는 디 공의 공격을 받아친 후 칼을 거두어 칼집에 꽂았다.
"가던 길이나 계속 가시오, 수령! 이 나라에 아직 당신 같은 관리가 있다니 다행이오!"
사내가 퉁명스럽게 말하고는 다른 사내에게 신호를 보냈다. 둘은 말에 올라탔다. 디 공은 홍에게 칼을 건넨 뒤 외투를 다시 입으며 무뚝뚝하게 말했다.
"소인배라고 했던 말은 취소하겠다! 그렇지만 계속 이런 식으로 살다가는 다른 도둑놈들처럼 교수형을 당하고 말 거야! 맺힌 원한이 무엇이든, 그만 잊도록 해! 북쪽에서 오랑캐들과 치열한 전투가 벌어지고 있다는 소식이 들리더군. 군에는 자네들 같은 사람이 필요해."

활을 맨 사내가 디 공을 흘긋 바라보더니 차분한 어투로 말했다.

"나도 충고 하나 드리겠소, 수령! 칼을 늘 몸에 지니시오. 언제 또 기습을 당할지 모르니!"

사내는 말머리를 돌리더니 동료와 함께 나무 사이로 사라졌다.

디 공은 홍에게서 칼을 받아 등에 졌다. 그걸 보면서 홍이 만족스러운 듯이 말했다.

"나리한테서 한 수 제대로 배웠을 겁니다. 만약 도적질을 시작하지 않았다면 어떻게 살고 있을까요?"

디 공이 대답했다.

"저런 사람들은 대개 원한 때문에 무법자의 길을 택하고는 하지. 실제 원한이든, 그냥 상상 속의 원한이든 말이야. 하지만 관리와 부자들의 재산만 터는 것이 저들의 법이야. 종종 곤경에 처한 사람들을 돕기도 한다더군. 용맹함과 기사도 정신으로도 유명하지. 스스로 '녹림회'라 칭한다네. 자, 홍, 한바탕 신나게 싸워 기분은 좋다만 시간을 많이 허비했으니 그만 서둘러 가세."

해질 무렵에야 옌저우에 도착한 디 공과 홍은 성문을 지키고 있던 경비병들의 안내를 받아 중심지에 위치한 커다란 관리 전용 숙소로 발길을 옮겼다. 디 공은 2층에 방을 하나 잡은 후 종업원을 시켜 푸짐하게 음식을 차려 내오도록 했다. 오랜 여행 끝이라 몹시 시장했다.

식사를 마친 후, 홍이 주인의 찻잔에 뜨거운 차를 따랐다. 디 공은 창가에 앉아 숙소 밖을 내려다보았다. 기병과 보병들이 바삐 오가고 있었다. 철모와 흉갑이 횃불에 번쩍였다.

그때 누군가가 문을 두드리는 소리가 들렸다. 디 공이 뒤를 돌아보니 키 큰 두 사내가 방 안으로 들어오고 있었다.

"천지가 개벽할 일이군! 녹림 호걸이 둘이나 여길 찾아오다니!"

디 공이 깜짝 놀라며 소리쳤다.

두 사내가 어색하게 머리를 숙여 인사했다. 누덕누덕 기운 웃옷은 여전했지만, 지금은 사냥꾼들이 쓰는 모자를 쓰고 있었다. 디 공에게 먼저 공격을 가했던 건장한 사내가 입을 열었다.

"나리, 아까 거기 산길에서 수비대장에게 우리가 나리의 부하라고 하셨던 말씀을 이 친구와 곰곰이 생각해 보았는데 말입니다. 저희는 나리를 거짓말쟁이로 만들지 말자는 데에 의견을 모았습니다. 수령이라는 높은 직책에 있는 사람이 그러면 안 되는 거니까요. 받아만 주신다면 충심을 다해 받들어 모시겠습니다."

디 공이 이맛살을 찌푸렸다. 나머지 사내가 허둥지둥 말을 이었다.

"법정에서 하는 일에 대해서는 아무것도 모르지만요, 나리, 명령을 따를 줄은 압니다. 그리고 아마 험한 일들을 처리하시는 데는 저희가 도움이 되어드릴 수 있을 겁니다."

디 공이 짧게 말했다.

"자리에들 앉게. 얘기를 좀 들어보고 싶군."

두 사내가 발을 올려두는 작은 의자에 자리를 잡고 앉았다. 첫 번째 사내가 커다란 두 주먹을 무릎 위에 얹은 채 목소리를 가다듬고는 입을 열었다.

"저는 마중이라고 합니다. 장쑤(江蘇)성 출신입지요. 아버지께서 화물선을 한 척 가지고 있어서 항해사 일을 했었습니다. 그렇지만 아버지는 힘이 세고 싸움을 좋아하던 저를 유명한 권투 사범에게 보냈고, 그 사범에게서 읽기와 쓰기도 배우도록 했습니다. 그러면 군에 들어가 장교가 될 수 있으니까요. 그런데 아버지께서 그만 갑자기 돌아가시고 말았습니다. 빚이 많았기 때문에 저는 배를 팔고 한 지방 수령 밑으로 들어갔습니다. 호위병으로 말입니다. 하지만 오래지 않아 저는 그가 무자비한 인간에다 썩을 대로 썩은 불한당이라는 것을 알게 되었습니다. 한번은 그가 한 과부를 고문해 거짓 자백을 받아낸 후 재산을 탈취한 일이 있었는데, 그때 그만 화를 참지 못하고 대들고 말았습니다. 나를 흠씬 두들겨 패라고 지시하더군요. 그래서 저는 수령을 때려눕히고는 그 길로 죽을힘을 다해 숲으로 도망쳤습니다. 하지만 돌아가신 아버지를 걸고 맹세컨대, 저는 결코 무자비하게 사람을 죽인 적이 없습니다. 그리고 조금 뺏겨도 사는 데 아무 문제없는 사람들 것만 훔쳤고요. 여기 이 친구도 저랑 같습니다. 믿으셔도 좋습니다. 이상입니다!"

디 공은 고개를 끄덕이고는 이제 네가 말해 보라는 눈빛으로 다른 사내를 바라보았다. 조각 같은 얼굴선에 곧게 뻗은 코, 얇은 입술이 눈에 들어왔다. 그가 작은 콧수염에 손가락을 갖다 대며 말했다.

"저는 차오타이라는 이름을 씁니다. 본래 성은 워낙 잘 알려져 있고 명망이 높아 지금은 쓰지 않고 있습지요. 일전에 한 고위 관료가 계획적으로 제 부하를 여러 명 살해하고는 그냥 사라져 버린 사건이 일어났습니다. 그의 범행을 관아에 고발했지만 아무런 조처도 취해지지 않았습니다. 그래서 전 강도가 되어 제국을 샅샅이 뒤졌습니다. 언젠가 그놈을 찾아내 죽여 없애 버리려고요. 없는 사람을 털거나 부정한 피로 칼을 더럽힌 적은 결코 없습니다. 나리를 섬기는 데 한 가지 조건이 있습니다. 그놈을 찾아내는 즉시 제가 사직할 수 있도록 허락해 주십시오. 그놈의 목을 베어 개들한테 던져 버리겠노라고 제 죽은 동료들의 넋에 맹세했기 때문입니다."

디 공은 앞에 앉아 있는 두 사내를 골똘히 쳐다보면서 천천히 구레나룻을 쓰다듬었다. 잠시 후 그가 말했다.

"자네들 제안을 받아들이겠네. 차오타이의 조건도 받아들이도록 하지. 다만 그자를 찾아냈을 때 내가 먼저 적법한 절차를 밟아 그를 처벌할 수 있도록 순서를 양보해 주어야 한다는 조건을 걸겠네! 둘 다 평라이까지 동행해도 좋아. 자네들을 곁에 두어도 괜찮을지는 거기서 생각해 보도록 하지. 수행원으로 둘 수 없을 때는 따로 말해 주겠네. 그러면 즉시 북부 주둔군에 입대하겠다고 약속하게. 나와 함께 가려거든 전부를 걸든지 아예 말든지, 둘 중 하나를 택해!"

차오타이의 얼굴이 환해졌다. 떨리는 목소리로 그가 말했다.

"전부 아니면 전무, 명심하겠습니다!"

차오타이는 자리에서 일어나 디 공 앞에 무릎을 꿇더니 바닥에 이마를 연속해서 세 번 찧었다. 나머지 친구도 그를 따라했다.

마중과 차오타이가 자리에서 일어서자, 디 공이 말했다.

"여긴 홍량, 내가 가장 신임하는 부하일세. 이 사람에게는 비밀

이 없지. 홍량과 긴밀히 협조하게. 펑라이는 내 첫 임지야. 그곳 관아 조직에 대해서는 아는 바가 없네. 하지만 보통 그렇듯이 서기나 포졸, 경비병을 비롯한 관내 인력은 그 지역 출신으로 이루어져 있을 거야. 듣기로는 펑라이에 괴상한 일이 일어나고 있다는데, 펑라이 관아 내에 그 일에 연루된 사람이 있는지도 모를 일, 해서 옆에 두고 신뢰할 만한 부하가 필요하네. 자네들 세 사람은 이제 내 눈과 귀가 되어 주어야 해. 홍, 여기 술 한 병 가져오라고 하게."

잔이 다 채워지자 세 사람은 차례로 디 공에게 충성을 맹세하고, 공의 건강과 성공을 기원하며 조심스럽게 잔을 비웠다.

다음날 아침 디 공이 아래층으로 내려와 보니 홍량과 새 부하 둘이 안뜰에서 기다리고 있었다. 마중과 차오타이는 장에 다녀온 것이 분명했다. 말끔한 갈색 관복에 검정색 띠를 매고 검정색 모자까지 쓰니 영락없는 관리의 모습이었다.

"구름이 많이 낀 걸 보니 비가 오지나 않을까 걱정입니다."

홍이 말했다.

"말안장에 밀짚모자를 챙겨놓았으니 펑라이까지는 괜찮을 겁니다."

마중이 말을 받았다.

네 사람은 말을 타고 길을 나섰다. 동문을 지나 몇 리쯤 가다 보니 행인들로 북적이던 큰 길이 점차 한산해졌다. 황량한 산간지대에 들어섰을 때, 말을 탄 사내 하나가 맞은편에서 급히 달려오는 모습이 보였다. 말 두 마리가 끈에 묶여 따라오고 있었다.

마중이 그 모습을 흘긋 보더니 말했다.

"말고기라, 맛있겠어! 저 점박이 녀석은 특히 구미가 당기는군."

"저런 상자를 안장에 달고 가다니, 화를 자초하는걸!"

차오타이가 한마디 거들었다.

"그게 무슨 소리인가?"

홍이 물었다.

차오타이가 설명했다.

"이 지역에서 저런 붉은색 가죽 상자는 소작료를 거둬서 담아 운반할 때 쓰이거든요. 그러니 보이지 않도록 안낭에 넣는 것이 현명한 처사지요."

"저 친구, 어지간히도 급한 모양이군."

디 공이 무심하게 내뱉었다.

정오 무렵, 마지막 산봉우리에 다다랐을 때 갑자기 폭우가 쏟아지기 시작했다. 일행은 비를 피하기 위해 길 옆 평지의 키 큰 나무 아래로 들어갔다. 펑라이가 자리한 비옥하고 푸르른 반도가 저 아래로 내려다보였다.

차게 식은 음식으로 점심을 때우는데, 마중이 농촌 여자들과 겪은 모험담을 신이 나서 떠들어 대기 시작했다. 음담패설에는 관심도 없는 디 공이었지만, 마중의 말재간만큼은 인정하지 않을 수 없었다. 그러나 비슷한 얘기가 또 시작되자 디 공이 말을 끊었다.

"이 근방에 호랑이가 나타난다는 말이 있더군. 그런 맹수들은 건조한 기후를 좋아한다고 생각했는데 말이야."

조용히 이야기만 듣고 있던 차오타이가 입을 열었다.

"글쎄요, 꼭 그렇다고 말하기는 힘듭니다. 보통 그런 짐승들은 높은 산악 지대에서 지내는데, 일단 사람 고기에 맛을 들이면 평야 지대에 출몰하기도 한다고 하더군요. 저 아래 내려가면 호랑이 사냥을 한판 즐길 수 있을지도 모르겠군요!"

디 공이 물었다.

"호랑이 인간 얘기는 뭔가?"

마중이 불안한 눈으로 어두컴컴한 숲 속을 돌아다보고는 퉁명스럽게 대답했다.

"그런 얘기는 금시초문입니다!"

차오타이가 물었다.

"칼을 한번 보아도 되겠습니까? 굉장한 명검 같습니다."

칼을 건네주며, 디 공이 말했다.

"우룡도라고 하지."

"이게 그 유명한 우룡도라고요!"

차오타이가 황홀한 듯 소리쳤다.

"천하의 검술가들이 찬탄해 마지않은 바로 그 우룡도가 이것이로군요! 300년 전 '세 손가락'이라 불리던 역사상 최고의 대장장이가 만든 최후이자 최고의 명검!"

디 공이 말했다.

"이런 전설이 있지. 그 세 손가락이 이 칼을 만들려고 여덟 번을 시도했다네. 그런데 매번 실패하자, 성공하게만 해 준다면 사랑하는 어린 아내를 바치겠다고 강의 신에게 맹세했다지. 그런데 정말 아홉 번째 시도에서 성공한 거야. 그는 곧바로 아내를 강둑으로 데리고 가 그 검으로 목을 베었다네. 그러자 갑자기 엄청난 폭풍우가 불어 닥치더니 결국 세 손가락은 벼락을 맞아 죽고, 그와 그 아내의 시체는 성난 파도에 쓸려가 버리고 말았다더군. 이 우룽도는 우리 가문에서 200년간 대대로 장자에게 물려져 내려오는 가보일세."

　차오타이는 입김이라도 가 닿을까 봐 목수건으로 코와 입을 가린 후 칼집에서 칼을 꺼냈다. 두 손으로 조심스럽게 받쳐 들고는, 그 짙은 초록빛 광채와 흠 없이 예리한 날을 감탄하며 바라보았다. 눈동자에서 신비로운 광채가 났다. 차오타이가 말했다.

　"이 칼이라면 제 피를 내주어도 아깝지 않겠습니다!"

　그는 깊숙이 절하며 디 공에게 검을 돌려주었다.

　빗줄기가 가늘어져 있었다. 이들은 다시 말에 올라 산비탈을 내려가기 시작했다.

　평지로 내려오니 펑라이 경계임을 알리는 표석이 길가에 서 있었다. 진창인 평야 위에는 안개가 자욱했지만 디 공의 눈에는 아름답게만 보였다. 여기가 바로 자신의 첫 임지였다. 네 사람은 속도를 높였다. 늦은 오후, 안개 속에서 어렴풋이 펑라이 성벽이 그 위용을 드러냈다.

**증인 하나가 살인 사건을 목격한 사실을 밝히고,
디 공은 아무도 없는 관저에서
이상한 자와 마주친다.**

 네 사람이 서쪽 성문에 다다를 무렵, 낮은 성벽과 별로 크지 않은 2층짜리 문루를 보고 차오타이가 한마디 내뱉자 디 공이 말을 받아 설명했다.
 "지도에서 보니 이 도시는 자연스럽게 방어벽이 형성되어 있더군. 4킬로미터 가량 떨어진 곳에 강이 있는데, 그 강은 또 넓은 수로와 이어져 있어. 강 하구에 있는 거대한 요새에 주둔해 있는 강력한 수비대가 드나드는 모든 선박을 감시하지. 몇 년 전 고구려와 전쟁을 치를 때는 고구려 함대의 침입을 막기도 했다네. 북쪽은 깎아지른 낭떠러지고, 남쪽은 온통 늪지대뿐이야. 그러니 펑라이는 근방에서 가장 좋은 항구 도시인 셈이지. 고구려나 일본과의 무역 중심지가 될 수 있었던 것도 그 때문이고."
 홍이 한 마디 거들었다.

"장안에서 들은 얘기인데, 여기에 고구려 유민들이 많이 정착해 있다고 합니다. 대부분이 선원이나 배 기술자, 불교 승려들이라더군요. 도시 동쪽의 수로 저 반대편에 고구려 유민 정착 구역이 있는데 거기서들 모여 산답니다. 근처에 오래된 절이 하나 있는데 꽤 유명한가 봅니다."

"자네, 이제는 고구려 계집도 만날 수 있게 되었군! 그 죄는 절에 몇 푼 공양하면서 없애 달라고 빌면 되겠고."

차오타이가 마중에게 말했다.

무장한 경비병 둘이 성문을 열어 주었다. 그러고는 번잡한 시장을 지나 높은 담으로 둘러싸인 관아에 도착할 때까지 일행을 호위했다. 담을 따라 남쪽으로 가다보니 정문이 나타났다. 청동으로 된 커다란 징 아래에 놓인 긴 의자에 경비병 몇 명이 앉아 있었다.

그들은 디 공을 보자 벌떡 일어나 민첩하게 인사했다. 하지만 등 뒤로 의미심장한 눈짓을 주고받는 모습이 홍의 눈에 띄었다. 포졸 하나가 안뜰 맞은편에 있는 동헌으로 일행을 안내했다. 짧은 수염이 희끗희끗한 비쩍 마른 노인이 분주하게 붓을 놀리는 서기 넷을 지켜보고 있었다.

노인이 허둥지둥 일행을 맞이하며 더듬거리는 말투로 자신의 이름은 탕이며 수석 서기관으로서 당분간 행정을 책임지고 있다고 소개했다. 그는 초조해 하며 덧붙였다.

"이를 어찌해야 할지, 수령님이 도착하실 거라는 연락을 미리 받지 못해 환영 만찬도 준비하지 못했을 뿐만 아니라……."

디 공이 말을 끊었다.

"수비대에서 미리 전령을 보냈을 거라고 생각했는데 착오가 생긴 모양이군. 어쨌든 잘 도착했으니 동헌이나 안내하게."

탕은 우선 훤히 트인 동헌으로 일행을 데려갔다. 조각 장식재가 깔린 바닥은 깨끗했고, 뒤쪽 단 위에 자리한 높은 판관석(席)은 광택 있는 붉은색 문직 천으로 덮여 있었다. 판관석 뒤의 벽은 전체가 빛바랜 청자색 비단 휘장으로 뒤덮여 있었다. 중앙에는 통찰력의 상징인 일각수(一角獸)가 굵은 금실로 큼지막하게 수놓아져 있었다.

휘장 뒤의 문을 열고 좁은 복도를 지나자 수령의 개인 집무실이 나타났다. 이 방 역시 잘 정돈되어 있었다. 광택 나는 책상 위에는 먼지 한 점 없었고, 회반죽을 바른 벽면은 흰색으로 새 단장 되어 있었다. 뒷벽에 붙여 놓은 넓은 침상은 아름다운 짙은 초록색 문직 천으로 덮여 있었다. 디 공은 집무실 옆의 문서 보관소를 간단하게 둘러본 후 두 번째 안뜰을 지나 접견실로 향했다. 조사관이 떠난 이후 접견실을 사용한 사람이 아무도 없어서 의자나 탁자가 제자리에 있을지 모르겠다며 늙은 서기관은 안절부절 못했다. 디 공은 당황해 어쩔 줄 모르는 서기관을 호기심 어린 눈초리로 바라보았다. 그는 정말 불안해 보였다.

"모든 것이 아주 잘 정돈되어 있군."

디 공은 서기관을 안심시키려는 듯이 말했다.

탕은 깊숙이 절하며 더듬더듬 말했다.

"소인은 어릴 때 사환으로 들어온 후 지금까지 40년을 이곳에서 일해 왔습니다. 모든 물건들이 제자리에 있어야 안심이 되지요. 이곳에서는 늘 일이 순조로웠습니다. 헌데 지금은 끔찍합니다.

그 일이 있고난 후로는…….”

그의 목소리가 점점 작아졌다. 그러더니 허둥지둥 접견실 문을 열었다.

일행이 아름다운 조각으로 장식된 높은 중앙 탁자 주위에 모이자, 탕이 커다란 사각형 모양의 관할 직인을 조심스럽게 디 공에게 건넸다. 디 공은 그 직인을 등기부에 찍힌 도장과 비교해 본 후 인수증에 서명했다. 이제 디 공이 공식적으로 펑라이 관할의 책임자가 된 것이다.

턱수염을 쓰다듬으며 디 공이 말했다.

"전 수령 피살 사건부터 해결해야겠네. 그때까지 지역 명사들의 방문이나 기타 형식적인 절차들은 뒤로 미루게. 관리들 외에 펑라이 시(市) 네 구역을 책임지고 있는 관리들을 오늘 특별히 만나보고 싶네."

"책임자가 한 사람 더 있습니다. 바로 고구려 유민 정착 구역 책임자지요."

탕이 말했다.

"중국인인가?"

디 공이 물었다.

"아닙니다. 하지만 중국어를 아주 유창하게 구사합니다."

탕이 대답했다. 그는 손으로 입을 가리고 기침을 하더니 조심스럽게 말을 이었다.

"조금 특이한 경우라 말씀 드리기는 뭐하나, 동쪽 해안에 위치한 고구려 유민 정착 구역은 어느 정도 자치권을 보장받고 있습니다. 해당 구역의 치안을 구역 책임자가 맡고 있고, 관아의 관리라

해도 구역 책임자의 지원 요청이 있어야만 출입이 가능합니다."

디 공이 중얼거렸다.

"정말 특이한 경우로군. 조만간 내가 직접 가 봐야겠어. 자, 그럼 관리들을 모두 동헌으로 소집하게. 그동안 나는 관저나 둘러보면서 좀 쉬겠네."

탕이 당황한 내색을 비쳤다. 그렇게 한참을 망설이더니 입을 열었다.

"관저는 아주 말끔합니다. 지난여름에 전 수령님께서 칠을 전부 새로 하셨거든요. 다만 공교롭게도 전 수령님의 가구와 짐을 포장만 해 놓고는 아직 치우지를 못했습니다. 그분의 유일한 혈육이신 형님에게서 아직 아무런 소식이 없어서, 물건들을 어디로 보내야 할지도 모르는 실정입니다. 게다가 왕 수령님께서는 딸린 식구 없이 혼자 지내셨고, 고향에서 직접 데리고 오신 하인들도 그분께서 돌아……가시자 다 떠나버렸지요."

디 공이 깜짝 놀라 물었다.

"그럼 조사관은 어디서 머물다 갔단 말이냐?"

"조사관께서는 개인 집무실 의자에서 주무셨습니다. 식사도 거기에서 하셨고요. 모든 것이 너무나 규정에서 벗어나 송구스럽습니다만, 전임 수령님의 형님께서 답장을 주지 않으시니 저로서는…… 정말 유감스럽습니다만, 달리 어쩔 도리가……."

탕이 참담하다는 듯이 대답했다.

디 공이 서둘러 말했다.

"상관없네. 이번 피살 사건이 해결되기 전까지는 가족이나 하인들을 불러올 계획이 없으니. 나는 집무실로 가서 옷을 갈아입을 테니, 내 부하들에게 숙소를 안내해 주게."

탕이 간절한 어조로 말했다.

"관아 맞은편에 아주 괜찮은 여관이 있습니다, 나리. 저도 아내와 함께 묵고 있는 곳이기도 하지요. 저분들도 분명 마음에 들어 하실……."

디 공이 냉정하게 말을 잘랐다.

"이거야 말로 규정에 벗어나는 일이로군. 자네는 관아에 머물러야 하지 않는가? 그렇게 오래 이곳에 있었으니 규정을 모르지는 않을 터인데!"

탕이 황급히 설명했다.

"접견실 뒤편 건물 2층에 숙소가 있습니다만, 지붕을 수리해야 한다기에 그리 해도…… 잠시 동안이니까…… 문제가 없으리라 생각되어서……."

디 공이 잘라 말했다.

"알겠네! 하지만 내 부하들은 관아에 머물러야 하네. 위병소 건물에 숙소를 마련하게."

탕은 허리를 깊이 숙여 절한 후 마중과 차오타이와 함께 방을 나갔다. 홍은 디 공을 따라 집무실로 가서 디 공이 관복으로 갈아입는 것을 도운 후 차를 준비했다. 뜨거운 수건으로 얼굴을 닦으며 디 공이 물었다.

"홍, 서기관이 대체 왜 저러는지 짐작이 가는가?"

나이든 하인 홍이 대답했다.

"좀 소심한 사람 같습니다. 생각지도 못했는데 우리가 불쑥 와 버려서 당황했는지도 모르지요."

디 공이 생각에 잠긴 채 말했다.

"내 생각에는 여기 관아 내에 있는 무언가를 무척 두려워하는 것 같네. 숙소를 여관으로 옮긴 것도 그 때문일 거야. 흠, 때가 되면 알 수 있겠지!"

탕이 들어와 모두 동헌에 모였다고 전했다. 디 공은 실내용 모자를 벗고 검정색 날개가 달린 관모로 바꿔 쓴 후 동헌으로 향했다. 홍과 탕이 그 뒤를 따랐다.

디 공은 높은 판관석에 앉은 다음, 손짓으로 마중과 차오타이를 불러 등 뒤에 세웠다.

디 공이 먼저 몇 마디 하자, 탕이 아래 돌바닥에 무릎 꿇고 있는 마흔 명 가량의 관리들을 한 사람씩 소개했다. 디 공이 보니 관리들은 모두 단정한 청색 관복을 입고 있었으며, 경비병과 포졸들은 잘 손질되어 광택이 나는 가죽 외투와 철모 차림이었다. 대체로 의젓해 보였다. 포두의 잔인해 보이는 인상이 마음에 들지 않았지만, 저런 자들이란 대체로 음흉하기 일쑤이므로 지속적으로 감시해야 한다는 점을 상기했다. 검시관인 셴 박사는 지적인 인상을 풍기는 기품 있는 노인이었다. 지역 최고의 의원이며 성품 역시 고매하다고 탕이 디 공에게 귓속말로 전했다.

소개가 모두 끝나자, 디 공은 홍량을 수형리(지방 관아에 속한 형리의 우두머리 — 옮긴이)로 임명하고 관아의 모든 일과를 일임한다고 선언했다. 마중과 차오타이는 포졸과 경비병들을 감독하고, 그들의 훈련을 책임지며, 위병소와 옥을 관장하는 역할을 부여받았다.

개인 집무실로 돌아온 디 공은 마중과 차오타이에게 위병소와 옥을 감시하라고 일렀다. 그리고 덧붙여 말했다.

"그리고 경비병과 포졸들을 훈련시키게. 서로 얼굴도 익히고, 또 어떤 재주들이 있는지도 알아볼 수 있는 기회가 될 거야. 그 다음에는 읍내로 나가 동태를 살피게. 나도 함께 가고 싶지만 저녁 내내 전임 수령 피살 사건의 진상을 좀 더 파악해 봐야겠어. 늦은 시간이어도 상관없으니 돌아오는 대로 보고하게."

충직한 두 사람이 자리를 뜨자, 탕이 들어왔다. 서기 하나가 촛대 두 개를 들고 그 뒤를 따랐다. 디 공은 탕을 책상 앞에 놓인 의자에 앉도록 했다. 홍 수형리가 그 옆에 앉아 있었다. 서기관은 초를 책상 위에 놓은 후 조용히 나갔다.

디 공이 탕에게 물었다.

"이제 보니 판충이라는 일등 서기관이 명부에 올라 있던데 아까 재판정에서는 못 본 것 같군. 건강에 무슨 문제라도 있나?"

탕이 손으로 자신의 이마를 탁 치더니 더듬거리며 말했다.

"그렇잖아도 말씀 드리려고 했습니다. 판 서기관이 정말 걱정입니다. 이달 초하룻날 휴가차 현청 소재지인 피엔푸로 떠났사온데, 어제 아침까지는 돌아왔어야 할 사람이 아직도 나타나지 않고 있습니다. 서부에 있는 판 서기관 소유의 작은 농장에 포졸을 보내 알아보니, 소작농 하는 말이 판 서기관은 부하와 함께 어제 도착했다가 정오에 다시 떠났다고 하더랍니다. 무엇보다 신경 쓰이는 점이 이겁니다. 판 서기관은 훌륭한 사람이고 유능한 관리인데다, 시간도 칼같이 지켰거든요. 그 사람에게 무슨 일이라도 생긴 것인지…… 도무지 이해가 가지 않습니다. 판 서기관은……."

"호랑이한테 잡아먹힌 걸지도 모르지."

디 공이 참지 못하고 탕의 말을 끊었다.

"아니오, 절대 그럴 리 없습니다!"

탕이 고함을 쳤다. 그러더니 얼굴이 갑자기 창백해졌다. 놀라 휘둥그레진 눈에 촛불이 어른거렸다.

디 공이 짜증을 내며 말했다.

"이보게, 너무 불안해 하지 말게! 전임 수령 피살 사건 때문에 혼란스러운 것은 이해하네만, 이미 두 주나 지난 일이지 않은가. 대체 뭐가 그리 두려운 겐가!"

탕이 이마의 땀을 훔치며 중얼거렸다.

"용서하십시오. 지난 주 농부 하나가 목구멍이 너덜너덜하고 온몸이 찢겨진 상태로 숲에서 발견되었거든요. 사람을 잡아먹는 뭔가가 있는 게 분명합니다. 요즘은 잠도 잘 못 이루고 있습니다. 소인을 용서하십시오, 그리고……."

디 공이 말했다.

"괜찮네, 내 부하들 중 두 명이 사냥에 노련하니 조만간 내보내 그 호랑이를 잡도록 하겠네. 뜨거운 차 한 잔 가져다주겠나? 이제 일 좀 시작해 보세."

탕이 차를 따르자 디 공은 몹시 기다렸다는 듯 몇 모금 마셨다. 그런 다음 다시 의자에 등을 기대며 말했다.

"피살 현장이 어떻게 발견되었는지 자세히 들어보고 싶군."

탕이 턱수염을 잡아당기며 기어들어가는 목소리로 얘기를 시작했다.

"전임 수령님께서는 교양 있고 멋을 아는 신사셨습니다. 태평스러우실 때도 있었고, 사소한 일은 성급하게 처리하기도 하셨지만, 정말 중요하다고 생각되는 일에 대해서만큼은 무척 까다롭게 구셨지요. 정말 까다로우셨어요. 연세는 쉰 정도셨는데, 오랫동안 경험도 많이 하셨고 유능한 수령이셨습니다."

디 공이 물었다.

"혹시 원한을 사거나 한 적은 없는가?"

탕이 외쳤다.

"절대 그런 적 없었습니다! 통찰력 있고 공정한 수령이셨고, 모두가 그분을 좋아했습니다. 말씀 드리자면, 이 지방에서 아주 인기가 높았지요. 높았고말고요."

디 공이 고개를 끄덕이자 탕이 말을 이었다.

"두 주 전 쯤, 오전 심리 시간이 다 되었을 때였습니다. 수령님 댁 집사가 관아로 저를 찾아와 주인이 침소에 계시지 않는다며 서재가 안쪽에서 잠겨 있다는 말을 전했습니다. 저는 수령님께서 종종 늦은 밤까지 서재에서 책을 읽거나 글을 쓰신다는 것을 알고 있었기 때문에, 그날도 책을 읽다가 잠드셨으리라 생각했지요. 그렇지만 계속 문을 두드려도 안쪽에서는 아무 기척이 없었습니다. 혹시 발작이라도 일으키신 것은 아닐까 겁이 나, 수비 대장을 불러 문을 부수고 들어갔습니다."

탕은 침을 삼켰다. 입술이 가볍게 떨렸다. 잠시 후 다시 말을 이었다.

"왕 수령님께서는 화로 바로 앞에 쓰러져 계셨습니다. 초점을 잃은 눈은 천정을 향하고 있었고요. 축 늘어진 오른팔 옆에는 찻잔이 뒹굴고, 몸은 차게 굳어 있었습니다. 저는 즉시 검시관을 불러들였습니다. 검시관 말이 수령님께서 자정 즈음에 사망하신 게 틀림없다고 하더군요. 검시관은 찻주전자에 남은 찻잎을 검사해 보겠다며 가져갔고, 그리고……."

"찻주전자는 어디에 있었나?"

디 공이 말을 끊으며 물었다.

탕이 대답했다.

"왼쪽 구석에 놓인 찬장 위에 있었습니다. 그 옆에는 찻물 끓이는 데 쓰는 화로가 있었고요. 주전자는 거의 꽉 차 있는 상태였습니다. 셴 검시관이 채취한 찻잎을 개에게 먹여 보았는데 그 자리에서 즉사했습니다. 차를 끓여 보기도 했는데, 냄새만 맡아도 독 기운이 느껴질 정도였습니다. 찻물 화로 위에 놓여 있던 냄비 물은 검사하지 못했습니다. 이미 바싹 말라 있어서요."

"찻물은 보통 누가 챙겼나?"

디 공이 물었다.

"수령님께서 직접 하셨습니다."

탕이 즉시 대답했다. 디 공이 눈썹을 치켜 올리자 탕이 급히 설명을 덧붙였다.

"수령님께서는 다도에 흠뻑 빠져 계셨습니다. 그래서 아주 사소한 부분까지 세심하게 챙기셨지요. 정원에 있는 우물에서 물을 긷는 일부터 서재에서 찻물 끓이는 일까지, 고집스럽게 늘 직접 하셨습니다. 찻주전자와 찻잔, 차통 역시 값비싼 골동품들이었고요. 수령님께서는 그 다구들을 찻물 끓이는 화로 아래 찬장에 자물통을 채워 보관하셨습니다. 제 지시대로 검시관이 차통 안에 들어 있던 찻잎들을 검사했습니다만, 독 물질은 없는 것으로 판명되었습니다."

"그 다음에는 어떤 조치를 취했나?"

디 공이 물었다.

"저는 즉시 피옌푸에 특별 전령을 파견하고 임시로 준비한 관에 시신을 안치한 후, 관사 접견실에 모셨습니다. 그런 다음 서재를 봉쇄했지요. 그리고 사흘째 되던 날, 장안에서 조사관이 내려왔습니다. 헌병대 대장에게 군경 여섯 명을 비밀 요원으로 내어 줄 것을 지시하고는 철저히 조사하기 시작했지요. 관아의 하인들을 모두 심문했고 또……."

디 공이 얘기를 듣다 말고 말했다.

"알고 있네. 보고서에 그렇게 쓰여 있더군. 정황상 누구도 차를 어떻게 할 수 없었다는 점, 그리고 왕 수령이 들어간 후로는 누구도 서재에 발을 들이지 않았다는 점은 확실하군. 조사관은 정확히 언제 떠났는가?"

탕이 느린 속도로 대답했다.

"나흘째 되던 날 아침입니다. 저를 부르시더니 동문 밖에 있는 백운사(白雲寺)로 관을 옮기라고 하시더군요. 돌아가신 수령님의 형님 되시는 분께서 장지를 확정해 주기 전까지는 그곳에 안치하라시면서요. 그 다음에는 요원들을 자대로 복귀시키시고, 수령님의 개인 서류들을 모두 가져가겠다는 말씀을 남기신 후 떠나셨습니다."

탕은 어딘가 불편한 듯 보였다. 불안한 눈빛으로 디 공을 바라보며 말을 이었다.

"왜 그리 급히 떠나셨는지 조사관께서 혹시 설명하셨는지요?"

디 공이 재빨리 둘러댔다.

"그랬지. 조사가 어느 정도 진척이 돼서 나머지는 신임 수령이 해도 될 것 같았다 하더군."

탕은 안심한 듯했다. 그가 물었다.

"조사관께서는 건강하게 잘 지내고 계신지요?"

"새 임무를 받아 벌써 남쪽으로 떠났다네."

디 공이 대답했다. 그리고 자리에서 일어나며 말했다.

"이제 가서 서재를 한번 들여다보아야겠네. 내일 오전 심리 때 다룰 사건들에 대해서는 내 대신 홍 수형리와 의논하도록 하게."

디 공이 촛대 하나를 집어 들고 방을 나섰다.

관사는 접견실 뒤편 작은 뜰의 맞은편에 위치하고 있었다. 비는 그쳤지만 솜씨 좋게 정리된 화단과 나무 사이사이로 안개가 내려앉아 있었다. 문은 조금 열려 있는 상태였다. 디 공은 문을 열고 아무도 없는 적막한 관사로 들어섰다.

서재 위치가 중앙 복도 끝에 위치하고 있다는 시 실은 보고서에 첨부된 평면도를 통해 이미 알고 있었기 때문에 찾는 데 어려움은 없었다. 복도를 통과하던 중 옆으로 두 개의 통로가 나 있는 것을 보았지만, 촛불이 너무 약해 어디로 난 통로인지 가늠하기는 어려웠다. 순간 디 공이 걸음을 멈췄다. 맞은편에서 야윈 사내 하나가 불쑥 튀어나오는 바람에 하마터면 부딪힐 뻔했다.

사내가 쥐죽은 듯 가만히 멈춰 섰다. 그리고 묘하면서도 공허한 눈빛으로 디 공을 쏘아보았다. 다소 평범해 보이는 얼굴이었는데, 특이하게도 왼쪽 뺨에 동전만 한 점이 있었다. 디 공은 그가 관모도 쓰지 않고 있는 것을 보고 깜짝 놀랐다. 희끗희끗한 머리카락은 위로 묶어 올려 상투를 틀었다. 언뜻 보니 회색 실내복에 검은 허리띠 차림이었다.
 누구냐고 물으려던 찰나, 갑자기 사내가 소리도 없이 어두컴컴한 통로 저편으로 사라졌다. 디 공이 재빨리 촛대를 들어 올렸지만, 그 바람에 불이 꺼지고 말았다. 사방이 온통 어둠 속에 잠겼다.
 디 공이 소리쳤다.
 "이봐, 이리 나오지 못해!"
 돌아오는 것은 메아리뿐이었다. 디 공은 잠시 그대로 있었다. 텅 빈 관사에는 짙은 고요만이 감돌았다.
 "무례한 놈 같으니라고!"
 디 공이 화가 나 투덜거렸다. 벽을 더듬어 다시 뜰로 나온 디 공은 서둘러 집무실로 돌아갔다.
 집무실에서는 탕이 묵직한 서류 뭉치를 홍 수형리에게 내보이고 있었다.
 디 공이 역정을 내며 탕에게 말했다.
 "지금 하는 말 명심하게. 관아 내에서는 누구든 관복 차림으로 다니라고 해, 근무 시간이든 아니든! 밤에도 마찬가지고! 금방 한 놈을 만났는데 실내복만 입고 돌아다니더군. 모자도 쓰지 않고! 버릇없는 놈, 묻는 말에 대답도 하지 않았어. 가서 그놈을 잡아오게! 한 마디 해 줘야겠네!"
 탕이 온몸을 벌벌 떨기 시작했다. 그리고 잔뜩 겁이 난 눈빛으로 디 공을 뚫어지게 바라보았다. 디 공은 문득 탕이 안쓰럽게 느껴졌다. 어쨌든 나름대로 최선을 다 하고 있는 사람한테 너무 심하게 군 것 같았다. 디 공이 조금 누그러진 목소리로 말을 이었다.
 "흠, 그 정도 실수야 언제든 일어날 수 있는 일이기는 하지. 아무튼 그 사내는 누구인가? 야간 당직인가?"

탕은 디 공 등 뒤로 열려 있는 문을 겁먹은 눈으로 힐끗 보더니, 더듬거리며 말했다.

"그…… 그 남자, 혹시 회색 옷을 입었던가요?"

디 공이 대답했다.

"그랬지."

"왼쪽 뺨에 점도 있던가요?"

디 공이 퉁명스럽게 받아쳤다.

"그랬네. 이보게, 그렇게 안절부절 하지 말고 대답해 봐! 대체 누구기에 그러는가?"

탕이 머리를 조아렸다. 그리고 넋 나간 듯 대답했다.

"돌아가신 수령님이십니다."

어디에선가 관아 건물이 울릴 정도로 문을 쾅 닫는 소리가 들려왔다.

디 공은 피살 현장을 찾아가
구리 화로의 비밀을 면밀히 조사한다.

"어느 문인가?"

디 공이 고함쳤다.

"소인 생각으로는…… 관사 정문……인 것 같습니다. 그게…… 원래 잘 안 닫혀서……."

탕이 더듬거리며 대답했다.

"내일 당장 고쳐 놓게!"

디 공이 퉁명스러운 어조로 지시했다. 그러고는 입을 꾹 다문 채 구레나룻을 천천히 어루만지며 꼼짝 않고 서서 그 망령 같은 사내의 기묘하면서도 공허한 눈빛을 다시 떠올려보았다. 어떻게 소리도 없이 순식간에 사라져 버릴 수 있었는지 의아한 생각이 들었다.

디 공은 책상 안쪽으로 돌아 들어가 의자에 앉았다. 홍 수형리가 그 모습을 말없이 바라보았다. 휘둥그레 뜬 두 눈에 공포의 빛이 어렸다.

디 공은 애써 정신을 가다듬었다. 잿빛으로 변한 탕의 얼굴을 잠시 살펴보고는 물었다.

"자네도 그 망령을 본 적이 있는가?"

탕이 고개를 끄덕였다. 그리고 말했다.

"사흘 전이었습니다. 바로 이 집무실에서였지요. 밤늦게 필요한 서류를 찾으러 들렀는데 저기…… 책상 옆에…… 등을 돌리고 서 계셨습니다."

디 공이 잔뜩 긴장해서 물었다.

"그래서 어찌 되었는가?"

"저는 비명을 질렀습니다. 촛대도 떨어뜨리고 밖으로 뛰어나와 경비병을 불렀지요. 경비병들과 함께 다시 돌아왔을 때는 이미 사라지고 안 계셨습니다."

탕은 손으로 눈을 비빈 후 계속 말했다.

"그날 아침 서재에서 뵌 모습 그대로였습니다. 그때도 회색 실내복에 검정색 허리띠 차림이셨지요. 모자는 바닥에 쓰러져…… 돌아가시면서…… 떨어졌고요."

디 공과 홍 수형리가 아무 말 하지 않자, 탕이 말을 계속했다.

"저는 조사관께서도 목격하셨다고 확신합니다! 떠나시던 날 아침 안색이 좋지 않았던 이유도, 또 그렇게 갑작스럽게 떠나신 이유도 그것 때문임이 분명합니다."

디 공은 턱수염을 쓰다듬다가 잠시 후 근엄한 어조로 말했다.

"초자연적인 현상의 존재를 완전히 부인하는 것도 어리석은 일일 수 있지. 공자께서도 이런 문제에 대한 제자들의 질문에 확답을 주지 않으셨다는 것을 잊어서는 안 되네. 아무튼 논리적으로 설명할 방도를 찾아봐야겠군."

홍 수형리가 천천히 고개를 저었다. 그리고 말했다.

"불가능합니다. 굳이 설명하자면, 돌아가신 수령께서 아직 원한을 갚지 못해 안식을 얻지 못하고 계신다는 뜻이겠지요. 시신이 지금 절에 안치되어 있지 않습니까. 사람들 말로는 시체가 심하게 부패하기 전에는 살아 있을 때의 모습으로 가까이에 있는 이들에게 나타나기도 한답니다."

디 공이 불쑥 자리에서 일어났다. 그리고 말했다.

"진지하게 생각해 봐야 할 문제군. 관사로 돌아가 서재를 좀 더 조사해 봐야겠어."

"그랬다가 망령을 또 만나면 어쩌시려고요!"

홍 수형리가 깜짝 놀라 소리쳤다.

"뭐 어떤가?"

디 공이 반문했다.

"망령이 나타나는 목적은 원한을 풀어 달라는 걸세. 나 역시 같은 목적으로 여기에 와 있음을 분명 알고 있을 거야. 그러니 내게 해를 끼칠 이유가 없지 않은가? 수형리, 여기 일이 끝나면 서재로 와서 좀 도와주게. 원한다면 등불을 들어 줄 경비병 둘 정도는 데리고 와도 좋네."

두 사람의 만류에도 불구하고 디 공은 집무실을 나섰다. 이번에는 먼저 동헌으로 건너가 기름종이로 만든 커다란 등불을 꺼내 왔다.

다시 적막한 관사로 들어간 디 공은 망령이 나타났던 그 옆 통로로 발길을 옮겼다. 양쪽에 문이 있었다. 오른쪽 문을 열자 넓은 방이 나타났다. 바닥에는 크고 작은 보따리와 상자들이 잔뜩 쌓여 있었다. 디 공은 등불을 바닥에 내려놓고 보따리와 상자들을 손으로 더듬어가며 조사를 시작했다. 그런데 갑자기 구석에서 괴기스러운 그림자가 나타났다. 그는 소스라치게 놀랐지만, 가만 보니 디 공 자신의 그림자였다. 죽은 수령의 유품들 말고는 아무것도 없었다. 디 공은 고개를 저으면서 반대편 방으로 들어섰다. 거적이 덮인 커다란 가구가 몇 점 있을 뿐, 방은 텅 비어 있었다.

통로 끝에는 육중한 문이 있었는데, 꽉 잠겨 빗장까지 질러져 있었다. 곰곰이 생각한 끝에, 디 공은 복도로 다시 걸어 나왔다.

복도 끝에는 구름과 용 문양이 정교하게 조각된 문이 있었으나, 윗부분에 널빤지 몇 개를 못질해 놓아 그리 보기 좋은 모양새는 아니었다. 포졸들이 억지로 문을 열려다 망가트렸는지, 부서진 부분도 띄엄띄엄 눈에 띄었다.

디 공은 관아의 인장이 찍힌 띠종이를 찢고 문을 열었다. 그리고 등불을 높이 들고서 방 안을 조사했다. 방은 작고 단순했지만 우아한 가구들로 꾸며져 있었다. 왼쪽에는 좁은 창문이 높게 나 있었고, 바로 그 앞에는 육중한 흑단 찬장과 찻물 끓이는 데 쓰는 커다란 구리 화로가 자리 잡고 있었다. 화로 위에는 찻물을 끓이는 데 쓰는 둥근 백랍 냄비가 놓여 있었다. 화로 옆으로 도자기로 만든 더없이 훌륭한 청백색 찻주전자가 보였다. 나머지 벽은 모두 서가로 꾸며져 있었고, 맞은편 벽도 마찬가지였다. 안쪽 벽에는 넓은 창이 낮게 나 있었다. 종이를 바른 창은 흠잡을 데 없

디 공이 서재를 조사하다

이 깨끗했다. 창 앞에는 양 끝에 서랍이 세 개씩 달린 고풍스러운 자단목 책상과 편안해 보이는 의자가 있었다. 의자 역시 자단으로 만들어졌는데, 그 위에는 붉은 공단 방석이 놓여 있었다. 책상 위에는 동으로 만든 촛대 두 개만 달랑 놓여 있을 뿐, 아무것도 없었다.

디 공은 안쪽으로 걸어 들어가 찬장과 책상 사이 바닥에 깔린 돗자리에서 검은 얼룩을 발견하고는 찬찬히 살펴보았다. 수령이 쓰러질 때 차가 엎질러지면서 생긴 얼룩인 것 같았다. 수령은 불에 찻물을 올린 다음 책상에 앉았을 것이다. 물 끓어오르는 소리가 들리자 화로로 가서 찻물을 찻주전자에 부었을 것이다. 그런 다음에는, 그 자리에 선 채 잔을 채워 들고 한 모금 마셨을 것이다. 그리고 그때 독 기운이 퍼졌을 것이다.

정교하게 만들어진 찬장 자물쇠에 열쇠가 꽂혀 있는 것을 본 디 공은 찬장 문을 열었다. 두 개의 선반 위에 차곡차곡 쌓여 있는 훌륭한 다구들을 보니 입이 다물어지지 않았다. 찬장에는 먼지 한 점 없었다. 조사관과 그 부하들이 모든 것을 철저하게 살펴본 것이 분명했다.

디 공은 책상으로 걸어갔다. 서랍은 모두 텅 빈 상태였다. 조사관은 이 서랍에서 피살된 수령의 개인 서류들을 발견했다고 했다. 디 공은 깊은 한숨을 내쉬었다. 피살 현장 발견 즉시 방을 보지 못한 것이 못내 아쉬웠다.

서가로 몸을 돌려 별 생각 없이 손가락으로 책 위를 훑었다. 먼지가 두껍게 내려앉아 있었다. 디 공은 만족스러운 듯 미소를 지었다. 여기에는 최소한 새로 조사할 만한 꺼리가 남아 있다는 표시였다. 조사관 일행이 서가에는 관심을 두지 않았음이 분명했다. 책이 꽉 들어찬 서가를 이리저리 둘러보면서, 디 공은 조금 기다렸다가 홍이 오면 조사를 시작하기로 마음먹었다.

공은 의자를 빙 돌려 문을 향해 앉았다. 팔짱 낀 자세로 넓은 소매 속에 손을 넣은 채, 디 공은 살인자가 어떤 인물일지 곰곰이 생각해 보았다. 제국의 관리를 살해한다는 것은 반국가적 범죄이며, 사형 중에서도 가장 잔인한 형태로 처벌하도록 법으로 정해져 있었다. 조금씩 숨을 끊거나, 산채로 사지를 찢거나 하는 무시무시한 형벌이었다. 따라서 웬만한 동기가 아니고서는 전임 수령을 살해했을 리 없었다. 하지만 대체 무슨 수로 차에 독을 넣었을까? 독은 찻물 냄비에 들어간 것이 분명했다. 차호에 남아 있던 찻잎은 무해하다고 결론이 났으니, 딱 한 번 우려낼 만큼의 찻잎을 수령에게 보냈거나 직접 주거나 했을 가능성도 생각해볼 수 있었다. 아마 그 찻잎에 독이 들어 있었을 것이다.

디 공은 다시 한숨을 쉬었다. 아까 본 망령이 생각났다. 실제로 망령을 본 것이 난생 처음이라 믿기 힘들었다. 누군가 장난을 치는 것일 수도 있었다. 하지만 조사관도 탕도 목격했다지 않은가. 누가 감히 관아 건물 안에서 유령 행세를 할 수 있겠는가? 또 그럴 이유가 뭐 있겠는가? 결국 디 공은 자신이 본 것이 죽은 수령의 망령이 맞을 수도 있겠다는 생각이 들었다. 등 받침에 고개를 뉘이고서 눈을 감은 채 망령의 얼굴을 마음속으로 그려 보았다. 수수께끼를 풀 수 있는 실마리를 주려고 나타난 것은 아닐까?

디 공은 재빨리 눈을 떴다. 하지만 방은 여전히 고요하고 텅 빈 상태였다. 디 공은 붉은색 칠을 한 천장을 아무 생각 없이 훑어보면서 잠시 그대로 있었다. 천장에는 네 개의 육중한 대들보가 가로지르고 있었다. 천장에 탈색된 반점 하나가 눈에 띄었다. 찬장이 놓인 쪽 구석에는 거미줄이 먼지를 뒤집어 쓴 채 걸려 있었다. 피살된 전임 수령은 수석 서기관이 말한 것과 달리 그렇게 청결 상태에 신경을 쓰는 사람은 아니었던 모양이었다.

홍 수형리가 커다란 촛대를 든 경비병 둘과 함께 들어왔다. 디 공은 촛대를 책상 위에 놓으라고 지시한 후 그 둘을 내보냈다.

"수형리, 여기 우리 몫으로 남아 있는 것은 서가에 꽂혀 있는 저 책들과 서류 뭉치뿐이네. 꽤 많아 보이지만, 자네가 내게 하나씩 건네주고 내가 본 다음 다시 제자리에 놓는 식으로 한다면 그리 오래 걸리지는 않을 걸세!"

홍이 기분 좋게 고개를 끄덕였다. 그리고 가까이 있는 서가에서 책을 한 아름 꺼냈다. 홍이 소매 자락으로 먼지를 털어내는 동안, 디 공은 책상 쪽으로 의자를 다시 돌렸다. 그리고 수형리가 앞에 놓아 주는 책들을 면밀히 검토하기 시작했다.

두 시간이 넘게 흐른 후에야 홍 수형리는 마지막 책 더미를 제자리에 꽂을 수 있었다. 디 공은 의자에 깊숙이 앉으며 소매에서 부채를 꺼내들었다. 만족스러운 미소를 띤 채 힘차게 부채질을 하며 말했다.

"이보게, 홍, 피살된 왕 수령의 성격을 이제는 어느 정도 알겠네. 그가 쓴 시들을 얼핏 보았는데, 문체는 나무랄 데 없지만 내용의 깊이는 그저 그렇더군. 연시가 대부분인데다 거의 자신의 임지와 수도 장안의 유명한 고급 매춘부들에게 바치는 시야."

홍이 한마디 거들었다.

"탕 서기관도 은근히 전임 수령이 도덕적인 면으로는 다소 해이하다는 뜻의 언질을 주더군요. 심지어 관사로 창녀들을 불러들여 밤을 지내는 일도 종종 있었다고 합니다."

디 공이 고개를 끄덕였다.

"조금 전 자네가 건네주었던 화집에도 춘화가 가득했네. 게다가 제국 각지의 술과 그 다양한 제조 방법에 대한 책도 수십 권이야. 요리에 대한 책도 그 못지않고 말이지. 하지만 위대한 옛 시인들의 시집도 꽤 많이 모아 놓았더군. 책마다 모서리를 접어 표시한 부분이 있고 책장마다 거의 직접 주석과 의견을 달아 놓았어. 불교나 도교 신비주의 관련 책도 상당한 양일세. 그런데 유교 관련 전집은 사 놓기만 했지 손도 대지 않은 것 같아! 과학 관련 서적도 꽤 모아놓았더군. 대부분이 의학과 연금술에 관한 권위서들이야. 수수께끼나 문답, 기계 장치에 대한 전문 서적도 더러 섞여 있고. 그런데 역사나 정치, 행정, 수학 관련 서적은 왜 하나도 없는지 의아한 일일세."

의자에 앉은 채 몸을 돌리며 디 공이 말을 이었다.

"왕 수령은 상당한 미적 감각을 가진 시인에다 신비주의에 심취했던 철학자였던 것 같네. 그와 동시에 지상의 각종 쾌락에도 애착이 많은 관능적인 사내였을 거야. 뭐 그렇게 이상한 조합은 아니지. 야심이 큰 사람은 아니었던 것 같아. 장안에서 멀리 떨어진 조용한 지방의 수령직이 마음에 들었을 거네. 이런 곳이라면 누구 눈치 볼 것도 없이 마음대로 살 수 있으니까 말일세. 그래서 승진을 원치 않았겠지. 평라이만 해도 벌써 아홉 번째 임지였거든. 하지만 탐구심 많은 지적인 인물이기도 했을 거네. 수수께끼나 문답, 기계 장치에 관심을 보인 것을 보면 알 수 있지. 그리고 오랫동안 많은 경험을 한 만큼, 이곳에서는 꽤 인정받는 수령이기도 했겠지. 임무에 그리 헌신적이었을 것 같지는 않네만. 가정을 꾸리는 데에는 별 관심이 없었던 것 같네. 그러니 첫째 둘째 부인이 모두 죽은 후에도 재혼을 하지 않고 고급 창녀나 매춘부들과의 덧없는 관계에 만족하며 지낸 거겠지. 서재 이름에 자신의 이런저런 성격을 적절히 잘 반영했군."

디 공이 부채를 들어 문에 걸린 현판을 가리켰다. '방랑하는 갈대의 은둔처'라고 적힌 현판을 보면서, 홍은 미소를 짓지 않을 수 없었다.

디 공이 다시 말을 시작했다.

"하지만 도무지 앞뒤가 맞지 않는 점이 한 가지 있네."

공은 따로 챙겨둔 직사각형 공책 하나를 가볍게 두드리면서 물었다.

"이 공책, 어디서 찾아냈나, 수형리?"

"아래쪽 선반 뒤에 떨어져 있었습니다."

홍 수형리가 손가락으로 가리키며 대답했다. 디 공이 말했다.

"전임 수령이 직접 날짜와 숫자들 목록을 길게 적어 놓았군. 복잡한 계산을 해 놓은 종이도 끼워져 있고. 그런데 왜 설명이 하나도 없을까? 내가 보기에 왕 수령은 결코 숫자에 관심을 가질 만한 사람이 아닌데, 이상하군. 재정이나 통계 일은 탕이나 다른 관리에게 위임했을 거라고 짐작되는데, 그렇지 않나?"

홍 수형리가 단호하게 고개를 아래위로 끄덕이고는 대답했다.

"탕 서기관도 그렇게 얘기했습니다."

디 공은 책장을 쭉 넘기면서 천천히 고개를 저었다. 그리고 생각에 잠겨 말했다.

"이 공책에 어마어마한 시간과 공을 들인 흔적이 보이는군. 작은 실수 하나도 그냥 넘기지 않고 일일이 세심하게 수정해 놓다니! 허나 단서로 삼을 만한 거라고는 날짜뿐이구먼. 정확히 두 달 전부터 기록하기 시작한 모양이야."

디 공이 자리에서 일어나 공책을 소매 속으로 집어 넣었다. 그리고 말했다.

"어쨌든 시간이 날 때 다시 살펴봐야겠어. 물론 피살 사건과 관련이 있다고 확신할 수는 없지만, 앞뒤가 맞지 않는 것이 있으면 언제든 특별한 주의를 기울여야 해. 아무튼 이제 우리는 피살된 수령에 대해 아주 잘 알게 되었네. 수사 입문서에서도 살인자를 찾아내려면 피살자에 대한 정보부터 캐야 한다고 나와 있지!"

건장한 사내 둘이 식당에서 공짜로 식사를 하고, 선창가에서 벌어지는 생소한 광경을 지켜본다.

"우선 배부터 채우자. 저 게으른 녀석들을 훈련시키고 나니 배가 고프군."

마중이 관아를 나서며 차오타이에게 말했다.

"목도 좀 축여야겠어."

차오타이도 한마디 거들었다.

둘은 제일 먼저 눈에 띄는 식당으로 들어갔다. 관아 남서쪽 구석에 위치한 아담한 식당이었다. 구화원(九花園)이라는, 어울리지 않게 고상한 이름이 붙어 있었다. 손님이 바글바글한 식당 안은 시끄러운 목소리들이 이리저리 섞여 정신이 하나도 없었다. 높다란 계산대 근처 저 안쪽에서 겨우 빈자리를 찾았다. 그 뒤에서는 팔이 하나뿐인 사내가 커다란 가마 옆에 서서 국수를 젓고 있었다.

두 사람은 주위를 찬찬히 훑어보았다. 손님들 대부분은 저녁 손님맞이를 하기 전 서둘러 간단한 요기로 시장기를 달래고 있는 소상인들이었다. 이들은 술잔을 돌릴 때 말고는 게걸스럽게 국수를 먹어치우는 데에만 몰두하고 있었다.

차오타이가 국수 사발을 잔뜩 쌓아 들고 급히 지나가는 종업원 소매를 붙잡았다.

"여기, 국수 넷이랑 술 대병으로 둘!"

"좀 기다려요! 바쁜 거 안 보이나?"

종업원이 퉁명스럽게 내뱉었다.

차오타이가 갑자기 욕설을 있는 대로 내뱉기 시작했다. 국수를 젓고 있던 외팔이 사내가 고개를 들더니 차오타이를 뚫어지게 바라보았다. 그러더니 기다란 대나무 주걱을 내려놓고는 구석을 돌아 이들 쪽으로 다가왔다. 땀으로 뒤범벅이 된 얼굴에 함박웃음을 짓고 있었다.

그가 큰 목소리로 외쳤다.

"그런 욕을 할 만한 사람은 한 분뿐이지요! 여기에는 무슨 일이십니까, 나리?"

차오타이가 퉁명스럽게 내뱉었다.

"나리라는 말은 좀 빼게. 북쪽으로 이동한 후 문제가 좀 있었어. 그래서 이름도 직위도 다 포기했지. 지금은 차오타이라는 이름으로 살고 있네. 뭐 먹을 걸 좀 가져다주겠나?"

"잠깐만 기다리십시오, 나리."

사내가 힘차게 대답했다. 그는 부엌으로 사라졌다가 곧 돌아왔다. 한 뚱뚱한 여인이 쟁반과 접시에 커다란 술병 두 개와 소금을 친 생선, 야채를 잔뜩 받쳐 들고 뒤따라왔다.

차오타이가 만족스럽다는 듯 말했다.

"이제 훨씬 낫군! 오늘만큼은 자네 부인한테 일을 맡기고 이리 와 앉게나, 친구!"

주인장이 의자를 하나 끌어와 앉고, 부인인 뚱뚱한 여자는 계산대 뒤에 자리를 잡았다. 차오타이와 마중이 먹고 마시는 동안 사내가 자기 얘기를 했다. 그는 펑라이에서 나고 자랐으며, 고구려 원정군이 해산된 후 이곳으로 돌아왔다. 그 후 그간 저축해 둔 돈으로 이 식당을 사서 운영을 시작했는데, 장사는 그럭저럭 되는 편이라고 했다. 마중과 차오타이의 갈색 관복을 보며 그가 나직이 물었다.

"왜 여기 관아에서 일하십니까?"

"자네가 국수 젓는 이유나 마찬가지 아니겠나? 다 먹고 살자고 그러는 거지."

차오타이가 대답했다.

외팔이 사내는 좌우를 살피고서 아주 작은 목소리로 말했다.

"거기서 이상한 일이 벌어지고 있답니다! 두 주 전쯤 거기 수령이 목 졸려 죽은 채 온몸이 갈기갈기 찢겼다는 소문 못 들으셨습니까?"

"독살이라고 들었는데!"

마중이 술을 쭉 들이키며 말했다. 사내가 대답했다.

"갈기갈기 찢긴 고깃덩어리 모습이었다던데! 제 말 믿으세요, 거기 놈들은 전혀 믿을 만한 사람들이 아니라고요."

차오타이가 반박했다.

"신임 수령은 정말 좋은 분이셔."

"그분에 대해서는 잘 모릅니다. 하지만 탕이나 판, 그 둘은 정말 나쁜 놈들이지요."

사내가 완강하게 주장했다. 차오타이가 깜짝 놀라 물었다.

"그 비실거리는 늙은이가 뭐가 문제라는 거야? 파리 새끼 한 마리도 못 죽이게 생겼던데."

사내가 나직하지만 거친 목소리로 대답했다.

"그 사람 건드리지 마세요! 그 늙은이…… 뭔가 있습니다. 아무튼 탕 그놈이 뭔가 나쁜 짓을 꾸미고 있는 게 틀림없어요."

"대체 그게 뭔데?"

마중이 물었다. 외팔이 사내가 대답했다.

"말씀 드리지만, 이곳에서는 눈에 띄지 않게 일어나는 일들이 더 많습니다. 이곳서 나고 자랐으니 누구보다 잘 알고말고요! 여긴 오래전부터 이상한 사람들이 살고 있어요. 선친께서도 여러 이야기들을 해 주시고는 했는데……"

그가 말꼬리를 흐리며 슬픈 표정으로 고개를 저었다. 그리고 차오타이가 건네주는 술을 입 안에 털어 넣었다.

마중이 어깨를 으쓱했다. 그리고 말했다.

"우리가 알아 낼 걸세. 조금은 재미있을 것도 같아. 자네가 말한 그 판이라는 친구에 대해서는 나중에 걱정하도록 하지. 수비대 말로는 실종된 것 같다던데, 지금."

외팔이 사내가 분노에 차 내뱉었다.

"그냥 그대로 실종이라면 좋겠네요! 그놈은 누구한테나 돈을 뜯어냈습죠. 포두보다 한술 더 뜨는 놈입니다. 게다가 늘 여자를 끼고 살지요. 생긴 건 멀쩡하지만 악당입니다. 그놈이 얼마나 많은 악행을 저질렀는지는 하늘만 알 겁니다! 하지만 팡이 그놈과 아주 가까운 사이라서, 늘 방패막이가 되어 주지요."

차오타이가 끼어들었다.

"흠, 판의 전성시대는 끝났어. 이제부터는 나나 이 친구 밑에서 일해야 할 거야. 그런데 뇌물을 꽤 받아먹은 것 같아. 서쪽에 작은 농장도 하나 갖고 있다더군."

식당 주인이 말했다.

"작년에 먼 친척한테서 상속받았답니다. 그렇게 훌륭한 농장은 아니에요. 규모도 작고 외진 곳에 있는데다, 버려진 절이 근처에 있거든요. 글쎄요, 실종된 장소가 거기라면, 틀림없이 그들이 잡아간 겁니다."

마중이 말을 듣다 말고 소리쳤다.

"좀 똑바로 말할 수 없나? 대체 '그들'이 누구야?"

외팔이 사내가 종업원에게 큰 소리로 음식을 주문했다. 그는 종업원이 와서 거대한 국수 사발 두 개를 탁자 위에 놓고 간 후에야 조용히 얘기를 시작했다.

"판의 농장에서 서쪽 방향으로 가면 큰 길로 이어지는 지점이 나오는데, 거기에 오래된 절이 하나 있습지요. 9년 전까지만 해도 백운사 소속 중 넷이 거기 머무르고 있었는데, 어느 날 아침 넷이 다 죽은 채로 발견되었어요. 목이 완전히 잘린 채로 말입니다! 중이 새로 오지 않아서 그 절은 내내 빈 채로 있습죠. 그런데 죽은 중들의 망령이 아직도 나타난답니다. 밤에 거기서 빛이 새 나오는 걸 본 농부들이 있어요. 모두들 가까이 가길 꺼려하지요. 지난주만 해도 제 사촌 하나가 밤늦게 거길 지나다가 목 없는 중 하나가 달빛을 받으며 돌아다니는 걸 봤답니다. 잘린 머리를 겨드랑이에 끼고 있는 걸 똑똑히 봤대요."

"귀신이 곡할 노릇이군! 그 오싹한 소리 좀 그만두지 못하겠나? 꼭 망령들이 국수 사발 안에서 돌아다니는 것 같아 도무지 먹을 수가 없잖아!"

차오타이가 소리쳤다. 마중이 웃음을 터뜨렸다. 둘은 게걸스럽게 국수를 먹어치우기 시작했다. 마지막 한 가닥까지 다 먹어치운 후, 차오타이가 자리에서 일어나 소매를 더듬었다. 식당 주인이 재빨리 차오타이의 팔을 잡으며 말했다.

"아닙니다, 나리! 이 식당은 물론이고 식당 안에 있는 것들 모두 다 나리 것이나 마찬가지입니다. 나리가 아니셨다면, 저는 고구려 창기병들한테……."

"알았네!"

차오타이가 사내의 말을 끊으며 대답했다. 외팔이 사내가 한사코 마다해서, 차오타이도 단념하지 않을 수 없었다.

"호의는 고맙게 받지. 하지만 우리를 또 볼 생각이라면 다음에는 꼭 돈을 받아야 해!"

차오타이는 사내의 어깨를 툭툭 친 후 식당을 나섰다.

밖으로 나온 후, 차오타이가 마중에게 말했다.

"자, 이제 배도 채웠으니 일 좀 해 볼까! 그나저나 마을 분위기를 어떻게 파악하지?"

마중은 짙게 내려앉은 안개를 바라보았다. 그리고 머리를 긁적이며 대답했다.

"글쎄, 걷다 보면 답이 나오지 않을까 싶은데."

둘은 불이 켜진 상점 앞길을 따라 걸음을 옮겼다. 안개가 자욱한데도 꽤 많은 사람들이 오가고 있었다. 두 사람은 진열되어 있는 물건들을 기웃거리기도 하고, 값을 물어보기도 했다. 군신(軍神)을 모신 사원이 나오자, 안으로 들어가 동전 몇 닢을 주고 향을 샀다. 그리고 제단 앞에서 향을 피우며 전투에서 숨진 군사들의 영을 위해 빌었다.

다시 남쪽 방향으로 천천히 걸음을 옮기던 중, 마중이 물었다.

"왜 늘 저 국경 너머까지 가서 야만인들과 싸워야 하는지 혹시 알아? 왜 자기들끼리 지지고 볶게 그냥 놔두지 않는 거지?"

차오타이가 잘난 척하며 대답했다.

"정치에 대해 아무것도 모르는군, 자네는. 그 자식들을 야만 상태에서 구해내 우리 문화를 가르치는 것이 우리의 의무니까 그렇지!"

마중이 말했다.

"글쎄…… 달단족도 알 건 안다고. 그놈들, 왜 여자랑 결혼할 때 처녀성을 따지지 않는지 알아? 자기네 부족 여자들이 어릴 적부터 말을 탄다는 사실을 감안하기 때문이야. 하지만 여기 여자들한테는 그런 걸 알려주면 안 되지!"

"실없는 소리 좀 그만할 수 없어? 우린 지금 길을 잃었다고!"

차오타이가 화를 내며 소리쳤다.

아무래도 주거 구역에 들어온 듯싶었다. 길은 매끄러운 판석으로 포장되어 있었고, 양 옆으로는 고급 저택의 높은 담장들이 희미하게 보였다. 사방이 쥐죽은 듯 고요했다. 소리라는 소리는 다 안개에 파묻혀 버린 것 같았다.

마중이 입을 열었다.

"저 앞에 있는 거, 저거 다리 아닌가? 그렇다면 도시 남부를 가로지르는 운하가 틀림없어. 저 수로를 따라 동쪽으로만 가면 상가 지역이 다시 나오겠지. 얼마 안 걸릴 거야."

마중과 차오타이는 다리를 건너 물가를 따라 걷기 시작했다.

갑자기 마중이 차오타이의 팔을 잡았다. 그러더니 말없이 안개 속에 희미하게 보이는 반대편 기슭을 가리켰다.

차오타이는 눈을 가늘게 뜨고 시선을 집중했다. 한 무리의 사내들이 덮개가 없는 자그마한 가마를 지고 수로를 따라 이동하고 있는 것 같았다. 안개 속을 채운 어스름한 달빛 아래, 모자를 쓴 한 사내가 팔짱을 낀 채 가마 위에 가부좌를 틀고 앉아 있는 모습이 보였다. 온통 흰 옷으로 몸을 칭칭 휘감고 있는 것 같았다.

차오타이가 놀랍다는 듯 물었다.

"저 괴상한 녀석은 뭐야?"

마중이 퉁명스럽게 대답했다.

"난들 알아?"

"엇, 가마를 세우는데."

갑자기 바람이 강하게 불어와 안개가 조금 걷혔다. 사내들이 가마를 내려놓는 모습이 보였다. 그런데 갑자기 뒤쪽에 서 있던 사내 둘이 커다란 몽둥이를 들어 올리더니 사내의 머리와 어깨를 내려쳤다. 안개가 다시 짙게 내려앉았다. 풍덩하고 물에 뭔가가 빠지는 소리가 들려왔다.

마중이 욕설을 퍼붓더니 말했다.

"엇, 다리로 가 보자!"

둘은 몸을 돌려 수로 쪽으로 다시 뛰었다. 하지만 시야가 어두운데다 길마저 미끄러웠다. 한참 걸려서야 다시 다리로 돌아올 수 있었다. 마중과 차오타이는 재빨리 다리를 건너 조심스럽게 건너편 둑으로 걸음을 옮겼다. 쥐새끼 한 마리 보이지 않았다. 사내들이 있던 자리라고 생각되는 곳을 찾아 한동안 수로를 따라 오르내리길 반복한 끝에, 마중이 갑자기 걸음을 멈추고 손가락으로 바닥을 훑었다.

그리고 말했다.

"여기 깊게 패인 자국이 있어. 여기가 바로 그 불쌍한 녀석을 처넣은 곳이 분명해."

이제 안개가 조금씩 걷히고 있었다. 몇 발작 떨어지지 않은 곳에 흙탕물이 일어나 있었다. 마중은 옷을 벗어 차오타이에게 건네주고는 장화도 벗어 버린 후 물속으로 들어갔다. 물이 허리까지 찼다. 마중이 얼굴을 잔뜩 찌푸리며 말했다.

"냄새 한번 고약하군! 시체 같은 건 안 보이는데."

그는 앞으로 조금 더 나아갔다. 둑으로 다시 나올 때는 운하 바닥에 두껍게 깔린 오물과 진흙 속으로 발이 푹푹 빠지는 것이 느껴졌다. 마중은 넌덜머리를 내며 중얼거렸다.

"헛수고만 했어! 장소를 잘못 찾았나 봐. 온통 진흙 덩어리에 자갈, 돌덩이처럼 단단하게 굳어 버린 휴지뿐이야. 아, 더러워 죽겠군! 나 좀 끌어올려줘."

빗방울이 떨어지기 시작했다.

"장소만 제대로 짚었어도!"

차오타이가 욕설과 함께 내뱉었다. 뒤쪽에 위치한 어두컴컴하고 조용한 저택 뒷문에 처마가 달린 것을 본 차오타이는 비를 피해 마중의 옷과 장화를 들고서 그리로 들어갔다. 마중은 빗속에 그대로 서서 몸에 붙은 오물이 다 씻겨 내려갈 때까지 기다렸다가 차오타이 옆으로 가서 목수건으로 물기를 닦아냈다. 비가 그치자 두 사람은 운하를 따라 다시 동쪽으로 걸음을 옮겼다. 안개가 엷어져 있었다. 왼쪽으로 고급 저택들의 높은 담장이 줄지어 늘어서 있는 것이 보였다.

차오타이가 풀죽은 목소리로 말했다.

"아쉽군. 경험 많은 관리였다면 분명 그놈들을 잡았을 텐데."

마중이 쏘아붙였다.

"아무리 경험 많은 관리인들 운하를 날아서 건널 재간이 있겠나! 그 칭칭 휘감고 있던 녀석 몰골은 정말 섬뜩하던데. 자네 외팔이 친구 얘기에 나오는 것들보다 더 끔찍해. 어디 술 한잔 더 할 데 없나 찾아보자."

계속 걷다 보니 축축한 안개 사이로 희미하게 빛나는 색등이 보였다. 커다란 식당의 샛문에 달린 등이었다. 두 사람은 입구 쪽으로 돌아갔다. 잘 꾸며진 아래층 대기실로 들어서자, 종업원들이 거만한 눈으로 이들의 젖은 차림을 훑어보았다. 험악한 표정을 지어 보이며 둘은 널따란 층계를 올라갔다. 정교하게 만들어진 여닫이문을 열어젖히자 널찍한 식당이 나타났다. 식당 안은 왁자지껄 떠드는 손님들로 활기에 넘쳤다.

**술에 취한 시인이 달에 바치는 시를 읊고,
차오타이는 유곽에 갔다가
한 고구려 여인을 만난다.**

　마중과 차오타이가 대리석 식탁마다 단정한 차림으로 점잖게 앉아 있는 사람들을 보니, 자기들 주머니 사정으로 올 만한 곳이 아닌 것 같았다.
　마중이 조용히 말했다.
　"여기 말고 다른 곳을 찾아보자."
　막 돌아서려는데, 문가에 혼자 앉아 있던 마른 사내 하나가 의자에서 일어나며 굵은 목소리로 말했다.
　"이보게들, 여기 같이 앉아요! 독작은 언제나 서글프거든."
　사내가 물기 있는 눈으로 두 사람을 바라보았다. 괴상한 모양으로 둥글게 휜 눈썹이 호기심 많은 사람이라는 인상을 주었다. 값비싼 비단으로 지은 짙은 청색 옷에 검은 우단 모자를 쓰고 있었다. 하지만 깃에는 얼룩이 져 있었고 모자 밑으로 부스스한 머리털이 삐져나와 있었다. 살찐 얼굴에 코가 가늘고 길었는데, 코 끝이 빨갛게 번들거렸다.
"원한다니 잠시 어울려 주지, 뭐. 저 아래층에 있는 시골뜨기들한테 쫓겨나가는 인상을 주기는 싫으니까!"
두 사람은 사내 맞은편에 자리를 잡고 앉았다. 사내는 곧바로 술을 큰 걸로 두 병 주문했다.
"뭐하는 분이신지요?"
종업원이 자리를 뜨자 마중이 물었다.
"포카이라고 하오. 조선업자 이펜 밑에서 사업관리인으로 있지요."
그 마른 사내가 대답했다. 그러고는 단숨에 잔을 비우고 자랑스럽게 덧붙였다.
"꽤 알려진 시인이기도 합니다."
"뭐, 오늘의 물주시니 그렇다고 해 드리겠습니다."
마중이 선심 쓰듯 대답했다. 그리고 술병을 들고는 목을 뒤로 젖힌 채 반 병을 천천히 목구멍 속으로 털어 넣었다. 차오타이도 그를 따라했다. 포카이는 둘의 모습을 열중해서 바라보았다. 그가 감탄하며 말했다.
"간단하게 비우는군요! 이 식당에서는 마치 정해지기라도 한 듯 모두 술을 잔에 따라 마십니다만, 당신들 방법도 간단하고 참신한 게 아주 좋아 보입니다!"
"쭉 들이켜고 싶을 때 이렇게 마시지요."
미중은 만족스러운 듯 숨을 내쉬고는 입가를 훔치며 대답했다. 포카이가 자기 잔을 채우고는 말했다.

"좋은 얘깃거리가 있으면 좀 해 주시오! 거리에서 생활하는 당신 같은 친구들은 하루하루가 흥미진진할 것 같은데."

마중이 화를 내며 소리쳤다.

"거리에서 생활한다고? 이봐, 친구, 말조심해. 이래 뵈도 우리는 관아에서 일하는 관리들이라고!"

포카이가 가뜩이나 치솟은 눈썹을 치켜떴다. 그러고는 종업원에게 소리쳤다.

"술 한 병 더 가져와, 제일 큰 걸로!"

그러고는 말을 계속했다.

"자자, 그렇다면 두 분은 오늘 신임 수령이 데려왔다던 바로 그 분들이시군요. 일을 시작한 지 얼마 안 되셨나 봅니다. 아직은 시시껄렁한 관리들처럼 거들먹거리지 않으시니."

차오타이가 물었다.

"전임 수령을 잘 아시오? 듣기로는 그 사람도 시인이었다던데."

"거의 모릅니다. 제가 여기 온 지 얼마 안 돼서요."

포카이가 대답했다. 그리고 갑자기 잔을 내려놓더니 쾌활한 목소리로 외쳤다.

"마지막 시구가 드디어 생각났습니다!"

포카이는 두 사람을 진지하게 바라보며 말을 이었다.

"이 시구를 끝으로 달에 바치는 위대한 시가 드디어 완성되었어요! 들려드릴까요?"

마중이 겁에 질려 대답했다.

"아니요!"

"그럼, 노래로 해 볼까요? 그럭저럭 괜찮은 목소리랍니다. 여기

계신 다른 손님들도 무척 즐거워하실 것 같은데."
포카이가 한껏 들뜬 어조로 물었다.
"그러지 마시오!"
마중과 차오타이가 동시에 대답했다. 사내의 얼굴에서 실망의 빛을 감지한 차오타이가 덧붙여 말했다.
"우리는 시라면 그냥 질색입니다. 노래든 뭐든 간에."
포카이가 탄식했다.
"거 참 유감이군요! 불교 공부를 하시는가 보지요?"
"이 친구, 지금 우리한테 싸움 거는 건가?"
마중이 차오타이에게 미심쩍다는 듯 물었다.
"술 취한 거잖아."
차오타이가 관심 없다는 듯 대답했다. 그러고는 포카이에게 물었다.
"설마 본인이 불교 신자는 아니겠지요!"
포카이가 점잔 빼며 대답했다.
"아주 독실한 신자지요. 정기적으로 백운사도 방문한답니다. 거기 주지 스님은 아주 덕이 높으신 분이지요. 게다가 후이펜 부주지 스님의 설교는 그 어느 설교보다 아름답고요. 지난번에는……."
"저기, 한잔 더 하는 게 어떻습니까?"
차오타이가 끼어들었다.
포카이가 나무라듯 차오타이를 바라보았다. 그러고는 한숨을 쉬며 자리에서 일어나더니 할 수 없다는 듯 말했다.
"그건 계집들 있는 데 가서 마십시다."

"이제야 좀 말 같은 말을 하시는군! 어디 좋은 데라도 압니까?"
마중이 열띤 목소리로 소리쳤다.
"말이 마구간 못 찾아가는 거 봤소?"
포카이가 콧방귀를 뀌며 말했다. 포카이가 술값을 지불했다. 세 사내는 식당을 나섰다.

거리는 아직도 짙은 안개에 뒤덮여 있었다. 포카이는 두 사람을 식당 뒤쪽의 물가로 데려가더니 손가락을 입에 대고 휘파람을 불었다. 그러자 안개 속에서 등불을 켠 조그만 짐배 하나가 나타났다.

포카이가 배로 건너가 사공에게 말했다.
"배로 가자."
"이봐! 계집들 있는 데로 간다고 한 것 같은데!"
마중이 소리쳤다.
"거기가 거기요! 어서 타요!"
포카이가 쾌활한 목소리로 대답하고는 사공에게 말했다.
"지름길로! 이 점잖으신 분들께서 몹시도 급하신 모양이다!"
포카이가 낮게 깔린 거적 아래로 기어들어갔다. 그 옆에 마중과 차오타이가 책상다리를 하고 앉았다. 배는 안개 속을 헤치며 미끄러지듯 앞으로 나아갔다. 노가 첨벙거리며 수면에 부딪히는 소리 말고는 사방이 고요했다.

한참 후, 노 젓는 소리가 멈췄다. 배는 조용히 계속 앞으로 나아갔다. 사공이 등불을 껐다. 배가 가만히 정지했다.

마중이 묵직한 손으로 포카이의 어깨를 누르며 말했다.
"함정이거나 하면 모가지 날아갈 줄 알아!"

"말도 안 되는 소리 집어치우쇼!"

포카이가 화를 내며 소리쳤다.

쇠 부딪히는 소리가 나는가 싶더니 배가 다시 움직이기 시작했다.

"막 동쪽 수문을 통과했소! 격자 철창 한구석에 벌어진 곳이 있거든. 이건 당신들 대장한테 말하면 안 되오!"

곧 일렬로 늘어선 검은 선체들이 눈앞에 나타났다.

"저번처럼 두 번째 배로 가세."

포카이가 사공에게 지시했다. 사공이 배를 뱃전에 가져다 대자, 포카이가 사공에게 동전 몇 닢을 쥐어준 후 배 위로 올라갔다. 마중과 차오타이도 따라 올라갔다.

포카이는 갑판 위에 어지럽게 늘어선 작은 탁자와 발판들을 헤치고 천천히 걸어가 선실 문을 두드렸다. 땟물이 흐르는 검정 비단 실내복을 입은 뚱뚱한 여인이 문을 열었다. 여인은 검은 치아를 드러내며 싱긋 웃었다.

"어서 와요, 포카이 씨! 아래층으로 내려가세요."

가파른 목재 사다리를 타고 내려가자 넓은 선실이 나타났다. 대들보에 걸린 색등 두 개가 희미한 불빛을 발하고 있었다.

세 사람은 선실 대부분을 차지하고 있는 커다란 탁자에 앉았다. 뚱보 여인이 손뼉을 쳤다. 우락부락하게 생긴 땅딸막한 사내 하나가 술병이 놓인 쟁반을 들고 들어왔다.

사내가 술을 따르는 동안 포카이가 여인에게 물었다.

"내 절친한 친구이자 동료인 김상은 어디에 있나?"

"김상 씨는 아직 안 왔어요. 하지만 제가 지루하지 않게 신경

써 드릴게요!"

그녀가 종업원에게 신호를 보냈다. 종업원이 안쪽 문을 열자 계집아이 넷이 들어왔다. 모두 얇은 여름옷을 입고 있었다. 포카이가 떠들썩하게 여자들을 반겼다.

그는 양 옆에 여자 하나씩을 끌어다 앉히고는 말했다.

"여기 이 둘은 내 거요!"

그리고는 황급히 덧붙여 말했다.

"이상한 생각 말아요, 그냥 잔이나 비지 않게 하려는 거니까!"

마중은 상냥해 보이는 동그스름한 얼굴의 통통한 여자를 불러 옆에 앉혔고, 차오타이는 네 번째 여자와 말을 나누기 시작했다. 네 번째 여자는 무척 아름다웠지만, 어딘지 모르게 우울해 보였고 묻는 말에만 간신히 대답할 뿐이었다. 이름은 유수라고 했다. 고구려에서 왔는데도 중국어를 꽤 유창하게 구사했다.

"고구려는 아름다운 나라지. 지난 전쟁 때 가 본 적이 있어."

차오타이가 여자의 허리를 팔로 감싸 안으며 말했다.

여자가 차오타이를 밀쳐내며 경멸하는 눈으로 쏘아보았다.

차오타이는 자신이 엄청난 실수를 저질렀음을 깨닫고는 황급히 말했다.

"고구려인들은 정말 훌륭한 전사들이야. 할 만큼 했지만, 우리 군이 워낙 수적으로 우세했지."

여자는 들은 척도 하지 않았다.

"야 이년아, 좀 웃어라! 사근사근 말도 붙여 드리고!"

뚱보 여인이 쏘아붙였다.

"내가 뭘 하든 상관 말아요. 손님이 불평하는 것도 아닌데 왜 그래요?"

유수가 느긋하게 대꾸했다. 뚱보 여인이 자리에서 일어나더니 여자를 때리기라도 할 것처럼 손을 치켜들었다. 그러고는 화를 누르지 못해 씩씩거리며 말했다.

"이년이! 혼 좀 나봐야 정신 차리겠냐!"

차오타이가 여인을 거칠게 뒤로 밀어냈다. 그리고 잔뜩 화난 목소리로 말했다.

"이 여자한테 손끝 하나라도 댔다간 각오해!"

"갑판으로 올라갑시다! 달이 떴다는 느낌이 팍팍 들거든! 김상이 올 시간도 거의 다 되었고 말이지!"

"전 그냥 여기 있을게요."

그 고구려 여자가 차오타이에게 말했다.

"그러시오, 그럼."

여자에게 대답한 후, 차오타이는 다른 이들을 따라 갑판으로 올라갔다. 차가운 달빛이 도시 성벽을 따라 줄 맞춰 정박해 있는 배들을 비추고 있었다. 검은 물 저 너머로 맞은 편 강둑이 희미하게 보였다.

마중은 낮은 의자에 앉아 아까 그 통통한 여자를 무릎 위에 앉혔다. 포카이가 자기 여자 둘을 차오타이한테로 밀었다.

"그분들 잘 모셔. 나는 지금 한 차원 높은 것에 마음을 빼앗겼으니까!"

그는 가만히 서서 뒷짐을 진 채 달을 황홀한 듯 바라보았다.

그러더니 갑자기 입을 열었다.

"모두들 간청하시니 여러분을 위해 제가 새로 지은 시를 들려

드리겠습니다."
 그는 말라빠진 목을 쭉 빼더니 갑자기 귀청을 찢을 듯 높은 가성으로 노래를 부르기 시작했다.

　　노래와 춤의 더할 나위없는 벗이요,
　　유희를 아는 이에게는 친구이자 슬픈 이에게는 위로여라,
　　달, 오, 그 은빛 찬란함이여…….

 포카이는 잠시 멈추고 숨을 고르는 듯하더니, 갑자기 고개를 숙이고는 귀를 기울였다. 다른 이들을 빠르게 훑어보더니 아주 작은 목소리로 말했다.
 "어디선가 기분 나쁜 소음이 들립니다!"
 마중이 대꾸했다.
 "당신도 알기는 아는군! 세상에, 제발 그 끔찍한 소리 좀 그만 낼 수 없나? 지금 이 계집과 진지하게 얘기 나누는 중인 거 안 보이냐고!"
 "난 저 아래에서 들리는 소리를 말하고 있는 겁니다. 뚱보가 당신 친구를 아주 부드럽게 손봐 주고 있는 중인 것 같습니다만."
 그가 말을 멈추자 저 아래에서 누군가 맞는 소리와 비명소리가 조그맣게 들려왔다. 차오타이가 벌떡 일어나 선실로 달려 내려갔다. 마중이 뒤를 따랐다.
 아까 그 고구려 여인이 발가벗겨진 채 탁자 위에 엎어져 있었다. 손은 종업원에게, 다리는 또 한 사내에게 잡힌 상태였다. 여자의 엉덩이를 뚱보 여인이 등나무 회초리로 갈겨 대는 중이었다.

차오타이가 종업원의 턱에 주먹을 날렸다. 종업원이 한 방에 나가 떨어졌다. 여자의 다리를 잡고 있던 사내가 다리에서 손을 떼고는 허리춤에서 칼을 꺼내 들었다.

차오타이는 탁자를 훌쩍 뛰어넘어가 뚱보 여인을 벽으로 밀쳐버리고 칼을 든 사내의 손목을 낚아채 비틀어버렸다. 사내는 고통스러운 비명을 지르며 주저앉았다. 칼이 쨍그랑 소리를 내며 바닥으로 떨어졌다.

여자가 몸을 굴려 탁자에서 내려왔다. 그러더니 입에 물려 있는 더러운 누더기를 미친 듯이 쥐어뜯었다. 차오타이가 그녀를 도와 재갈을 풀어주었다.

사내가 몸을 굽혀 왼손으로 다시 칼을 잡으려 했으나, 마중이 가슴팍을 발로 걷어차자 구석으로 고꾸라졌다. 여자가 심하게 헛구역질을 하더니 갑자기 토하기 시작했다.

"아주 화목한 정경이군!"

계단참에서 포카이가 말했다.

"가서 옆 배 사람들 불러와!"

뚱보 여인이 숨을 헐떡이며 소리치자, 종업원이 벌떡 일어났다.

"아예 다 불러 모으지 그래!"

마중이 올 테면 와 보라는 듯이 소리쳤다. 그리고 의자를 바닥에 내리쳐 부순 다음 몽둥이로 쓸 만한 다리 하나를 집어 들었다. 그때 포카이가 소리 질렀다.

"어이, 아줌마! 진정해, 진정! 조심하는 게 좋을 거야. 여기 이 분들 관아에서 일하는 분들이시거든."

여자가 새하얗게 질린 얼굴로 황급히 종업원에게 돌아오라는 손짓을 했다.
 그러고는 차오타이 앞에 무릎을 꿇고 쩔쩔매며 말했다.
 "나리, 전 그저 나리를 어떻게 모셔야 하는지를 가르쳐 주려고 한 것뿐입니다요!"
 "저 여자한테서 그 더러운 손 치우라고 말했을 텐데!"
 차오타이가 쏘아붙였다. 그리고 여자가 얼굴을 닦을 수 있도록 목수건을 건네주었다. 여자가 자리에서 일어났다. 몸이 가늘게 떨리고 있었다.
 "가서 좀 달래 주는 게 어때, 친구."
 마중이 권했다.
 "나는 저 칼잡이랑 한 판 더 붙어야겠어."
 유수가 옷을 들고 안쪽 문가로 가자, 차오타이도 그 뒤를 따라 좁은 통로로 들어갔다. 여자가 늘어선 문 중 하나를 열더니 차오타이에게 들어가라고 손짓했다. 그러고는 자기도 따라 들어왔다.
 들어간 곳은 매우 비좁은 선실이었다. 보조 등 아래 침상 하나가 놓여 있을 뿐, 가구라고는 낡아 빠진 대나무 의자가 딸린 작은 화장대 하나와 반대쪽 벽 쪽으로 밀어 놓은 커다란 붉은색 가죽 옷상자가 다였다.
 차오타이는 옷상자 위에 앉았다.
 말없이 침상 뒤로 옷가지를 던지는 여자를 보며, 차오타이가 어색하게 말했다.
 "미안하군, 괜히 나 때문에……."
 "상관없어요."
 여자가 대수롭지 않다는 듯 대답했다. 침상 위로 몸을 굽히더

선상 유곽에서의 만남

니 창턱에서 조그맣고 둥근 상자 하나를 집어 들었다. 차오타이는 여자의 균형 잡힌 몸에서 눈을 뗄 수 없었다.
"옷을 입는 게 좋겠어."
그가 퉁명스럽게 말했다.
"너무 더워서 그래요."
유수가 새침하게 대답했다. 여자는 상자를 열어 연고를 꺼내서는 엉덩이에 난 상처에 약을 발랐다. 그러더니 불쑥 내뱉었다.
"참, 정말 제 때에 와주셨어요! 살이 찢겨나갈 것 같았거든요."
"옷 좀 입으면 안 되겠나?"
차오타이가 갈라진 목소리로 말했다.
"상태를 알고 싶어 하실 것 같아서요. 본인 탓이라 그러셨잖아요. 아닌가요?"
여자가 차분한 어조로 대답했다. 옷을 개서 의자 위에 놓았다. 그러고는 조심스럽게 그 위에 앉아 머리를 매만지기 시작했다.
차오타이는 여자의 미끈한 등을 바라보았다. 지금 건드리는 건 너무 잔인하다는 걸 알면서도 욕정을 느끼는 자신에게 화가 났다. 거울에 비친 여자의 탐스럽고 둥근 젖가슴이 눈에 들어오자, 침을 꿀꺽 삼키며 애타는 어조로 말했다.
"제발 옷 좀 입어! 어떤 남자라도 그 젖가슴을 보면 가만히 있기 힘들다고!"
유수가 깜짝 놀라 차오타이를 돌아보았다. 그러더니 미끈한 어깨를 한 번 으쓱 하고는 자리에서 일어나 침상으로 가 차오타이 맞은편에 앉았다.
"관아에서 일하신다는 거 정말이에요? 여기 오는 사람들은 종종 거짓말을 해서 말이에요, 잘 아시겠지만."

주의를 돌릴 수 있게 되어 다행이라고 여기며, 차오타이는 장화에서 여러 번 접힌 문서를 꺼내들었다. 여자는 머리에서 손을 떼고 그 문서를 받아들었다.

"읽지는 못해도 눈썰미 하나는 쓸 만해요!"

여자는 몸을 굴려 침상 아래로 손을 뻗어서는 납작한 정방형 꾸러미 하나를 집어 들었다. 회색 종이로 단단하게 포장되어 있었다. 여자가 다시 일어나 앉더니 차오타이의 통행증에 찍힌 직인과 포장지 접힌 곳에 찍혀 있는 직인을 비교해 보았다.

여자는 비교를 마치자 차오타이에게 통행증을 되돌려주었다. 생각에 잠긴 채 느릿느릿 넓적다리를 긁으며 여자가 말했다.

"정말이군요. 같은 직인이네요."

궁금해진 차오타이가 물었다.

"관아 직인이 찍힌 꾸러미가 어디서 났지?"

여자가 입을 삐죽거리며 말했다.

"오호, 이제 정신이 드셨나. 정말 도둑만 잡으러 오셨나 봐. 그런 거예요?"

차오타이가 주먹을 불끈 쥐고는 고함쳤다.

"이거 봐! 내가 매질 당해 아파하는 여자랑 그 짓 하고 싶어 안달이나 하는 그런 놈으로 보여?"

유수는 곁눈으로 차오타이를 바라보았다. 그리고 하품을 하며 느린 어조로 말했다.

"글쎄요."

차오타이는 자리에서 벌떡 일어나 방을 나왔다.

중앙 선실로 돌아와 보니 포카이가 탁자에 엎드려 얼굴을 파묻은 채 곯아떨어져 있었다. 코 고는 소리가 대단했다. 뚱보 여인은 그 맞은편에 앉아 언짢은 표정으로 술잔을 노려보고 있었다. 차오타이는 술값을 지불한 후, 한 번만 더 그 고구려 여자를 함부로 대했다가는 골치 아파질 줄 알라고 경고했다.

"나리, 그년은 그냥 전쟁 노예일 뿐입니다요. 정식으로 값을 치르고 데려온 년이란 말씀입니다."

여자가 쏘아붙였다. 그러더니 간드러지는 목소리로 덧붙였다.

"물론 나리의 말씀이 제게는 법이나 마찬가지지요."

그때 마중이 들어왔다. 그러고는 흐뭇한 표정으로 말했다.

"어쨌거나 기분 괜찮은 곳이군. 그 통통한 계집, 정말 일품이야!"

뚱보 여인이 신이 나서 말했다.

"머지않아 더 나은 년을 보여 드릴 수 있을 것 같습니다요, 나리! 다섯 번째 배에 새로 온 아이가 하나 있는데, 생긴 것도 그만이지만 교육도 잘 받았답니다. 지금은 어떤 분한테 예약이 되어 있지만, 뭐, 아시다시피 오래가지 않으니까요! 한 두어 주 정도 후라면……."

마중이 탄성을 내질렀다.

"좋아, 좋아! 다시 오겠네. 그렇지만 다신 우리한테 칼을 휘두르지 말라고. 화를 돋우지 말라는 얘기야. 우린 화나면 금방 난폭해지거든."

그러고는 포카이의 어깨를 흔들며 귀에 대고 소리쳤다.

"일어나요, 시끄러운 시인 양반! 자정이 다 되었소. 집에 갈 시간이라고!"

포카이가 고개를 들어올렸다. 두 사람을 빙퉁그러진 표정으로 바라보더니 거만한 태도로 말했다.

"속물들, 내 고상한 영혼을 이해할 리가 없지! 난 여기 남아서 절친한 친구 김상을 기다리겠어. 당신들은 도무지 내 취향에 맞지가 않아! 머릿속에 온통 술 마시고 오입질이나 할 생각뿐이니. 가 버려! 나는 당신들이 경멸스러워!"

마중이 웃음을 터트렸다. 포카이의 모자를 눈까지 푹 눌러 씌우고는 차오타이와 함께 갑판으로 올라왔다. 그리고 휘파람을 불어 뱃사공을 불렀다.

디 공은 옻칠을 한 상자에 대한 보고를 받고, 한밤중에 절로 잠입한다.

관아로 돌아온 마중과 차오타이는 디 공의 개인 집무실에 불이 켜져 있는 것을 발견했다. 디 공이 홍 수형리와 함께 틀어박혀 있었다. 책상 위에는 사건 기록과 서류 뭉치가 잔뜩 쌓여 있었다.

둘을 본 디 공은 책상 건너편에 앉으라는 손짓을 하며 이렇게 말했다.

"오늘 전임 수령의 서재를 홍과 함께 조사해 보았네만, 차에 어떻게 독이 들어가게 되었는지는 알아내지 못했네. 화로가 창문 앞에 위치해 있으니, 혹시 가느다란 대롱을 창호지에 꽂아 찻물이 든 냄비 속으로 독 가루를 불어 넣은 게 아닐까 하는 게 홍의 생각이네만, 서재를 조사해 본 결과, 창에는 두툼한 덧문이 있는데다 수개월간 손도 안 댄 것 같더군. 더군다나 그 창은 어두컴컴한 정원 구석으로 나 있으니 전임 수령은 책상 앞에 있는 저 반대쪽 창문만 이용했을 거야.

저녁 식사 전에 네 구역의 책임자들을 만나 보았네. 점잖은 인물들 같더군. 고구려 유민 정착 구역 책임자도 왔는데, 유능한 사람 같아. 고구려에서는 무슨 관직에 있었다던가…….”

디 공은 잠시 말을 멈추고는 홍과 얘기하며 적어 놓은 기록들을 훑어보았다.

“저녁을 먹은 다음 홍과 함께 여기 문서고에서 중요한 기록들을 살펴보았는데, 전부 최근까지 잘 정리되어 있더군.”

디 공은 앞에 있는 문서를 밀쳐내며 활기찬 목소리로 물었다.

“자, 자네 둘은 오늘 밤을 뭐하면서 보냈는가?”

“그다지 잘한 게 없는 것 같아 송구스럽습니다. 아무래도 저와 이 친구는 바닥부터 일을 배워나가야 할 것 같습니다.”

마중이 시무룩한 표정으로 대답했다.

디 공이 보일 듯 말 듯 미소를 지으며 말했다.

“그건 나도 마찬가질세. 무슨 일이 있었는지 말해 보게.”

마중은 우선 구화원 주인장 탕과 그 부하 판충에 대해 해 준 얘기부터 고했다. 보고를 마치자, 디 공이 고개를 저으며 말했다.

“탕이란 친구, 대체 뭐가 문젠지 이해할 수가 없군. 제정신이 아닌 것 같네. 죽은 수령의 망령을 봤다고 믿고 있어. 그것 때문에 충격도 어지간히 받은 것 같고 말이지. 하지만 그것 말고 또 뭔가가 있다는 생각이 들어. 자꾸 신경에 거슬리게 굴기에 저녁 식사 후 귀가 조치했네.

판충에 대해서는, 그 식당 주인의 말에 너무 신경 쓸 필요 없네. 그런 자들은 관아에 대해 안 좋은 선입견을 갖고 있기가 쉽거든. 관아에서 쌀값 조정이나 주세(酒稅) 부과 같은 일을 하니 좋아할 리가 없지. 판충이 나타나면 그때 우리 나름대로 다시 한번 판단해 보세."

차를 몇 모금 마신 후 디 공이 말을 이었다.

"그나저나 탕 말로는 근방에 정말로 사람을 잡아먹는 호랑이가 있다던데. 바로 지난주에도 농부 하나가 잡아먹혔다더군. 피살 사건 조사가 얼추 궤도에 오르는 대로 자네 둘은 그 짐승을 잡는 데 신경 좀 써 줘야겠어."

"기꺼이 그리 하겠습니다!"

마중이 힘차게 대답했다. 그런데 표정이 어두워지더니 말을 잇지 못했다. 그렇게 한참을 망설인 끝에, 운하 둑에서 목격한 일에 대해 보고했다. 살인 사건 같다는 말도 덧붙였다.

디 공이 걱정스런 표정을 지었다. 그리고 입술을 오므리며 말했다.

"안개 때문에 잘못 본 거라면 좋겠군. 이 상황에 또 다른 살인 사건은 달갑지 않아! 내일 아침에 다시 가서 근처 주민들한테 좀 알아보게! 듣고 보면 별일 아닐 수도 있으니까. 혹시 실종된 사람이 있는지도 알아보고."

그 다음엔 차오타이가 이펜의 관리인인 포카이를 만난 일을 보고했다. 선상 유곽에 갔던 얘기는 대충 얼버무렸다. 그저 여자들을 옆에 앉혀 놓고 술 한잔 마셨다고만 했다.

다행스럽게도 디 공은 보고 내용이 흡족한 모양이었다. 디 공이 말했다.

"잘했군! 정보도 많이 모았고. 본래 유곽이란 곳은 밑바닥 인

생들이 모여들게 마련이지. 그곳에 가는 길을 알아둔 것도 잘했네. 그 배들이 정확히 어디에 정박해 있는지 알아보세. 수형리, 아까 그 지도 좀 줘 보게."

홍이 책상 위에 지도 하나를 펼쳤다. 마중이 일어나 몸을 굽혀 지도를 들여다보았다. 그러고는 남서쪽 구역에 있는 수문의 동쪽, 정확히 말해 운하에 놓인 다리 중 두 번째를 가리키며 입을 열었다.

"바로 이 근처입니다. 그 가마 탄 사내를 본 데가! 포카이를 만난 곳은 여기 식당이고, 이렇게 배로 운하를 따라 동쪽으로 가다가 또 다른 수문을 지나갔지요."

디 공이 물었다.

"거길 어떻게 지나갔나? 거기 수문은 육중한 격자 철창으로 막혀 있다고 알고 있는데."

마중이 대답했다.

"벌어진 부분이 있었어요. 작은 배 한 척 정도는 통과할 수 있을 정도로요."

디 공이 말했다.

"내일 당장 그것부터 손봐야겠군. 그런데 그 유곽은 왜 배 위에 있지?"

"탕한테 듣기로는, 예전 수령님 한 분이 성읍 안에 유곽이 있는 것을 무척 싫어했답니다. 그래서 모두 동쪽 성벽 밖으로 쫓겨나 그곳 작은 부두에 배를 정박시켜 놓고 영업하기 시작했다지요. 그 고매하신 수령님이 다른 곳으로 가신 후에도 계속 거기에 머물러 있는데, 뱃놈들이 들락거리기에 편리해서 그렇답니다. 하긴 성문을 통과할 필요도 없이 배에서 곧장 가면 되니까요."

디 공이 고개를 끄덕였다. 그러고는 구레나룻을 쓰다듬으며 말했다.

"그 포카이라는 친구한테 관심이 가는군, 언제 한번 만나 보고 싶네."

차오타이가 말했다.

"시인이라고 하던데, 눈치 하나는 정말 빠르더군요. 한눈에 우리가 노상강도였다는 것을 알아챘을 뿐만 아니라, 배에 갔을 때도 여자가 매질당하고 있다는 걸 혼자서만 알아채더란 말입니다."

디 공이 깜짝 놀라며 물었다.

"여자한테 매질을?"

그때 차오타이가 주먹으로 무릎을 탁 쳤다.

"그 꾸러미! 이런 바보 같으니라고! 까마득히 잊고 있었네! 그 고구려 여자가 전임 수령께서 맡긴 거라며 꾸러미 하나를 주었습니다."

디 공이 자리를 고쳐 앉으며 소리쳤다.

"이제야 실마리가 풀리겠군! 그런데 왕 수령은 왜 그걸 창녀한테 맡겼을까?"

차오타이가 대답했다.

"글쎄요, 그 여자 말로는 한 식당에 고용되어 연회 시중을 들고 있을 때 왕 수령을 한 번 만났답니다. 그런데 그 늙은이가 자길 마음에 들어 하더랍니다. 배로 여자를 만나러 갈 수는 없고 하니, 종종 관사로 불러들여 밤을 같이 보낸 모양이더군요. 그런데 하루는, 한 달쯤 되었나, 아침에 관사를 나서려는데 꾸러미 하나를 주더랍니다. 물건 숨기기에는 엉뚱한 장소만 한 곳이 없다는 말과 함께 말입니다. 아무한테도 말하지 말고 잘 간수하라고만 했답니다. 필요해지면 달라고 하겠다면서요. 안에 뭐가 들었는지 물었더니, 웃으면서 신경 쓰지 말라는 말만 하더랍니다. 그러더니 다시 심각한 표정으로 자기한테 혹시라도 무슨 일이 생기면 후임 수령에게 전해 주라고 그랬다더군요."

디 공이 물었다.

"그런데 왜 피살 사건이 난 후에 관아로 가져오지 않았지?"

차오타이가 어깨를 으쓱하며 대답했다.

"그런 계집들은 관아라면 벌벌 떨지요. 누구든 관아에서 일하는 사람이 배로 찾아오길 기다렸던 겁니다. 제가 우연찮게 그 첫 번째 사람이 된 거지요. 바로 이 물건입니다."

차오타이가 소매 춤에서 납작한 꾸러미를 꺼내 디 공에게 주었다. 디 공은 꾸러미를 받아들고 이리저리 돌려보고는 흥분을 감추지 못하며 말했다.

"뭐가 들었는지 열어 보세!"

디 공은 봉인을 깨고 서둘러 포장지를 찢어냈다. 검정 옻칠을 한 납작한 상자가 하나 나왔다. 뚜껑에는 잎이 무성한 대나무 줄기 두 개가 장식되어 있었다. 정교한 금칠 양각에, 테두리는 온통 자개로 장식되어 있었다.

"아주 귀한 물건이군!"

뚜껑을 들어 올리던 디 공이 탄성을 내뱉었다. 그러나 곧 탄식이 새어나왔다. 상자가 비어 있었던 것이다.

"벌써 손댄 사람이 있어!"

디 공이 화난 목소리로 말했다. 그러고는 찢어 내버린 포장지를 황급히 집어 들었다. 그는 역정을 내며 덧붙였다.

"제대로 하려면 한참 더 배워야겠군. 포장지를 뜯기 전에 봉인부터 살펴봤어야하는 건데! 이제야 생각이 나다니!"

디 공은 등을 젖히며 눈살을 찌푸렸다.

홍 수형리는 호기심 어린 눈초리로 상자를 살펴보았다. 그리고 말했다.

"크기나 모양을 봐서는 서류 보관용으로 쓰던 상자 같은데요."

디 공이 고개를 끄덕였다. 그러고는 한숨을 내쉬며 말했다.

"하긴, 아무것도 없는 것보다는 낫지. 피살된 수령은 분명 그 안에 뭔가 중요한 문서를 넣어뒀을 것이 분명해. 책상 서랍에 넣어둔 것보다 더 중요한 문서였겠지. 차오타이, 여자가 이걸 어디에 보관하고 있던가?"

차오타이가 즉시 대답했다.

"선실 안, 침상과 벽 사이입니다."

"그렇군."

디 공이 날카로운 눈빛으로 차오타이를 바라보며 무뚝뚝하게 말했다.

차오타이는 당황스러움을 감추려고 황급히 덧붙였다.

"여자가 분명히 말했습니다. 누구한테든 말한 적도, 보여 준 적도 없다고요. 하지만 자기가 없을 때 다른 여자들이 그 선실을 썼기 때문에, 종업원이나 손님들이 자유롭게 들락거렸다는 말은 했습니다."

디 공이 말했다.

"그렇다면 여자 말이 진짜라 하더라도 실상은 누구나 꾸러미에 손을 댈 수 있었다는 거로군! 또 다시 원점이로구만."

디 공은 잠시 생각에 잠겼다가 어깨를 으쓱하며 말을 계속했다.

"흠, 전임 수령의 서재에 있는 책들을 검토하던 중 발견한 공책이 하나 있는데, 단서가 나올지도 모르니 한번 보게."

디 공은 서랍을 열어 공책 하나를 꺼내 마중에게 건넸다. 마중이 한 장씩 넘기는 동안, 차오타이가 어깨너머로 들여다보았다. 마중이 고개를 저으며 디 공에게 다시 돌려주었다. 그러고는 씩씩하게 물었다.

"수령님, 어디 잡아들일 만한 못된 놈들 없을까요? 저나 이 친구는 머리 쓰는 일은 못해도 힘쓰는 일이라면 자신 있는데!"

디 공이 쓸쓸한 미소를 지으며 대답했다.

"잡아들이려면 범인이 맞는지부터 확인해야 하는 법이라네. 하지만 걱정 말게, 특별한 임무를 줄 테니까. 그것도 오늘 밤 당장. 그럴 만한 이유가 있어서 백운사 안쪽에 있는 법당을 좀 살펴봐야겠는데, 쥐도 새도 모르게 하고 싶네. 지도를 한 번 더 들여다보고 어찌 하면 좋을지 방도를 알려 주게."

마중과 차오타이는 머리를 맞대고 지도를 들여다보았다. 디 공이 집게손가락으로 가리키며 말했다.

"보다시피 절은 성읍 동쪽에 위치해 있지. 고구려 유민 정착 구역 남쪽, 하구 맞은편 둑에 말일세. 탕 말로는 절 안쪽 법당은 이 벽 바로 아래 위치해 있다더군. 그 뒤쪽 언덕은 무성한 숲이고."

마중이 말했다.

"벽이야 타고 오르면 되지요. 중요한 건 어떻게 주의를 끌지 않고 절 안쪽까지 들어가느냐 하는 겁니다. 이런 늦은 시간에는 길거리에 사람이 많지 않으니, 괜히 어슬렁거렸다가는 수비대한테 걸리기 딱 좋거든요."

지도만 들여다보고 있던 차오타이가 고개를 들고 말했다.

"포카이를 만났던 그 식당 뒤편에서 배를 한 척 빌리는 방법도 있습니다. 마중이 배를 곧잘 저으니, 운하를 따라가다 수문 틈새를 지나 하구를 가로질러 가면 어떨까요. 물론 거기서부터는 운에 맡기는 수밖에 없지만 말입니다."

"좋은 생각이네! 사냥용 외투만 걸치면 되니 바로 출발하세!"

네 사람은 옆문을 통해 밖으로 나온 다음, 큰길을 따라 남쪽으로 걸음을 옮겼다. 날씨가 좋아서인지 달이 휘영청 밝았다. 식당 뒤편에 배 한 척이 묶여 있는 것이 보였다. 보증금을 지불하고 배를 빌렸다.

마중의 노 젓는 솜씨는 정말 일품이었다. 양 손에 하나씩 노를 쥐고는 능숙하게 수문을 향해 저어나갔다. 벌어진 격자 철창이 눈에 들어왔다. 그 틈새를 빠져나가 선상 유곽 쪽으로 가 마지막 배 옆에서 멈췄다. 그러고는 휙 하고 동쪽으로 방향을 돌려 재빨리 운하를 건넜다.

마중은 건너편 둑 덤불이 우거진 곳을 골라 배를 댔다. 디 공과 홍 수형리가 배에서 내리자, 마중과 차오타이가 배를 덤불 아래로 끌어올렸다.

"홍 수형리는 연로하고 하니, 여기 남는 게 좋을 것 같습니다, 수령님. 누군가 배도 지켜야 하고, 또 가다가 험한 일이 생길 수도 있으니까요."

디 공이 고개를 끄덕였다. 그리고 마중과 차오타이를 따라 덤불숲을 기어갔다. 길가에 다다르자 마중이 손을 들어올렸다. 그는 덤불을 헤치고 길 맞은편의 무성한 숲을 가리켰다. 저 멀리 왼쪽으로 백운사의 대리석 문루가 보였다.

"아무도 없는 것 같습니다. 뛰어서 건너지요."

마중이 말했다.

맞은편 숲 속은 칠흑처럼 어두웠다. 마중이 디 공의 손을 잡고서 무성한 덤불을 헤쳐 나갈 수 있도록 도왔다. 차오타이는 벌써 저만치 앞서 오르고 있었다. 거의 소리도 내지 않았다. 꽤 가파른 오르막길이었다.

디 공의 두 안내인은 가파르고 좁은 산길과 나무들 사이를 헤치며 앞으로 나아갔다. 디 공은 방향 감각을 잃어 어디가 어딘지 가늠할 수도 없었으나, 두 사람은 산길이라면 눈을 감고도 다녔던 전력이 있는지라 척척 앞으로 나아갔다.

갑자기 차오타이가 디 공에게 다가가 속삭였다.

"누군가 뒤를 밟고 있습니다."

"저도 들었습니다."

마중이 나직이 말했다.

세 사람은 서로 붙어 선 채 꼼짝도 하지 않았다. 이제 디 공의 귀에도 휙 하는 소리, 낮게 으르렁거리는 소리가 들려왔다. 왼쪽 저 아래에서 나는 소리 같았다.

마중이 디 공의 소매를 힘껏 당기며 납작 엎드렸다. 디 공과 차오타이도 따라 엎드렸다. 세 사람은 낮은 산등성이를 기어서 올라갔다. 마중이 조심스럽게 덤불을 헤치며 낮은 목소리로 욕설을 퍼부었다.

디 공은 좁은 산골짜기를 내려다보았다. 달빛 아래 시커먼 물체가 삐죽삐죽 높이 자란 풀숲을 헤치며 뛰어다니는 모습이 보였다.

"호랑이가 틀림없습니다! 활을 가져오지 않은 게 유감이군요. 걱정 마십시오, 셋이나 되는 사람을 공격하지는 않을 겁니다."

마중이 흥분한 듯 속삭였다.

"조용히 해!"

차오타이가 속삭이듯 말했다. 그는 풀숲 사이를 날렵하게 움직이는 그 검은 물체를 응시했다. 물체는 바위 위로 뛰어오르는가 싶더니 다시 수풀 속으로 사라졌다.

차오타이가 쉿 소리를 내며 말했다.

"저건 그냥 짐승이 아닙니다! 뛰어내릴 때 갈고리발톱이 달린 하얀 손을 언뜻 보았습니다. 저건 호랑이 인간이에요!"

길게 늘어지는 섬뜩한 울음소리가 정적을 깨뜨리며 울려 퍼졌다. 인간이 내는 소리와 너무 비슷해서 디 공은 등골이 오싹했다.

차오타이가 쉰 목소리로 내뱉었다.

"우리 냄새를 맡았어요! 절까지 뛰어갑시다. 바로 이 산등성이 아래일 겁니다!"

차오타이가 벌떡 일어나며 디 공의 팔을 움켜쥐었다. 마중과 차오타이는 디 공을 잡아끌면서 죽을힘을 다해 산등성이 아래로 내달았다. 디 공은 머릿속이 멍해졌다. 무시무시한 울음소리가 아직도 귀에 아른거렸다. 나무뿌리에 걸려 넘어지자 마중과 차오타이가 일으켜 세웠다. 계속해서 발부리가 걸렸고, 나뭇가지에 옷이 찢겨나갔다. 오싹한 공포가 거세게 밀려왔다. 언제라도 육중한 몸체가 덮쳐와 날카로운 발톱으로 목을 갈기갈기 찢어버릴 것만 같았다.

갑자기 두 사람이 손을 놓고는 앞서 달려 나갔다. 엉금엉금 덤불을 헤치고 나가보니, 사람 키 두 배는 되어 보이는 높은 벽돌담이 눈앞에 나타났다. 차오타이는 이미 담벼락에 몸을 붙인 채 등을 웅크리고 있었다. 마중이 그 어깨를 밟고 가볍게 뛰어오르는가 싶더니 금세 담 꼭대기에 올라섰다. 그러고는 양다리를 걸치고 앉아 몸을 앞으로 굽힌 후 디 공에게도 올라오라는 손짓을 했다. 차오타이의 등을 타고 오르자 마중이 디 공의 손을 움켜쥐며 그대로 끌어올렸다.

"뛰어 내려요!"

마중이 소리쳤다.

디 공은 담 위로 휙 몸을 날려서 팔로 매달렸다가 아래로 뛰어내렸다. 밑은 쓰레기더미였다. 몸을 일으켜 세우고 있으려니 마중과 차오타이가 그 옆으로 뛰어내렸다. 담 너머로, 길게 늘어지는 울음소리가 또 한 번 들려왔다. 그리고 곧 사방이 고요해졌다.

그들이 선 곳은 자그마한 정원이었다. 눈앞에는 법당이 높이 솟아 있었다. 법당을 받치고 있는 널찍한 벽돌 축대만도 1미터가 넘었다.

"수령님, 이게 바로 그 안쪽 법당입니다!"

마중이 숨을 헐떡거리며 거친 목소리로 말했다. 달빛에 비친 얼굴이 초췌했다. 차오타이는 말없이 옷 찢어진 곳들을 살폈다.

디 공은 거칠게 숨을 몰아쉬었다. 얼굴이고 몸이고 할 것 없이 온통 땀범벅이었다. 애써 목소리를 가다듬은 후 말했다.

"축대 위로 올라가서 법당 입구 쪽으로 돌아가 보자."

앞쪽으로 가 보니 넓은 사각형 안뜰에는 대리석 판이 깔려 있었고, 그 건너편으로 여러 건물들이 자리하고 있었다. 사방이 무덤처럼 고요했다.

디 공은 서서 잠시 그 평화로운 정경을 바라보았다. 그런 다음 뒤로 돌아 법당의 육중한 이중문을 밀어 보았다. 끼익 하고 문이 열리면서 휑히 트인 방이 나타났다. 높이 난 창문으로 새어 들어온 달빛이 방 안을 희미하게 비추었다. 한 줄로 늘어선 검은 직사각형 상자들을 빼고는 아무것도 없었다. 뭔가가 썩을 때 나는 역한 냄새가 밀폐된 공기에 묻어났다.

차오타이가 투덜투덜 욕지거리를 했다.

"제길, 관이잖아!"

"여기 온 이유가 바로 저것들 때문일세."

디 공이 짧게 대꾸했다. 그런 다음 소매 춤에서 초 하나를 꺼내들더니 마중에게 부싯깃 통을 달라고 말했다. 초에 불을 붙인 디 공은 살금살금 걸어 다니며 관마다 붙어 있는 설명을 하나하나 읽어나갔다. 그러다 네 번째 관 앞에서 걸음을 멈추고는 허리를 똑바로 펴고 서서 뚜껑을 더듬었다. 그리고 속삭였다.

"못질을 대충만 해 놓았군. 뚜껑을 내려 보게."

디 공이 초조하게 기다리는 동안, 마중과 차오타이가 단검을 뚜껑 밑으로 집어넣고 비틀어 뚜껑을 느슨하게 만들었다. 두 사람은 뚜껑을 들어 올려 바닥에 내려놓았다. 시커먼 관 속에서 메스꺼운 냄새가 올라왔다. 마중과 차오타이가 욕설을 내뱉으며 뒷걸음질 쳤다.

디 공은 황급히 목수건으로 입과 코를 막았다. 그런 다음 초를 들어 올려 시체의 얼굴을 자세히 들여다보았다. 마중과 차오타이가 호기심을 참지 못하고 디 공의 어깨 너머로 흘끔흘끔 쳐다보았다. 디 공은 복도에서 마주쳤던 사내가 바로 이자였음을 알 수 있었다. 도도해 보이는 얼굴에, 가느다랗고 곧게 뻗은 속눈썹, 잘 생긴 코, 왼쪽 뺨 위에 커다랗게 자리 잡은 반점까지 똑같았다. 그때랑 다른 점이 있다면 보기 흉한 푸른 반점들이 야윈 뺨 위를 뒤덮고 있다는 것과 움푹 들어간 눈이 감겨 있다는 것뿐이었다. 명치 끝에서부터 구역질이 올라왔다. 똑같아도 너무 똑같았다. 가짜가 아니었던 것이다. 텅 빈 관사에서 그가 마주친 것은 망령이 틀림없었다.

디 공은 뒤로 물러서며 마중과 차오타이에게 뚜껑을 제자리에 돌려놓으라는 손짓을 했다. 그런 다음 훅 불어 촛불을 껐다.

디 공이 무뚝뚝하게 말했다.

"아까 그 길로는 가지 않는 게 좋겠네. 외벽을 따라 가다가 절 앞쪽, 그러니까 문루 근처에서 담을 넘자고! 눈에 뜨일 염려가 있긴 하지만, 숲에서 호랑이한테 잡아먹히는 것보다는 나아!"

툴툴거리면서도 두 사람은 디 공의 말에 동의했다.

담벼락 그늘 아래 몸을 숨겨가며 절 경내를 빙 돌자 드디어 문루가 나타났다. 세 사람은 담을 넘었다. 그러고는 가로수에 몸을 바싹 붙인 채 길을 따라 걸었다. 아무도 마주치지 않았다. 그들은 재빨리 길을 건너 운하와 면해 있는 덤불숲으로 들어갔다.

홍 수형리는 배 안에 드러누운 채 흠뻑 잠에 빠져 있었다. 디 공은 홍을 깨운 후, 마중과 차오타이를 도와 배를 물가로 끌어냈다.

배에 막 올라타려는데, 마중이 멈칫했다. 귀청을 찢을 것처럼 날카로운 목소리가 검은 물 저편에서 들려왔다. 누군가 높은 가성으로 노래하고 있었다.

"달, 오, 그 은빛 찬란함이여……."

작은 배 하나가 수문을 향해 미끄러지듯 가고 있었다. 노래하는 이는 선미(船尾)에 앉아 노랫가락에 맞춰 팔을 위아래로 천천히 휘젓고 있었다.

마중이 퉁명스럽게 내뱉었다.

"술주정뱅이 시인 포카이가 드디어 집에 가는 모양이군! 앞서 가도록 조금 기다리는 게 좋겠습니다."

찢어질 듯 높은 노랫소리가 다시 들려오자, 마중이 진지하게 한마디 덧붙였다.

"처음에는 끔찍하다고 생각했는데, 숲에서 그 으르렁거리는 소리를 듣고 나니 저 노랫소리가 이렇게 좋을 수가 없군요! 진심으로요!"

**한 부유한 조선업자의 신부가
실종되었다는 신고가 들어오고,
디 공은 두 사람의 만남을 추궁한다.**

디 공은 동이 트기도 전에 잠에서 깼다. 절에 다녀온 후 지칠 대로 지쳐 있었지만 밤새 잠을 설쳤다. 죽은 수령이 침상 앞에 서 있는 꿈도 두 번이나 꾸었다. 땀이 흥건한 채로 잠에서 깨어나 보면 방 안에는 아무도 없었다. 결국 자리에서 일어나 촛불을 켜고 책상에 앉아 문서들을 검토하다 보니 어느새 새벽 어스름이 창호지를 붉게 물들이고 있었다. 서기관이 아침을 가져왔다.

식사를 마친 디 공이 젓가락을 내려놓자, 홍 수형리가 뜨거운 차가 든 주전자를 들고 들어왔다. 수형리는 마중과 차오타이가 수문 보수 작업을 감독하고 일전에 안개 속에서 사건을 목격했던 그 운하 둑을 조사하기 위해 이미 출타했다고 보고했다. 가능하면 오전 심리 시간에 맞춰 돌아오기로 했다는 말도 덧붙였다. 판 충이 아직도 나타나지 않고 있다는 포두의 보고도 전했다. 끝으로, 탕의 하인이 와서 탕이 간밤에 신열이 나 몸 상태가 좋지 않다며 좀 나아지는 대로 출근할 것이라고 전하더라는 말도 했다.

"누구는 상태가 좋아 이러고 있는 줄 아나!"

디 공이 퉁명스런 말투로 중얼거렸다. 그런 다음, 뜨거운 차 두 잔을 연거푸 꿀꺽꿀꺽 마시고 나서 말을 이었다.

"내 책들이 지금 여기 있다면 얼마나 좋을까 싶네. 유령이나 호랑이 인간에 대한 장서가 꽤 되는데 말이지. 특별히 관심을 두지 않았던 것이 후회스럽군. 수령이란 자리에 있자니 어떤 분야의 지식이라도 소홀히 할 수가 없어! 그건 그렇고, 어제 탕이 오늘 오전 심리 일정에 대해 뭐라 말하던가?"

수형리가 대답했다.

"별거 없습니다. 두 농부 간에 밭 경계선을 놓고 벌어진 분쟁 사건에 대한 판결만 내리시면 됩니다."

홍이 디 공에게 관련 문서를 건넸다. 문서를 검토하며 디 공이 말했다.

"다행히 간단해 보이는군. 탕이 부동산 등기소에 예전 지도를 보관해 둔 덕에 원래의 경계선 위치를 분명하게 알 수 있으니! 이 사건만 처리하고 오전 심리를 마치세. 더 긴급한 일들이 한둘이 아니야!"

디 공이 자리에서 일어나자 홍 수형리가 짙은 녹색 문직 관복을 입혀 주었다. 디 공이 실내모를 벗고 빳빳한 날개가 셋 달린 검정 관모로 바꿔 쓸 때쯤, 커다란 징 소리가 세 번 관내에 울려 퍼졌다. 오전 심리가 시작됨을 알리는 소리였다.

디 공은 집무실 앞 복도를 가로질러 일각수가 그려진 칸막이 뒤로 난 문을 지나 단상으로 걸어 올라갔다. 판관석 뒤에 놓인 커다란 팔걸이의자에 앉으면서 보니 재판정에 사람이 가득했다. 신임 수령을 보려고 몰려든 평라이 사람들이었다.

그는 동헌 관원들이 정해진 자리에 있는지 재빨리 확인했다. 판관석 양쪽에 놓인 낮은 책상에는 서기관이 한 사람씩 앉아 재판 과정을 기록할 붓과 벼루를 챙기고 있었다. 판관석 앞, 즉 단상 아래쪽에는 포졸 여섯이 셋씩 두 줄로 서 있었고, 그 옆에는 포두가 채찍을 들고 서서 천천히 앞뒤로 흔들고 있었다.

디 공은 경당목(驚堂木, 재판봉)을 두드려 개정을 선언했다. 출석 조사를 마친 후에는, 홍 수형리가 판관석 위에 펼쳐 놓은 문서들을 살펴보았다. 포두에게 손짓을 하자, 두 농부가 의자 앞으로 끌려나와 황급히 무릎을 꿇었다. 디 공이 경계선 분쟁 건에 대한 결정 내용을 설명했다. 농부들은 바닥에 이마를 찧으며 감사를 표시했다.

막 폐정을 선언하기 위해 경당목을 들어 올리려는 순간, 잘 차려입은 남자 하나가 앞으로 걸어 나왔다. 남자가 묵직한 대나무 지팡이를 짚고 절뚝거리며 판관석 쪽으로 오는 동안, 디 공은 그의 잘생긴 용모와 검은 콧수염, 짧게 잘 다듬어놓은 턱수염을 눈여겨보았다. 마흔 살 정도 되어 보였다.

그는 힘겹게 무릎을 꿇고 앉은 후, 입을 열었다. 듣기 좋은 목소리에, 말투에서는 교양이 풍겨났다.

"소인은 쿠멩펀이라고 하는 조선업자입니다. 첫 심리에서 이런 폐를 끼치게 되어 무척 송구스럽게 생각합니다만, 결혼 전 성은 차오이고 지금은 쿠 부인이 된 제 신부의 행방이 오랫동안 묘연하여 걱정이 큰 탓에 이렇게 조사해 주실 것을 요청하는 바이니 부디 들어주십시오."

그는 바닥에 이마를 세 번 찧었다.

디 공은 한숨이 나오려는 것을 간신히 참으며 말했다.

"쿠는 어떻게 된 일인지 하나도 빼놓지 말고 자세히 고하라. 그래야 어떤 조치를 취할 수 있을지 결정할 수 있을 것이다."

쿠가 진술을 시작했다.

"저희는 열흘 전에 결혼했습니다. 전임 수령께서 갑작스레 변고를 당하시는 바람에 크게 잔치를 벌이지는 않았지요. 사흘째 되던 날, 관습대로 아내가 친정으로 떠났습니다. 장인은 서문 밖 외지에 사는 차오호시엔 박사입니다. 제 아내는 그제, 즉 이달 열나흗날 친정을 떠나 같은 날 오후 집에 도착할 예정이었습니다. 그런데 시간이 되어도 돌아오지 않아, 저는 그냥 친정에서 하루 더 머물려나 보다 생각했지요. 그런데 어제 오후가 되어도 돌아오지 않자, 저는 걱정이 되어 장인어른 댁으로 제 사업 관리인인 김 상을 보내 어찌된 일인지 알아보도록 했습니다. 장인어른 말씀으로는 제 처가 열 나흗날에 점심 식사를 마친 후 남동생 차오민과 함께 길을 떠났다는 겁니다. 처남은 서쪽 성문까지 누이를 배웅하기로 되어 있었는데 그날 오후 늦게 집으로 돌아왔답니다. 처남이 했다는 말을 그대로 전하면, 대로 근처에 도달했을 즈음 가로수 위에 황새 둥지가 하나 있기에 둥지에서 알 몇 개만 꺼낸 후 곧 다시 따라가겠다고 말하며 누이를 앞세워 보냈답니다. 그런데 그만 나무에 오르던 중 썩은 가지가 부러져 나가는 바람에 바닥으로 떨어지면서 발목을 삐었답니다. 근처 농가까지 기어가 거기

판관석 앞의 쿠멩핀

에서 붕대를 감은 후, 농부가 내준 나귀를 타고 집으로 돌아왔답니다. 누이가 대로로 들어서는 모습을 보았기 때문에, 곧장 성읍으로 들어갔으리라 생각했다는군요."

쿠가 잠시 말을 멈추고 이마에 맺힌 땀을 훔쳤다. 그리고 나서 얘기를 계속했다.

"제 관리인이 돌아오는 길에 대로와 만나는 곳에 있는 초소는 물론 대로변에 있는 농가와 술집들을 빠짐없이 돌아다니며 물어보았지만, 그날 말을 타고 지나가는 여자를 봤다는 사람이 하나도 없더랍니다.

그래서 소인은 젊디젊은 신부에게 무슨 나쁜 일이라도 생긴 것이 아닐까 우려를 금할 수 없어 지체 없이 수색대를 내보내 주시기를 간청하는 바입니다."

그는 잘 접힌 문서를 소매 춤에서 꺼내어 두 손으로 공손히 바치며 말을 덧붙였다.

"제 처와 처가 입고 있던 옷, 타고 있던 이 점박이 말에 관한 모든 정보가 이 문서에 소상히 적혀 있습니다."

포두가 문서를 받아 디 공에게 건넸다. 공은 문서를 한번 쭉 훑어본 다음 남자에게 물었다.

"처가 혹시 보석이나 큰돈을 몸에 지니고 있었는가?"

쿠가 대답했다.

"아닙니다, 수령님. 제 관리인인 김상도 차오 박사에게 똑같은 질문을 했으나, 장모가 저를 위해 준비해 준 월병 바구니 하나만 가지고 갔다고 합니다."

디 공은 고개를 끄덕인 후 다시 물었다.

"원한 때문에 처에게 해코지를 할 만한 사람은 없는가?"

쿠멩핀은 힘차게 고개를 저었다. 그리고 말했다.

"저한테 원한을 품은 사람이 더러 있을 수도 있겠지요. 장사를 하다 보면 치열한 경쟁을 벌여야 할 때도 있으니까요. 하지만 감히 그런 비열한 범죄를 저지를 만한 인물은 없습니다!"

디 공은 천천히 수염을 어루만졌다. 쿠 부인이 누군가와 눈이 맞아 달아났을 가능성을 공개 석상에서 논한다면 부인에게 모욕이 될 것이었다. 우선 부인의 성품이나 평판부터 조사해 봐야겠다는 생각이 들었다. 디 공이 말했다.

"본 법정은 즉각 필요한 조치를 취할 것이다. 본 심리가 끝나면 관리인에게 내 집무실로 보내 상세히 보고하게 하라. 그러면 일을 두 번 하지 않아도 될 테니까. 새로운 소식이 들리는 즉시 알려주도록 하겠다."

말을 마친 디 공은 경당목을 두드려 폐정을 선언했다.

서기관 하나가 개인 집무실에서 기다리고 있다가 말했다.

"조선업자 이펜이 잠시 은밀히 뵙기를 청하옵니다. 접견실로 데려다 놓았습니다."

디 공이 물었다.

"어떤 자인가?"

서기관이 대답했다.

"어마어마한 부자입니다. 쿠멩핀 못지않게 이 지방에서 가장 많은 선박을 소유하고 있지요. 고구려나 왜국으로 나가는 배는 전부 두 사람 소유일 정도랍니다. 두 사람 모두 강가에 부두를 소유하고 있는데, 거기서 제조도 하고 수리도 합니다."

"그렇군. 찾아올 사람이 하나 있기는 하지만, 그 이펜이라는 자를 지금 당장 만나야겠네."

디 공이 말했다. 그리고 홍 수형리에게 지시를 내렸다.

"김상을 만나보게. 그리고 주인의 행방불명된 부인을 찾아다니며 어떤 얘기를 들었다고 말하는지 소상히 기록하게. 이펜과 얘기가 끝나면 곧장 이리로 오겠네."

접견실에는 키가 크고 뚱뚱한 사내 하나가 디 공을 기다리며 서 있었다. 그는 디 공이 계단을 내려오는 모습을 보자마자 무릎을 꿇었다.

"이펜 씨, 여기는 법정이 아니니 어서 일어나 이쪽으로 앉으시지요."

디 공이 찻상에 자리를 잡고 앉으며 정중하게 말했다.

사내는 당황하며 죄송하다는 말 몇 마디를 웅얼거리고는 의자 가장자리에 조신스럽게 걸터앉았다. 살이 올라 달처럼 둥근 얼굴에는 성긴 콧수염과 덥수룩한 턱수염이 서로 연결되어 입 주위를 둥글게 둘러싸고 있었다. 디 공은 그의 작고 교활해 보이는 눈이 마음에 들지 않았다.

이펜이 차를 홀짝거렸다. 어떻게 말을 시작해야 할지 몰라 당황한 것 같았다.

디 공이 입을 열었다.

"조만간 펑라이의 명사들을 초청해 연회를 열 계획이오. 그때 좀 더 긴 대화를 나눌 수 있다면 좋겠군요. 유감스럽게도 지금은 처리해야 할 일이 좀 많으니, 형식적인 인사는 생략하고 곧바로 용건을 말씀해 주신다면 감사하겠소."

이가 재빨리 허리를 깊이 숙여 절을 한 후, 입을 열었다.

"조선업자로서 선창가에서 벌어지는 일들을 자세히 살피는 것 역시 당연히 제가 해야 할 일 중 하나이옵니다. 그런데 최근 어마어마한 양의 무기가 이 도시를 통해 밀반출되고 있다는 소문이 계속 돌아 수령님께 보고해야겠다는 의무감에 이렇게 찾아뵙게 되었습니다."

디 공이 허리를 곧추 세웠다. 그리고 믿기지 않는다는 듯이 물었다.

"무기요? 어디로 말입니까?"

"물론 고구려지요. 들리는 소문으로는 고구려에서 우리와의 전투에서 대패한 데 크게 노하여 그곳에 포위되어 있는 우리 측 주둔병들을 공격할 계획을 세우고 있다고 합니다."

"어떤 비열한 역적들이 그런 짓을 하는지 짚이는 데라도 있소?"

이펜이 고개를 저은 후 대답했다.

"안타깝게도 단서를 전혀 발견하지 못했습니다. 한 가지 말씀 드릴 수 있는 것은 제 소유 선박들은 분명 그런 사악한 계획과 연관이 없다는 점입니다! 소문뿐이기는 합니다. 하지만 요새 책임자도 분명 그 소문을 들었을 것입니다. 요즘 들어 그곳을 통과하는 선박에 대한 검문이 부쩍 심하답니다."

"조금이라도 새로운 정보가 들어오는 대로 즉시 알리시오. 그건 그렇고, 쿠멩편의 부인에게 무슨 일이 일어난 건지 혹시 짚이는 데가 있소?"

"아니요, 전혀요. 하지만 차오 박사는 지금 내 아들에게 딸을 주지 않은 것에 대해 무척 유감스러워 하고 있을 겁니다!"

디 공이 눈썹을 치켜 올리자, 이가 황급히 덧붙였다.

"저와 차오 박사는 오랜 친구 사이입니다. 우리는 둘 다 이성적인 철학을 신봉하며 불교의 우상 숭배를 배척하지요. 구체적으로 언급한 적은 한 번도 없었지만, 저는 늘 차오의 여식과 제 장남의 혼사를 당연하게 여겨왔습니다. 그런데 석 달 전 쿠의 아내가 죽자 차오 박사가 갑자기 자기 딸을 쿠와 혼인시키겠다지 뭡니까! 생각해 보십시오, 수령님. 그 아이는 이제 겨우 스무 살이란 말입니다! 게다가 쿠는 열렬한 불교 신자고요. 들리는 소문으로는 뭔가를 주기로 약속했……."

"좀 그렇긴 하군요."

디 공은 이펜의 말을 가로막았다. 그런 가족사에는 관심이 없었다.

"그나저나 간밤에 내 부하 두 명이 당신의 사업 관리인 포카이를 만났다고 하더군요. 아주 특이한 친구 같던데."

이펜이 너그러운 미소를 지으며 말했다.

"부디 포카이가 술을 마시지 않은 상태였길 바랍니다. 늘 술에 취해 있기 일쑤고, 그나마 맨정신일 때는 시나 끼적거리는 인물이지요."

디 공이 깜짝 놀라 물었다.

"그런데 왜 계속 데리고 있는 거요?"

이펜이 설명했다.

"왜냐하면, 그 술주정뱅이 시인이 돈 계산 하나만큼은 천재 저리가라거든요! 정말 믿어지지 않을 정도지요. 일전에 한번은 같이 장부를 검토하려고 하루 저녁을 몽땅 비워 놓은 적이 있었더랬습니다. 앞에 앉혀 놓고서는 막 설명을 시작하려고 하는데, 참 내, 내 손에서 문서 다발을 몽땅 가져가더군요. 그러더니 휙휙 넘기면서 몇 자 끼적거리고는 다시 돌려주는 겁니다. 그런 다음 붓을 들고 대차대조표를 작성하는데, 깔끔한 건 둘째 치고 실수 하나 없더란 말이지요! 그 다음 날에는 일주일 시간을 주면서 요새 방어용 평저선(平底船) 견적서를 작성하도록 일렀는데, 그 많은 문서를 글쎄, 그 날 저녁에 전부 작성해 왔지 뭡니까! 덕분에 내 친구이자 동료인 쿠보다 훨씬 먼저 견적서를 제출해 주문을 따낼 수 있었답니다!"

이펜이 득의양양한 미소를 짓고는 말을 맺었다.

"내가 아는 한 마음껏 마시고 노래하는 게 그 친구의 일과입니다. 저를 위해 일하는 시간은 거의 없다고 봐도 무방할 정도로 적지만 자기가 받아가는 봉급의 스무 배는 넘게 벌어주지요. 불교에 관심을 둔다거나 내 친구 쿠의 사업 관리인인 김상과 친하게 지내는 꼬락서니는 마음에 안 들지만, 불교를 통해 정신적 안정을 얻고 김상한테서는 쿠와 관련된 정보를 은밀히 빼낼 수 있다고 주장하는 데야 별 수 없지요!"

"조만간 하루 시간을 내서 날 찾아오라고 전하시오. 관아에서 계산식이 어지럽게 적힌 책을 하나 발견했는데, 그의 의견을 들어보고 싶군요."

디 공이 말했다.

이펜은 디 공을 흘긋 쳐다보았다. 뭔가 묻고 싶었으나, 디 공이 이미 자리에서 일어난지라 자리를 뜨지 않을 수 없었다.

공이 막 안뜰을 건너가려는데 마중과 차오타이가 다가왔다.

마중이 보고했다.

"격자 철창의 벌어진 틈이 말끔히 수리되었습니다. 돌아오는 길에 두 번째 다리 근처 저택의 하인들 몇몇에게 물어보니, 연회가 끝나면 쓰레기를 커다란 바구니에 담아 가마에 실어 운하로 가져가 던져 버릴 때가 종종 있답니다. 하지만 차오타이와 제가 목격한 그 시간대에도 그런 일이 있었는지 알아보려면 집집마다 돌아다니면서 조사해 봐야 할 것 같습니다."

"말이 되는군!"

디 공이 안도하며 말했다.

"지금 내 집무실로 함께 가세. 거기 김상이 기다리고 있네."

집무실로 걸어가면서 디 공은 두 부하에게 쿠 부인의 실종에 대해 간략히 설명했다.

홍이 스물다섯 살 가량 되어 보이는 잘생긴 청년과 이야기를 나누고 있었다. 홍한테서 청년을 소개받은 후, 디 공이 물었다.

"이름을 보아하니 고구려계인가 보군."

"예, 그렇습니다. 여기 고구려 유민 정착 구역에서 태어났지요. 쿠 씨가 고구려 출신 선원들을 많이 고용하기 때문에 그 밑에서 감독 겸 통역 일을 하고 있습니다."

디 공이 고개를 끄덕였다. 그리고 홍 수형리가 기록해 놓은 김상의 진술 내용을 주의 깊게 읽어 내려갔다. 마중과 차오타이에게 기록을 건네면서 홍에게 물었다.

"판충이 마지막으로 눈에 띈 게 열 나흘날, 오후 이른 시각이 맞나?"

수형리가 대답했다.

"네, 그렇습니다. 판의 소작농 말로는 점심 식사 후에 농장을 떠났다고 합니다. '우'라는 남자 하인을 동행하고서 서쪽 방향으로 말이지요."

디 공이 말을 이었다.

"여기에 적힌 바로는 차오 박사의 집이 농장과 같은 지역에 있다고 되어 있군. 한번 따져 보세. 지도 좀 줘 보게."

홍이 책상 위에 커다란 지도를 펼치자 디 공이 붓을 들어 도시 서쪽 지역에 원을 그려 넣었다. 디 공은 차오 박사의 집을 가리키며 말했다.

"여기를 보게. 열 나흗날 점심 식사 후, 쿠 부인이 이 집을 떠나 서쪽으로 이동했다고 했지? 첫 교차로에서 오른쪽으로 방향을 틀었고 말이야. 그렇다면 쿠 부인이 남동생과 헤어진 지점은 어딘가, 김상?"

김상이 대답했다.

"작은 숲을 지나 두 길이 만나는 지점입니다."

"그렇군. 헌데 소작농에 따르면 판충이 거의 비슷한 시간에 길을 떠나 서쪽으로 갔단 말이지……. 왜 농장에서 도시로 바로 이어지는 길을 따라 동쪽으로 가지 않았을까?"

김상이 대답했다.

"지도상으로는 훨씬 더 가까워 보이지만 길 상태가 좋지 않습니다. 그냥 오가다 보니 생긴 길이지요. 비라도 내린 다음엔 아예 걷기가 힘들 정도고요. 판이 그 지름길을 택했더라면 대로로 돌아가는 것보다 시간이 더 걸렸을 것입니다."

"그렇군."

디 공은 다시 붓을 들어 교차 지점에서 뻗어 나온 길 위에 표시를 했다.
"나는 우연의 일치를 믿지 않네. 이 지점에서 쿠 부인과 판충이 만났다고 가정해 보세. 두 사람은 아는 사이인가?"
김상이 우물쭈물하며 대답했다.
"제가 아는 바로는 아닙니다, 수령님. 하지만 판의 농장이 차오 박사의 집에서 멀지 않은 것을 보면, 쿠 부인이 출가하기 전 둘이 만난 적이 있을 수도 있다는 생각이 듭니다."
"좋아, 정말 쓸모 있는 정보군, 김상. 이제 우리가 할 수 있는 일이 뭔지 생각해 보세. 이제 가 봐도 좋네."
김상이 자리를 뜨자, 디 공이 세 부하를 의미심장한 눈으로 바라보았다. 그러고는 입술을 오므리며 말했다.
"판에 대해 식당 주인이 한 말을 생각해 보면, 결론은 뻔해."
"쿠가 한 노력의 결실이 생각보다 그저 그렇군요."
마중이 심술궂은 눈초리로 내뱉었다. 그렇지만 홍 수형리는 뭔가 석연치 않은 듯했다. 그가 느린 어조로 말했다.
"그 둘이 눈 맞아 도망친 게 맞는다면 어째서 수비대의 눈에 띄지 않은 걸까요? 늘 초소 주변에 짝지어 앉아 차를 마시거나 오가는 행인들 지켜보는 일 말고는 특별히 하는 것도 없는 사람들인데 말입니다. 게다가 판이라면 그냥 보기만 해도 알 수 있었을 터, 여자까지 같이 있었다면 더 눈에 띄었을 텐데요. 판의 남자 하인은 또 어떻고요?"
자리에서 일어나 지도를 내려다보고 있던 차오타이가 말했다.
"뭐든 간에, 모두 이 텅 빈 절 앞에서 벌어진 일입니다. 그 식당 주인도 이 장소에 관한 기묘한 이야기들을 늘어 놓았지요! 이제 보니 그 곁길은 수비대 초소나 판의 농장, 차오 박사의 집에서는 보이지 않습니다. 쿠 부인의 남동생이 발에 붕대를 감았다던 그 작은 농장에서도 물론이고요. 쿠 부인이나 판충, 판충의 하인까지 몽땅 그 길 위에서 증발해 버린 것 같네요!"

디 공이 벌떡 일어나며 말했다.

"직접 가서 살펴보고 차오 박사나 판의 소작농과 얘기해 보기 전에는 여기서 아무리 떠들어 봐야 소용없네. 마침 날이 맑게 개었으니 당장 가 보세! 간밤에 그런 일을 겪고 나니 이런 백주 대낮이라면 어디든 달릴 수 있을 것 같군!"

디 공이 부하를 시켜 농가를 수색하고,
뽕나무 밭에서 낯선 물건을 발견한다.

서쪽 성문 밖 들판에서 일하던 농부들이 고개를 쳐들고 입을 벌린 채 진창길을 지나는 기마대를 넋 놓고 바라보았다. 맨 앞에는 디 공이 서고, 홍 수형리와 마중, 차오타이가 그 뒤를 따랐다. 포두도 포졸 열 명을 거느리고 뒤따랐다. 모두 말을 탄 상태였다.

디 공은 판충의 농장까지 지름길로 가기로 결정했다. 그러나 곧 김상의 말이 옳았음을 깨달았다. 길은 정말로 엉망진창이었다. 단단하게 굳어 버린 진흙이 여기저기 깊은 고랑을 이루고 있어서 말의 걸음이 한없이 느렸다. 거의 한 줄로 늘어서서 가는 수밖에 없었다.

뽕나무 밭을 지날 무렵, 포두가 밭쪽으로 말을 몰아 디 공에게 다가왔다. 그는 앞쪽 높은 지대 위에 서 있는 작은 농장을 손가락으로 가리키며 주제넘게 나섰다.

"저기가 판의 농장입니다, 수령님!"

못마땅한 표정을 지어 보이며, 디 공이 단호한 어조로 말했다.

"포두! 농부들이 애써 가꾼 밭을 그렇게 밟아 뭉개라고 누가 그랬나! 내 친히 지도를 보았으니, 저게 판의 농장이라는 것 정도는 알고 있네."

머쓱해진 포두는 디 공의 세 부하가 지나갈 때까지 기다렸다. 그러고는 부하 중 가장 나이가 많은 포졸에게 투덜거렸다.

"저렇게 까다로운 수령은 처음이야! 데리고 온 저 두 깡패 녀석들도 가관이고! 어제는 글쎄 나더러 훈련에 참가하라지 뭐야! 대

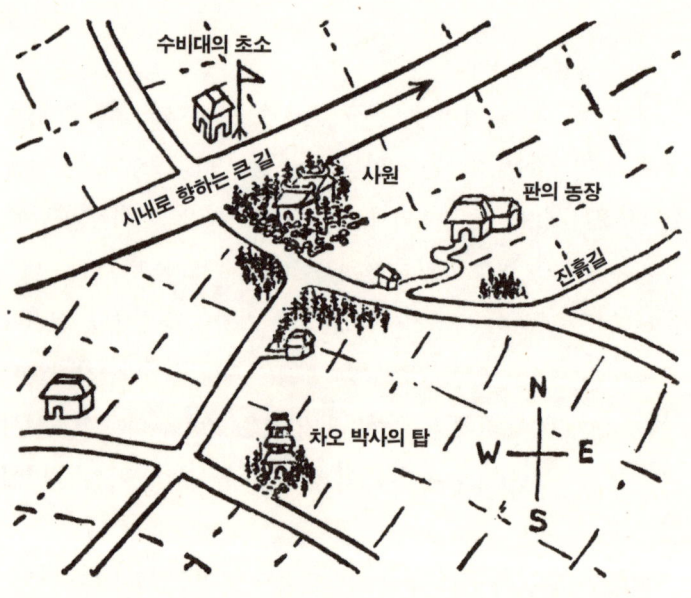

버려진 사원과 판의 농장이 있는 펑라이 외곽 지역

장인 나를!"

포졸이 한숨을 쉬었다.

"사는 게 뭐 이리 힘든지, 저런 게딱지만 한 농장이라도 남겨 줄 친척 하나 없고 말입죠."

길가의 한 작은 초가에 다다르자 디 공이 말에서 뛰어내렸다. 거기서부터 저 위 농가까지는 구불구불한 오솔길이었다. 디 공은 포두에게 포졸들과 그 자리에서 기다리라고 지시한 다음, 세 부하와 함께 농가로 걸어가기 시작했다.

한 초가 앞을 지나면서 마중이 문을 발로 걷어찼다. 열린 문 안쪽으로 높이 쌓인 장작더미가 눈에 들어왔다.

"열어보기 전엔 모르는 법이지요!"

마중이 한마디 내뱉고는 다시 문을 닫으려고 하는데 디 공이 그를 옆으로 밀쳤다. 바싹 마른 장작 사이로 뭔가 흰 것이 보였다. 디 공은 그것을 집어 들고 부하들에게 보여 주었다. 자수가 곱게 놓인 여자 손수건이었다. 사향 냄새가 은은했다.

"밭일 하는 여자들은 대체로 이런 물건을 사용하지 않지."

디 공이 손수건을 조심스레 소매 속으로 넣으며 말했다.

네 사람은 농가로 걸어 올라갔다. 절반쯤 올라갔을까. 억세게 생긴 한 젊은 여자가 푸른색 상의와 바지를 입고 알록달록한 천을 머리에 맨 채 열심히 잡초를 뽑고 있다가, 몸을 일으키고는 입을 떡 벌린 채 네 사람을 바라보았다. 마중이 여자를 한번 스윽 훑어보고는 차오타이에게 속삭였다.

"뭐 최악은 아니군."

지붕이 낮은 농가에는 방이 둘 딸려 있었다. 벽 쪽으로 현관

비슷한 것이 있었고, 그 아래에는 커다란 연장통이 달려 있었다. 헛간은 높은 울타리를 가운데 두고 집과 좀 떨어진 곳에 있었다. 문 앞에서 푸른 누더기 옷을 입은 키 큰 사내 하나가 큰 낫을 갈고 있었다. 디 공이 사내에게 다가가 짧게 잘라 말했다.

"평라이 수령이다. 집 안으로 안내해!"

거칠고 억센 얼굴의 사내가 작은 눈으로 디 공과 세 부하를 차례차례 쏘아보았다. 그러더니 어색하게 허리를 굽혀 인사를 하고는 집 안으로 데리고 들어갔다. 회반죽을 바른 벽은 군데군데 벗겨져 속이 드러나 보였고, 가구라고는 전나무로 대충 만든 탁자 하나와 낡아빠진 의자 두 개가 전부였다. 탁자에 기대선 채 디 공은 농부에게 그 자신과 가족들의 이름을 대라고 명령했다.

농부가 퉁명스러운 말투로 말했다.

"소인은 페이추라 하온데, 판충 주인님의 소작인입지요. 아내는 이태 전에 세상을 떴고, 식구라고는 여기 있는 딸 쑤냥이 다입니다요. 이 아이가 요리도 하고 밭일도 돕습니다요."

"남자 하나로는 일이 힘들 것 같은데."

디 공이 지적했다.

페이추가 더듬거리며 대답했다.

"돈이 있을 때는 사람을 쓰기도 합니다만 자주 있는 일은 아닙지요. 판 주인님이 워낙 엄격하셔서요."

사내가 숱 많은 눈썹 아래로 호전적인 표정을 지어 보였다. 떡 벌어졌지만 약간 굽은 어깨에, 긴 팔은 근육으로 울퉁불퉁한 이 가무잡잡한 사내한테 디 공은 그다지 호감을 느끼지 못했다. 디 공이 말했다.

"지주 판충이 다녀갔던 일에 대해 고하라."

페이추는 헤지고 빛바랜 깃 가장자리를 잡아 뜯으며 퉁명스럽게 대답했다.

"열 나흗날 오셨습지요. 저와 쑤냥이 막 점심 식사를 마친 후였습니다요. 새로 파종할 씨를 사게 돈을 주십사 부탁했지만 거절하셨습니다요. 그러고는 하인 우한테 헛간을 살펴보고 오라고 하셨는데, 글쎄 그 불한당 같은 놈이 아직도 씨가 반 포대나 남아 있다고 주둥이를 나불거리지 뭡니까요. 판 나리가 만족스러운 듯 웃으시고는 우랑 함께 떠나셨습니다요. 서쪽 방향으로요. 그게 전부입니다요. 포졸 나리들께도 이미 다 말씀드린 내용이고요."

페이추는 바닥만 내려다보고 있었다.

디 공은 말없이 그를 관찰했다. 그러다가 갑자기 소리를 꽥 질렀다.

"페이추! 내 눈 똑바로 보고 말해! 그 여자는 어떻게 됐지?"

농부가 깜짝 놀라며 벌떡 일어나 홱 몸을 돌리더니 문가로 쏜살같이 내달렸다. 곧바로 튀어나간 마중이 그의 멱살을 잡아끌고 들어왔다. 그리고 디 공 앞에 무릎을 꿇렸다.

"전 안 그랬습니다요!"

그가 소리 질렀다.

"여기서 무슨 일이 있었는지 다 알고 왔다! 둘러댈 생각은 하지도 마!"

디 공이 받아쳤다.

"나리, 전부 다 설명 드리겠습니다요!"

페이추가 괴로운 나머지 자기 손을 틀어쥐며 울부짖었다.

"자, 그럼 말해 보게!"

디 공이 차갑게 내뱉었다.

페이추가 미간을 찌푸렸다. 숨을 한 번 크게 내쉬고는 느릿느릿 얘기를 풀어놓기 시작했다.

"자초지종을 설명하자면 이렇습니다요. 앞서 말씀드린 그날, 우라는 놈이 말 세 필을 끌고 여길 올라왔습지요. 주인님과 그 부인이 농장에서 묵을 예정이라면서 말입지요. 주인님이 결혼을 했는지 몰랐지만 묻지는 않았습니다요. 우라는 놈은 아주 나쁜 놈이니까요. 소인은 쑤냥을 불러 닭을 잡으라고 말했습니다요. 주인님이 오시는 이유는 소작료 때문이라는 걸 아니까 말입지요. 주인님이 묵어갈 침실을 준비하고 마늘을 넣어 닭을 튀기라고 쑤냥에게 일러둔 다음, 말들을 헛간으로 옮겨 깨끗하게 먼지를 긁어내고 여물도 먹였습지요.

집으로 돌아오니 주인님이 여기 탁자에 앉아 계셨습니다요. 붉은색 돈 통을 앞에 두고서 말입지요. 소작료를 걷으러 왔다는 걸 알았기 때문에, 새 종자를 사서 지금은 돈이 없다고 말씀드렸습니다요. 그러자 주인이 욕설을 퍼붓더니 하인 우에게 헛간으로 가 씨앗 포대가 있는지 보고 오라고 이르셨습니다요. 그런 다음에는, 저더러 우에게 밭을 모두 보여 주라고 지시 하셨습니다요.

다시 집으로 돌아왔을 때는 이미 어둑어둑해진 무렵이었습지요. 주인님이 음식을 가져오라고 방에서 소리를 지르셔서, 쑤냥이 가져다 드렸습지요. 소인은 헛간 앞에서 우랑 죽 한 사발을 먹었는데, 우가 자기한테 동전 쉰 닢을 내야 한다고 말하지 뭡니까요. 그러면 농사를 잘 지었다고 말해 주겠다면서 말입지요. 동전을

챙긴 다음, 우는 잠을 청하러 헛간으로 갔습지요. 소인은 밖에 앉아서 소작료를 어떻게 할지 고민을 하고 있었고요. 설거지를 마친 쑤냥에게 헛간 다락으로 올라가 자게 한 다음, 소인은 우 옆에 누웠습죠. 나중에 잠이 깨서 다시 소작료 걱정을 하고 있는데, 옆을 보니 우가 사라지고 없었습니다요."

마중이 씩 웃으며 끼어들었다.

"다락으로 올라갔겠지."

디 공이 마중에게 고함쳤다.

"경거망동하지 말게! 입 다물고 얘기나 들어!"

농부는 마중의 말을 알아듣지 못한 채, 눈살을 찌푸리며 계속 말했다.

"밖으로 나가보니 말 세 필도 모두 사라져 버렸더라 이 말입지요. 주인 내외의 방에 불이 켜져 있기에, 아직 안 자고 있는 것 같아서 이 일을 보고해야겠다고 생각했습지요. 그래시 문을 두드렸으나 대꾸가 없으시더라고요. 밖으로 돌아나가 보니 창문은 열려 있는데 말입지요. 들여다보니 주인 내외가 침대에 누워 있는 것이 보였습니다요. 자는 동안 등불을 켜 놓는 게 낭비인 것 같아서 끄러 들어갔습지요. 기름이 요즘은 동전 열 닢이나 하거든요. 아니, 그런데 두 사람이 온통 피범벅이지 뭡니까요!

안쪽으로 기어들어가 돈 통이 있는지 찾아봤지만, 소인이 쓰는 낫이 거기 있는 것 아니겠습니까요. 바닥에 놓여 있었는데 온통 피투성이였습니다요. 그 우라는 빌어먹을 놈이 저지른 일이 분명했습니다요. 그래놓고서는 돈 통과 말을 끌고 도망친 겁니다요."

차오타이가 뭔가 말하려고 입을 열었으나, 디 공이 단호하게 고개를 저었다.

페이추가 더듬더듬 말했다.

"소인이 다 뒤집어쓰게 될 것 같았습니다요. 매질을 당할 테고, 견디지 못해 거짓 자백이라도 하게 되면 목이 잘려나갈 테고, 그러면 쑤냥은 머물 곳도 없게 될 것 뻔했습지요. 그래서 소인은 헛간에서 수레를 끌고 나와 창문 밑으로 가져간 다음, 침대에서 시체를 끌어냈습니다요. 여자는 채 식지도 않은 상태였습지요. 소인은 창문을 통해 시체들을 수레 속으로 밀어 넣었습니다요. 그런 다음 뽕나무 밭으로 수레를 밀고 가 덤불숲에 대충 숨긴 다음, 헛간으로 돌아와 잠을 청했습지요. 동이 트면 삽을 가지고 가서 제대로 묻어 버릴 셈이었습니다요. 그런데 다음 날 아침 다시 가 보니, 시체들이 사라져 버렸지 뭡니까요!"

"뭐라고? 사라져 버렸다고?"

디 공이 소리쳤다.

페이추가 힘주어 고개를 끄덕였다.

"사라져 버렸습니다요. 누군가 발견해서 관아에 고해바쳤을 거라는 생각에, 소인은 곧장 집으로 돌아와 피투성이 낫을 주인의 옷으로 싼 다음, 그 부인의 옷을 집어 침상 보와 바닥을 닦아냈습지요. 하지만 침상 보에 묻은 핏자국은 어쩔 수가 없었습니다요. 그래서 아예 벗겨내어 전부 다 그 안에 둘둘 말아 넣은 다음, 헛간으로 가져와 건초더미 속에 숨겼습니다요. 그런 다음 쑤냥을 깨워, 모두 해 뜨기 전에 도시로 떠났다고 말했습니다요. 정말입니다요. 맹세코 사실입니다요, 나리! 제발 소인을 매질하지 말라고 좀 해 주십시오! 나리, 정말로 제가 저지른 짓이 아닙니다요!"

그가 갑자기 미친 듯이 머리를 바닥에 찧기 시작했다.

수염을 잡아당기던 디 공이 농부에게 말했다.

"그만 일어나 뽕나무 밭으로 안내하게."

페이추가 서둘러 일어나는데, 차오타이가 흥분한 어조로 디 공에게 속삭였다.

"여기 오는 길에 만난 자가 바로 그 우라는 녀석 같습니다! 말들에 대해 물어보십시오!"

디 공은 농부에게 주인 내외의 말에 대해 자세히 설명해 보라고 지시했다. 페이추 말로는 판은 잿빛 말을, 판 부인은 점박이 말을 타고 왔더라고 했다. 디 공은 고개를 끄덕인 후 페이추에게 안내하라는 손짓을 했다.

얼마쯤 걸어가니 뽕나무 밭이 나왔다. 페이추가 덤불 한가운데를 손가락으로 가리키며 말했다.

"바로 여기에 숨겨두었습니다요."

마중이 몸을 굽혀 바싹 마른 낙엽을 살펴보았다. 몇 장 집어 들고는 디 공에게 보이며 말했다.

"이 얼룩들은 핏자국이 분명합니다!"

"자네들 둘은 여기를 더 수색해 보는 게 좋겠네. 이놈이 거짓말을 하고 있는 걸 수도 있으니까!"

페이추가 아니라고 극구 부인했지만 디 공은 쳐다도 보지 않았다. 생각에 잠긴 채 구레나룻을 만지작거리며 홍에게 말했다.

"홍, 어쩐지 보기보다 복잡한 사건일 것 같다는 생각이 드네. 도중에 만난 그놈은 결코 사람을 둘이나 죽이고 돈과 말을 훔쳐 달아날 그런 냉혈한으로는 보이지 않았어. 오히려 공포에 질려 정신이 하나도 없는 사람 같았지."

얼마 후 나뭇가지 부러지는 소리가 나면서 마중과 차오타이가 돌아왔다. 마중이 녹슨 삽을 흔들며 흥분한 말투로 소리쳤다.

"저기 한 가운데에 좁은 공터가 있습니다! 최근에 뭔가를 묻은 것 같아 보입니다. 나무 아래에 이 삽이 있었고요."

"삽을 페이추에게 주게. 놈이 묻었을 테니 자기가 직접 파라고 해. 어딘지 가 보세."

디 공이 차갑게 내뱉었다.

마중이 덤불을 헤치며 길을 만들어나갔다. 일행은 나무들 사이로 걸어갔다. 차오타이가 농부를 질질 끌고 따라왔다. 농부는 완전히 정신이 나간 사람 같았다.

공터 한가운데에, 흙이 푸석푸석한 부분이 있었다.

"시작하라!"

디 공이 페이에게 소리 질렀다.

농부는 저도 모르게 손에 침을 탁 뱉고는 푸석푸석한 흙더미를 파내기 시작했다. 진흙투성이가 된 흰 옷이 드러났다. 차오타이의 도움을 받으며 마중이 한 남자의 시체를 끌어내 마른 낙엽으로 뒤덮인 땅 위에 눕혔다. 머리를 빡빡 깎은 노인의 시체였는데, 얇은 속옷만 입고 있었다.

"중인데요!"

홍 수형리가 소리쳤다.

"계속해!"

디 공이 농부에게 거칠게 말했다.

갑자기 페이추가 삽을 떨어뜨리며 숨을 헐떡거렸다.

"주인님입니다요!"

마중과 차오타이가 덩치 큰 남자의 나체를 끌어냈다. 목이 가까스로 붙어 있는 상태였기 때문에 둘은 시체를 무척 조심스럽게 다루어야 했다. 가슴팍에는 피가 잔뜩 엉겨 붙어 있었다. 마중은 시체의 단단한 근육을 열심히 바라보다가 탄성을 내질렀다.

"힘이 대단했겠어!"

"세 번째 희생자도 파 내거라!"

디 공이 페이추에게 소리쳤다.

농부는 땅에 삽을 박아 넣었으나 단단한 돌에 막혀 버렸다. 시체는 더 이상 나오지 않았다. 농부가 어찌할 바를 몰라 하며 디 공을 바라보았다.

"네 이놈! 여자는 어떻게 했느냐?"

디 공이 농부에게 소리 질렀다.

농부가 울부짖었다.

"맹세코 소인은 모르는 일입니다요! 주인 내외만 이리로 끌고 와 덤불 밑에 두었지, 절대 파묻거나 하지는 않았습니다요! 저 대머리도 본 적 없고 말입죠! 정말입니다요!"

"무슨 일이십니까?"

뒤에서 누군가 점잖은 어조로 말을 걸어왔다.

뒤돌아보니 금실로 수놓은 아름다운 자색 문직 외투 차림의 통통한 사내 하나가 서 있었다. 얼굴 절반은 기다란 콧수염과 풍성한 구레나룻, 턱수염에 뒤덮여 있었는데, 길게 세 가닥으로 늘어뜨린 턱수염이 가슴까지 내려왔다. 머리에는 문학 박사들이 쓰는 높은 외올베 모자를 쓰고 있었다. 그는 디 공을 흘끗 보더니

디 공이 늙은 소작농을 신문하다

두 손을 공손하게 넓은 소매 자락에 넣은 후 허리를 깊이 숙여 절했다. 그가 말했다.

"소인은 차오호시엔이라고 합니다. 필요상 지주 노릇을 하고 있으나 철학자 노릇을 더 좋아하지요. 짐작컨대 신임 수령님이시지요?"

디 공이 끄덕이자 그가 계속 말했다.

"말을 타고 지나가는 길이온데, 농부 하나가 말하길 관아에서 나온 사람들이 제 이웃 판충의 농장으로 갔다고 하기에 와 봤습니다. 뭐 도와드릴 일은 없는지요?"

그가 디 공 뒤쪽으로 바닥에 늘어 놓은 시체들을 훔쳐보려 하기에 디 공은 재빨리 그를 막아서며 퉁명스럽게 말했다.

"지금 살인 사건을 조사하는 중이오. 길 아래쪽에서 잠시 기다려 주시오. 곧 내려가겠소."

차오 박사가 한 번 더 크게 절을 한 후 자리를 뜨자, 홍 수형리가 곧바로 입을 열었다.

"수령님, 중의 몸에는 상처가 하나도 없습니다. 자연사로밖에 볼 수 없겠는데요!"

"이따 오후에 관아로 들어가 다시 확인해 보세."

디 공이 말했다. 그리고 농부에게 물었다.

"말해 보라! 판 부인이 어떻게 생겼더냐?"

"소인은 정말 모릅니다요! 농장에 왔을 때도 보지 못했고, 시체를 발견했을 때는 얼굴이 온통 피투성이였습니다요!"

페이추가 울부짖었다.

디 공이 어깨를 으쓱하며 말했다.

"마중, 차오타이가 이놈과 저 시체들을 지키고 있을 동안 자네가 가서 포졸들을 불러오게. 여기 나뭇가지들을 엮어서 들것을 만들어 시체들을 관아로 옮길 수 있는지도 보세. 이놈 페이추는 옥에 가둬! 가는 길에 헛간에 들러 놈이 어디에 그 옷가지들을 숨겨 뒀는지 알아보고! 나는 수형리와 함께 농가로 돌아가 집을 수색해 보고 그 딸을 심문해 봐야겠어."

디 공은 기다란 지팡이로 덤불숲을 헤치며 조심조심 걸어가고 있는 차오 박사를 따라잡았다. 길가에는 박사의 하인이 당나귀 고삐를 쥔 채 기다리고 있었다.

"차오 박사, 나는 지금 농가로 가야 하오. 거기 일이 끝나면 시간이 나는 대로 찾아뵙겠소."

박사가 깊이 허리 숙여 인사했다. 수염가닥이 깃발처럼 바람결에 나부꼈다. 박사는 나귀에 올라타고는 지팡이를 안장 위에 가로질러 얹고는 타박거리며 사라졌다. 하인이 뒤따라 달렸다.

"내 평생 저렇게 멋진 수염은 처음 보네."

디 공은 내심 부러운 듯이 홍 수형리에게 말했다.

농가로 돌아온 디 공은 수형리에게 밭에서 일하고 있는 그 딸을 불러오라고 지시하고는 곧장 침실로 들어갔다.

방에는 나무틀이 다 드러난 커다란 침상 하나와 의자 두 개, 그리고 소박한 화장대 하나가 놓여 있었다. 문가 한쪽 구석에 기름 등잔이 놓인 작은 탁자 하나가 보였다. 디 공은 뼈대가 다 드러난 침상을 살펴보다가 침상머리 근처에 깊게 베인 자국에 눈길이 가 멈췄다. 베인 자리가 깨끗한 것을 보니 최근에 그런 것이 틀림없었다. 의심스러운 생각에 고개를 갸웃하며 창가로 간 디 공은 나무 빗장이 부러져 있는 것을 발견했다. 막 돌아서려는데, 창문 바로 아래편 바닥에 웬 접힌 종이가 떨어져 있는 것이 보였다. 주워 보니 뼈로 만든 여자용 싸구려 빗이 들어 있었다. 빗에는 동그란 색유리 조각 세 개가 장식되어 있었다. 디 공은 빗을 다시 싸 소매 춤에 넣었다. 사건에 두 여자가 관련되어 있을지도 모른다는 생각에 골치가 아파왔다. 헛간에서 발견한 손수건은 귀부인의 것이고, 이 싸구려 빗은 농가 아낙의 것이 분명했다. 디 공은 한숨을 쉬며 거실로 갔다. 홍이 페이추의 딸과 함께 기다리고 있었다.

공은 여자가 자신을 올려다보지도 못할 정도로 무척 두려워하고 있음을 알아채고는 다정하게 말했다.

"흠, 쑤냥, 아버지 말을 들으니 일전에 주인을 위해 아주 훌륭한 닭튀김 요리를 만들었다던데!"

여자가 수줍은 표정으로 보일 듯 말 듯 미소를 지었다. 디 공은 계속했다.

"시골 음식이 도시 것보다 훨씬 낫지. 그 부인도 물론 흡족해했겠지?"

쑤냥의 얼굴이 갑자기 어두워졌다. 여자가 어깨를 으쓱하며 말했다.

"거만한 여자였어요. 정말 그랬어요. 침실 의자에 앉아 있기에 인사를 했는데, 돌아보지도 않더라고요, 글쎄!"

"그래도 설거지하고 있을 때는 몇 마디라도 이야기를 나누었을 것이 아니냐?"

"그때는 이미 잠자리에 든 후였어요."

여자가 즉시 대답했다.

디 공은 수염을 쓰다듬으며 생각에 잠겨 있다가 물었다.

"그건 그렇고, 쿠 부인을 혹시 아느냐? 차오 박사의 딸 말이다. 최근에 읍내에서 결혼했다던데?"

"밭에서 일할 때 멀리 지나가는 것을 한두 번 봤지요. 남동생이랑 가고 있더라고요. 사람들 말로는 좋은 여자래요. 다른 읍내 여자들하고는 다르다고요."

여자가 대답했다.

"흠, 이제 차오 박사의 집으로 안내를 좀 해 줘야겠다. 저 아래 헛간에 있는 포졸들이 말을 내줄 것이다. 그런 다음에는 읍내로 나가자. 아버지도 그리로 오실 거다."

**철학가가 고상한 견해를 제시하고,
디 공은 복잡한 살인 사건을 풀어낸다.**

　디 공은 차오 박사가 3층짜리 탑에 사는 것을 보고는 적이 놀랐다. 탑은 소나무가 무성한 언덕 위에 자리 잡고 있었다. 디 공은 홍과 쑤냥을 자그마한 문루에 남겨둔 채 차오 박사를 따라 위층으로 올라갔다.
　좁다란 계단을 오르는 동안, 이 건물이 오래 전에는 망루였으며 타 지방과의 전쟁에서 중요한 역할을 했다고 차오 박사가 설명해주었다. 대대로 그의 가문 소유였으나 거주하는 곳은 늘 도시였다고 했다. 차 상인이었던 부친의 사망 이후, 차오 박사는 도시의 집을 팔고 이 탑으로 이사해 왔다고 했다.
　"서재에 가 보시면 그 이유를 아실 것입니다."
　박사가 말했다.
　맨 꼭대기 층의 팔각형 방에 다다르자, 차오 박사는 팔을 쭉 뻗어 드넓은 창 너머로 보이는 풍경을 가리켰다. 그리고 말했다.

"제게는 사색할 만한 공간이 필요하지요. 이 서재에서 저는 하늘과 땅에 대해 명상하고, 거기서 영감을 얻습니다."

디 공이 적당히 응수했다. 북쪽으로 난 창문 너머로 버려진 절이 한눈에 들어온다는 점이 눈에 띄었지만, 그 앞길은 교차로의 가로수들 때문에 가려져 있었다.

문서가 잔뜩 쌓인 커다란 책상에 앉으면서 차오 박사가 열띤 어조로 물었다.

"장안에서는 제 학설에 대해 어떻게들 말합니까?"

박사의 이름이 언급되는 것을 들어본 기억은 없었지만, 디 공이 정중하게 대답했다.

"참신하다고들 하더군요."

박사는 기쁜 내색이었다.

"독창적인 사상 분야의 선구자라고 말하는 자들이 있는데, 그 말이 맞을 겁니다!"

박사는 무척 만족스러운 표정을 지으며 말했다. 그리고 책상 위에 있던 커다란 주전자에서 차 한 잔을 따라 디 공에게 주었다.

"따님께 무슨 일이 일어났을지, 혹시 짚이는 데가 있으십니까?"

차오 박사는 불쾌한 듯 보였다. 가슴 위로 늘어뜨려져 있는 수염을 조심스러운 손길로 가지런히 손질하고는 무뚝뚝한 말투로 대답했다.

"그 아이는 저를 귀찮게 구는 것 말고는 하는 게 없지요! 전 절대 방해를 받으면 안 되는 사람인데 말입니다. 그랬다가는 사색에 필요한 마음의 평온이 마구 헝클어지니까요. 그 아이에게 직접 읽기와 쓰기를 가르쳤건만, 어떻게 됐는지 아십니까? 늘 부적절한 책들만 읽지 뭡니까. 역사책 말입니다, 역사책! 이게 말이나 됩니까? 명확하게 사고할 줄도 모르던 때의 사람들이 적어 놓은 슬픈 기록들에 지나지 않는 것을 말입니다. 시간 낭비지요!"

디 공이 조심스럽게 말했다.

"글쎄요, 다른 사람들의 실수에서 많은 배움을 얻을 때도 있습니다."

차오 박사가 한마디로 일축했다.

"무슨 그런!"

"한 가지 여쭤도 되겠습니까? 왜 따님을 쿠맹핀과 혼인시키셨습니까? 박사께서는 불교를 말도 안 되는 우상 숭배라고 여기신다고 들었고 저 역시 어느 정도는 그렇게 생각합니다만, 쿠는 열렬한 불교 신자가 아닙니까?"

디 공이 정중하게 물었다.

차오 박사가 격앙된 목소리로 말했다.

"하아! 그건 저도 모르게 양쪽 집안 여자들이 그렇게 한 겁니다. 아시겠지만 여자들이란 본시 생각이 짧은 존재가 아닙니까!"

디 공은 이 다소 위험한 일반화라고 생각했으나 그냥 넘어가기로 마음먹고 다시 물었다.

"따님께서는 판충과 아는 사이입니까?"

박사가 두 팔을 추켜올리며 말했다.

"그걸 제가 어찌 알겠습니까! 한두 번 봤을 수는 있지요. 지난달만 해도 그 건방진 시골뜨기 녀석이 찾아와서는 경계석 얘기를 꺼내지 뭡니까. 생각해 보십시오, 수령님! 저한테, 철학자인 저한테…… 경계석 따위를 논하자고 들다니요!"

"둘 다 나름의 쓰임새가 있는 것 아니겠습니까."

디 공이 냉담한 어조로 대꾸했다. 그러다 차오 박사가 의혹의 눈초리로 쏘아보자 급히 화제를 돌렸다.

"저쪽 벽은 다 서가인 듯한데, 거의 비어 있군요. 책은 다 어디로 갔습니까? 분명 장서가 어마어마하실 터인데."

차오 박사가 무심하게 대답했다.

"그랬지요. 하지만 읽으면 읽을수록 얻는 게 줄어들더군요. 사실, 책은 무엇을 얻기보다는 그저 인간의 어리석음을 피하기 위해 읽는 거지요. 한 작가의 작품을 처음부터 끝까지 독파할 때마다 장안에 사는 제 사촌 차오 펜에게 보냈습니다. 유감스럽게도 사촌은 독창성이 없지요. 도대체 독자적인 사고라는 걸 할 줄 몰라요!"

가만 생각해보니, 장안 재판소 비서관인 친구 허우가 베푼 저녁 식사 자리에서 차오 펜이라는 사람을 만난 적이 있음이 어렴풋이 떠올랐다. 차오 펜은 인상이 좋고 나이가 지긋한 애서가였는데, 자기만의 연구에 푹 빠져 있었다. 디 공은 수염을 쓰다듬으려다가 차오 박사가 이미 자신의 수염을 위엄 있게 매만지고 있는 것을 보고는 머쓱해져서 손을 내렸다. 박사가 눈살을 찌푸린 채 입을 열었다.

"지금부터 쉬운 말로, 아주 간단하게, 대략적으로 설명해 드리겠습니다. 물론 제 철학에 관해서요. 우선, 제 생각에 우주는……."

디 공이 급히 자리에서 일어나며 단호한 어조로 말했다.

"정말 유감스럽습니다만, 제가 직접 처리해야 할 긴급한 일들이 좀 있어서요. 조만간 대화를 계속할 기회가 오길 고대하겠습니다."

차오 박사가 아래층까지 동행했다. 떠나기 전 디 공이 말했다.

"따님의 실종과 관련된 인물들의 진술이 정오 심리 때 있을 겁니다. 관심 있어 하실 것 같아 말씀드립니다."

차오 박사가 나무라듯 말했다.

"제 연구는 어쩌고요? 심리에 참석하느라 방해받을 수는 없습니다. 마음의 고요를 흐트러뜨리니까요. 게다가 제 딸과 혼인한 사람은 쿠가 아닙니까? 딸애와 관련된 일들은 이제 그의 책임이지요. 바로 제 학설의 토대가 되는 사상이기도 합니다. 각자 하늘이 명하는 바에 따라 자기 자신의 일에만 전념하게 하자는……."

"그럼 전 이만."

디 공은 작별을 고한 후 말안장에 올라탔다.

홍과 쑤냥을 뒤세우고 언덕을 달려 내려가는데, 갑자기 잘생긴 소년 하나가 소나무들 사이에서 걸어 나와 허리를 숙여 전했다. 디 공이 말을 세우자 소년이 간절한 어조로 물었다.

"제 누님에 대해 새로 들어온 소식이라도 있는지요?"

디 공이 근엄하게 고개를 젓자 소년이 입술을 깨물었다. 그러고는 불쑥 말을 꺼냈다.

"다 제 잘못입니다! 제발 누님을 찾아주십시오! 누님은 승마와 사냥에 무척 능해서 저희 남매는 늘 함께 들판을 달렸습니다. 워낙 판단력이 뛰어나고 영리하니, 누님은 차라리 남자로 태어났더라면 좋았을 것입니다."

소년은 침을 꿀꺽 삼키고는 말을 계속했다.

"저희는 이곳 시골을 무척 마음에 들어 했습니다만, 부친께서는 늘 도시 이야기만 하셨습니다. 그런데 돈을 잃으신 다음부터는……."

소년은 불안한 눈빛으로 집 쪽을 흘긋 돌아보고는 황급히 덧붙였다.

"수령님을 너무 귀찮게 해 드리면 안되겠지요. 아버지가 아시면 분명 화내실 테니!"

"전혀 귀찮지 않다!"

재빨리 디 공이 말했다. 소년의 귀엽고 정직해 보이는 얼굴이 마음에 들었다.

"누나가 혼인을 했으니 이제 혼자서 외롭겠구나."

소년의 안색이 어두워졌다.

"그래도 누님보다는 덜할 것입니다. 쿠라는 남자를 별로 좋아하는 않는다고 말했거든요. 하지만 언젠가는 누군가와 결혼을 해야 할 테고 또 아버지가 워낙 고집을 부리시니, 쿠 씨랑 못할 것도 없다고 했습니다. 누님은 이런 분이셨습니다. 무심한 듯이 보이기도 했지만 늘 쾌활했지요! 하지만 지난 번 집에 왔을 때는 별로 행복해 보이지 않았습니다. 새로운 생활에 대해 저랑 한마디도 나누려 하지 않았습니다. 대체 무슨 일이 있는 걸까요?"

"최선을 다해 알아보고 있는 중이다."

디 공이 말했다. 그러고는 농가 헛간에서 발견한 손수건을 소매에서 꺼내며 물었다.

"누님의 것이 맞느냐?"

"정말 잘 모르겠습니다. 여자들 물건은 다 똑같아 보여서요."

소년이 미소 지으며 말했다. 디 공이 물었다.

"말해 보아라. 판충이란 자가 여기에 자주 왔었느냐?"

"한 번 집에 왔었습니다. 아버지한테 볼일이 있다면서요. 하지만 들판에서도 종종 봤지요. 전 그 사람이 마음에 듭니다. 힘이 아주 세고 활도 잘 쏘거든요. 언젠가 한번은 진짜 석궁 만드는 법을 가르쳐 주기도 했지요! 동헌 관리 중에 종종 판의 농장에 들르곤 하던 탕이라는 노인보다는 훨씬 마음에 듭니다. 탕은 사람을 좀 이상한 눈으로 쳐다보거든요!"

"흠, 누나에 대해 새로운 소식이 있으면 곧바로 네 아버지한테 알려주마. 잘 가거라."

디 공이 말했다.

관아로 돌아온 디 공은 홍 수형리에게 지시해 그 농부의 딸을 위병소로 데려가 심리가 열릴 때까지 돌보도록 했다.

마중과 차오타이가 개인 집무실에서 기다리고 있었다.

마중이 보고했다.

"헛간에서 피 묻은 옷이 든 침대보와 낫을 찾아냈습니다. 여자의 옷은 쿠가 설명한 대로입니다. 그리고 백운사에 포졸을 보내 죽은 중의 신분을 확인해 줄 사람을 보내라 일렀습니다. 지금 검시관이 시체들을 살펴보는 중입니다. 그 미련퉁이 페이추는 옥에 처넣었습니다."

디 공이 고개를 끄덕이고는 물었다.

"탕은 출근했나?"

차오타이가 대답했다.

"서기관을 보냈습니다. 판에 대한 얘기를 전하라고 했으니 곧 올 겁니다. 그 뚱보 박사한테서는 뭐 좀 많이 알아내셨습니까?"

디 공은 질문에 놀랐지만 기분이 좋았다. 이 두 비범한 녀석들 중 한 놈이나마 뭐라도 물어본 건 이번이 처음이었기 때문이다. 보아하니 수사에 흥미를 느끼기 시작하는 것 같았다. 디 공이 대답했다.

"별로 없네. 차오 박사가 있는 대로 거드름을 피우지만 실상은 바보라는 점, 그리고 거짓말을 끝내주게 잘 한다는 점, 이게 전부야. 차오의 딸은 혼인하기 전부터 판충을 알고 있었을 가능성이 높네. 그리고 그 남동생은 자기 누나가 쿠와의 결혼 생활이 행복하지 않다고 생각하더군. 하지만 사건 전체를 놓고 보면 하나도 들어맞지가 않아. 페이와 그 딸의 얘기를 들어보면 새로운 사실이 밝혀질지도 모르지.

나는 이제 이 지방의 모든 기관과 군 사령부에 편지를 보내 우라는 녀석을 체포하라는 요청을 해야겠어."

마중이 입을 열었다.

"일단 그놈이 말 두 필을 팔려고 내놓으면 잡을 수 있을 겁니다. 말 상인들은 아주 튼튼한 조직을 갖고 있습니다. 서로 긴밀한 연락을 주고받을 뿐만 아니라 기관에도 줄을 대고 있지요. 게다가 특별한 표시로 말을 구분하는 체계도 갖추고 있으니, 아무것도 모르는 자가 훔친 말을 팔기란 결코 쉬운 일이 아닙니다. 적어도 제가 아는 바로는 그렇습니다."

마중이 정직하게 한마디 덧붙였다.

디 공이 씩 웃고는 붓을 들어 순식간에 편지를 썼다. 그리고 서기관을 불러 즉시 편지를 베껴 쓴 후 발송하라고 지시했다.

그때 심리가 시작됨을 알리는 징이 울렸다. 마중이 재빨리 디 공이 의관을 갖출 수 있도록 도왔다.

판의 시체가 발견되었다는 소문이 벌써 파다하게 퍼져 있었다. 동헌은 호기심어린 구경꾼들로 발 디딜 틈 없었다.

디 공이 옥리에게 보낼 문서를 작성했다. 페이추가 판관석 앞으로 끌려나왔다. 디 공은 서기가 받아 적을 수 있도록 그에게 다시 한 번 진술하게 했다. 서기가 받아 적은 내용을 낭독하자, 페이추가 그 진위 여부를 확인한 후 지장(指章)을 찍었다. 디 공이 입을 열었다.

"페이추, 너는 사실만을 말했다 하더라도 신고를 하지 않고 살인 사건을 은폐하려 한 혐의가 인정된다. 따라서 최종 판결이 내려질 때까지 구금을 명한다. 이제 검시관의 진술을 듣도록 하겠다."

검시관이 진술을 시작했다.

"소인은 관아의 일등 서기관 판충으로 밝혀진 남자의 시체를 조심스럽게 살펴보았습니다. 날카로운 흉기에 일격을 낭해 녹이 잘린 것으로 보입니다. 백운사의 부지주 후이펜이 그 절의 시주 분배 담당인 '츄하이'라고 신원을 확인해 준 중의 시체도 살펴보았습니다만, 어떤 상처나 타박상, 기타 폭력의 증거가 없고, 독살의 가능성도 보이지 않았습니다. 아무래도 심장마비가 사인인 것으로 보입니다."

셴 박사가 자리에서 일어나 부검 보고서를 판관석으로 가져왔다. 디 공은 그를 자리로 돌려보낸 후 페이쑤낭을 데려올 것을 명했다.

홍 수형리가 쑤낭을 판관석 앞으로 끌고 왔다. 얼굴을 말끔히 씻고 머리카락도 빗질을 해 놓으니 그럭저럭 괜찮은 용모였다.

마중이 차오타이에게 속삭였다.

"내 말이 맞지? 전에 내가 예쁘다고 하지 않았던가? 시골뜨기도 잘 씻겨만 놓으면 잔뜩 치장한 도시 매춘부 못지않다고!"

여자는 겁에 질려 안절부절 못 하고 있었으나, 디 공이 인내심을 갖고 차근차근 질문을 던지자 판과 여자에 대해 다시 진술했다. 디 공이 물었다.

"판 부인을 이전에도 본 적이 있느냐?"

여자가 도리질을 치자, 디 공이 이어서 말했다.

"그렇다면 네가 시중드는 여자가 정말 판 부인인지는 어떻게 알았느냐?"

"그냥…… 둘이 한 침상에서 잠을 잤잖아요?"

여자가 대답했다.

군중들 틈에서 웃음소리가 터져 나왔다. 디 공이 판관석 위에 놓여 있는 경당목을 두드리며 노한 목소리로 소리쳤다.

"조용!"

여자가 크게 당황하며 고개를 숙였다. 그때 디 공의 시선이 여자 머리에 꽂혀 있는 빗으로 가 멈췄다. 공은 농가 침실에서 가져온 빗을 소매 춤에서 꺼냈다. 쑤냥의 머리에 꽂혀 있는 것과 똑같은 물건이었다.

"쑤냥, 이 빗을 보라."

디 공은 빗을 들어 올리며 말했다.

"농가 근처에서 발견한 것이다. 네 물건이냐?"

여자의 동그란 얼굴에 환한 미소가 번졌다.

"정말 가져왔구나!"

여자가 만족스러운 듯 말했다. 그러다 순간 깜짝 놀라며 소매로 입을 막았다.

"누가 가져왔다는 것이냐?"

디 공이 부드러운 어조로 물었다.

눈에서 눈물방울이 떨어지는가 싶더니 여자가 울먹거리며 말했다.

"아버지가 아시면 전 맞아 죽어요!"

"쑤냥, 보아라. 너는 지금 재판정에 나와 있고, 내가 하는 질문에 답해야 한다. 내가 묻는 말에 대답하면 지금 곤경에 처해 있는 네 아비에게 도움이 될 수도 있다."

여자가 단호하게 고개를 저었다.

"이 일은 아버지나 수령님하고는 전혀 관계없는 일이에요. 절대 말할 수 없어요!"

여자가 고집스럽게 거부했다.

"당장 입 열지 못해! 매질 당하고 싶으냐!"

포두가 채찍을 들어 올리며 여자를 위협했다. 여자가 공포에 질려 비명을 질렀다. 그러고는 갑자기 서럽게 울기 시작했다.

"손을 거두라!"

디 공이 포두에게 소리를 질렀다. 그러더니 못마땅한 표정으로 부하들을 둘러보았다. 마중이 의심쩍은 기색으로 가볍게 가슴을 두드려보였다. 디 공은 잠시 망설이다 고개를 끄덕였다.

재빨리 단상에서 내려간 마중이 여자에게 다가가 낮은 목소리로 말을 걸었다. 곧 여자가 울음을 멈추고는 세차게 고개를 저었다. 마중은 몇 마디를 더 속삭인 후 여자의 등을 격려하듯 가볍게 두드렸다. 그런 다음 만면에 미소를 띠며 디 공에게 눈짓한 후 다시 단상 위로 돌아왔다.

쑤냥은 소매로 얼굴을 훔친 후 디 공을 올려다보며 입을 열었다.

"한 달 전쯤 밭에서 일하고 있을 때였어요. 아쾅이 저더러 눈이 예쁘다고 말하더군요. 그런 다음 헛간으로 가서 죽을 먹을 때는 제 머리카락이 예쁘다고 말했고요. 아버지는 장에 나가서 안 계시고, 그래서 저는 아쾅과 다락으로 올라가…… 그 다음엔……."

여자는 잠시 말을 멈추었다. 그러고는 결심한 듯 덧붙였다.

"다락에 같이 있었어요!"

디 공이 말했다.

"그렇군. 그런데 아쾅이 누군가?"

여자가 깜짝 놀라 물었다.

"모르세요? 여기선 그를 모르는 사람이 없어요! 밭일이 많을 때 농가를 돌아다니며 일을 도와주는 날품팔이니까요."

"그가 결혼하자고 하던가?"

디 공이 물었다.

쑤냥이 자랑스럽게 대답했다.

"두 번이나 그랬지요. 하지만 전 싫다고 말했어요, 절대 안 된다고요! 한 뙈기라도 자기 땅이 있는 남자랑 결혼하고 싶다고요. 지난주에는 더 이상 밤에 몰래 만나러 오는 것도 안 된다고 말했고요. 저도 가을이면 벌써 스무 살이 되는데, 앞날도 생각해야지요. 아쾅은, 결혼은 상관없지만 혹시라도 다른 놈하고 만나면 목을 잘라 버리겠다고 하더군요. 다들 아쾅이 도둑에다 깡패라고들

하지만, 저를 무척 좋아했어요. 정말이에요!"

"그럼 이 빗은 어떻게 된 것이냐?"

디 공이 물었다. 쑤냥이 추억을 회상하듯 미소를 지으며 대답했다.

"정말 멋있는 사람이었어요. 지난 번 마지막으로 보았을 때 뭔가 좋은 것을 주고 싶다고 하더군요. 늘 자신을 기억할 수 있게 말이에요. 그래서 전 제가 꽂고 있는 것과 똑같은 빗을 원한다고 말했어요. 그랬더니 도시에 있는 시장을 전부 다 뒤져서라도 찾아다 주겠다고 하지 뭐예요!"

디 공이 고개를 끄덕였다.

"쑤냥, 이제 됐다. 시내에 머물 곳은 있는가?"

"선창가 근처에 아주머니 한 분이 계셔요."

여자가 대답했다.

수형리가 쑤냥을 데리고 나가는 동안 디 공이 포두에게 물었다.

"그 아쾅이란 자에 대해 좀 아는가?"

포두가 곧바로 대답했다.

"순 깡패 같은 녀석입니다. 반 년 전쯤에는 늙은 농부 하나를 폭행하고 강탈한 죄로 바로 이 법정에서 태형 50대를 선고받은 전과가 있습니다. 두 달 전에는 서문 근처 도박장에서 싸움이 벌어져 거기 주인이 죽었는데, 그것도 그놈 소행이리라 생각됩니다. 정해진 거처도 없어서 어쩌다 일해 준 집의 헛간이나 숲에서 노숙하며 지내는 자입니다."

디 공은 의자 등받이에 몸을 기대고는 무심하게 빗을 만지작거렸다. 잠시 후 다시 자세를 고쳐 앉으며 말했다.

"본 법정은, 범죄 현장과 제출된 증거들을 살펴본 결과, 쿠 부인의 옷을 입은 여인과 판충이 이달 열 나흗날 한밤중에 아쾅이라는 부랑자에게 살해되었음을 밝히는 바이다."

놀란 관중이 웅성거리자 디 공이 경당목을 두드렸다. 그러고는 말을 계속했다.

"본관의 견해는 이러하다. 판충의 하인 우가 제일 먼저 살인 현장을 목격했고, 곧바로 돈과 말 두 필을 훔쳐 달아났다. 법정은 범죄자 아쾅과 우를 체포하기 위해 필요한 조치를 취할 것이다.

본관은 또한 판과 함께 있었던 여인의 신원과 그 시체의 위치를 파악하기 위해 모든 노력을 기울일 것이다. 또한 츄하이라는 중이 이 사건과 무슨 연관이 있는지도 추적해나갈 것이다."

디 공은 경당목을 두드려 폐정을 선언했다.

개인 집무실로 돌아온 디 공이 마중에게 말했다.

"페이의 딸이 친척 아주머니 집까지 무사히 돌아갈 수 있도록 신경 쓰게. 행방불명된 여자는 하나면 충분하니까."

마중이 자리를 뜨자 홍 수형리가 미간을 찌푸리며 어리둥절한 표정으로 말했다.

"저는 수령님이 내리신 결론을 납득하기 힘듭니다. 조금 전 심리에서 내리신 결론 말입니다."

"저도 그렇습니다!"

차오타이도 한 마디 했다.

디 공이 찻잔을 비우고 말했다.

"페이추의 얘기를 듣다 보니 우는 결코 범인이 아니라는 생각이 들었네. 우선, 만일 우가 정말로 주인을 죽이고 돈과 말을 빼앗을 작정이었다면 피엔푸로 오가는 길에서 했어야 말이 되네. 눈에 띌 위험도 훨씬 적거니와, 얼마든지 더 좋은 기회를 잡을 수 있었을 테니까. 게다가 우는 도시에서 온 자이지 않은가. 쓴다면 낫이 아니라 칼을 썼겠지. 웬만큼 써 본 사람이 아니면 좀처럼 다루기 힘든 게 바로 낫이란 물건이니 말일세. 또한 그 농장에서 직접 일해 보지도 않은 사람이 그 어둠 속에서 낫을 찾아내기란 결코 쉬운 일이 아니지.

우가 돈과 말을 훔친 시점이 살인 현장을 목격한 이후라는 점을 생각해 보게. 우는 범죄에 말려들까 봐 겁이 났던 거야. 겁은 나는데 앞에 돈은 보이고 마침 기회마저 좋았단 말씀. 이만하면 충분한 설명이 되지 않는가?"

"그럴듯하게는 들립니다만, 아쾅이 판충을 살해할 만한 이유가 뭐가 있었을까요?"

디 공이 대답했다.

"실수야. 아쾅은 쑤냥과 약속한 것과 똑같은 빗을 사는 데 성공했을 걸세. 그래서 그날 밤 쑤냥에게 빗을 주러 오는 길이었겠지. 그걸 받고 나면 쑤냥이 한 번 더 자신을 허락하리라 기대하면서 말이네. 분명 두 사람은 일종의 신호를 미리 정해놓았을 거네. 그래야 아쾅이 왔는지를 쑤냥이 알 수 있을 테니까. 그런데 집을 지나 헛간으로 가던 중 침실에 불이 켜진 걸 봤겠지. 평소와는 뭔가 다른 낌새에, 아마 창문을 열고 안쪽을 들여다보았을 걸세. 그런데 어두컴컴한 가운데 남녀 한 쌍이 침상에 누워 있더란 말씀. 분명 쑤냥이 새 애인과 자고 있다고 생각했겠지. 워낙 포악한 악당이니, 더 두고 볼 것도 없이 연장통으로 달려가 낫을 꺼내들고는 창문을 뛰어넘어 두 사람의 목을 베어 버린 걸세. 아마 그때 빗을 떨어뜨렸을 거고, 그걸 내가 창문 아래서 발견한 거지. 도망치기 전에 자기가 사람을 잘못 봤다는 걸 눈치 챘을지는 글쎄…… 알 수 없는 일이지."

차오타이가 말을 받았다.

"아마 알고도 남았을 겁니다. 그런 족속을 잘 알지요! 그런 놈들은 뭔가 훔칠 만한 걸 찾아내기 전에는 절대 자리를 뜨지 않아요. 시체들도 다시 살펴봤을 것이고, 여자가 쑤냥이 아니라는 것도 알아챘을 게 분명합니다."

"그러면 대체 그 여자는 누구였을까요? 또, 그 중은요?"

홍 수형리가 물었다.

눈썹이 덥수룩한 미간을 찌푸리며 디 공이 대답했다.

"솔직히 말하면 정말 모르겠네. 그 옷이며 점박이 말, 실종된 시간까지 모두 쿠 부인과 직결되네만, 그 아비나 남동생이 하는 말을 들어보면 쿠 부인은 쿠와 혼인 전후로 그 파렴치한 판충과 은밀한 관계를 갖거나 할 여자는 아닌 것 같았어. 게다가 차오 박사가 아무리 자기밖에 모르는 사람이라고는 하지만, 그래도 자기 딸인데…… 그 철저한 무관심은 분명 어딘가 부자연스러운 데가 있네. 아무래도 죽은 여자는 쿠 부인이 아닐 가능성이 커. 차오 박사도 그 사실을 알고 있을 거라는 생각을 지울 수가 없네."

수형리가 조심스럽게 의견을 말했다.

"하지만 페이 부녀가 자신의 얼굴을 보지 못하도록 신중을 기했던 점을 생각해 보면 정말 쿠 부인이었을 가능성도 있습니다. 쿠 부인이라면 분명 남들이 자신을 알아보길 원치 않았을 테니까요. 그 남동생이라는 아이가 한 말에 따르면 두 사람은 함께 들판을 자주 돌아다닌 것 같던데요. 그렇다면 페이 부녀가 여자를 한눈에 알아보리라 충분히 가정할 수 있지 않겠습니까."

디 공이 한숨을 쉬며 말했다.

"자네 말이 맞아. 페이가 여자의 얼굴을 봤을 때는 이미 피투성이였으니 살인이 일어난 후에는 알아보지 못했을 가능성도 있네. 정말 쿠 부인이었다고 해도 말이지! 흠, 그 중에 대해서는 내일 점심 식사 후에 직접 백운사로 가서 더 알아보는 게 좋겠어. 수형리, 가서 가마를 준비하라고 경비대에 이르게. 차오타이 자네는 오후에 마중과 함께 나가서 그 아쾅이라는 녀석을 잡아오고. 어제 못된 놈 잡아들이는 일이라면 얼마든지 할 수 있다고 했지? 지금이 그 기횔세! 그 녀석을 찾아다니면서 그 빈 절도 한번 들여다보게. 여자의 시체가 거기에 암매장되었을 가능성도 완전히 배제하기 힘드니까. 시체를 훔쳐간 놈은 그리 멀리 가지는 못했을 거야."

"가서 아쾅을 잡아 올리겠습니다요!"

차오타이가 확신에 찬 미소를 지으며 말했다. 그러고는 자리에서 일어나 밖으로 나갔다.

서기관 하나가 디 공의 점심 식사를 쟁반에 받쳐 들고 들어왔다. 막 젓가락을 들려는데 차오타이가 갑자기 돌아와 말했다.

"막 옥을 지나가다가 시체를 임시로 안치해 놓은 방 안을 들여다보았는데, 아 글쎄, 탕이 판충의 시체 옆에 앉아 그 손을 쥐고 있지 뭡니까. 얼굴은 눈물범벅을 하고서 말입니다. 이래서 그 식당 주인이 탕을 가리키며 별나다고 했나 하는 생각이 듭니다. 보는 사람이 다 가슴이 아플 정도였습니다. 가 보시지 않는 게 좋을 것 같습니다."

말을 마친 후, 차오타이는 다시 방을 나섰다.

**디 공이 절의 주지를 방문하고,
선창가에서 저녁을 먹는다.**

동문으로 가는 내내 디 공은 말이 없었다. 홍예교(虹預橋)를 건널 때에야 비로소 홍 수형리에게 백운사 전망이 좋다는 말을 한 것이 다였다. 하얀 대리석으로 만든 문들과 청색 기와를 얹은 지붕들이 초록빛 산등성이를 배경으로 자리하고 있었다.

일행은 널찍한 대리석 계단을 올라갔다. 가마꾼들이 널따란 안뜰에 가마를 내려놓았다. 안뜰은 지붕이 없는 넓은 회랑으로 둘러싸여 있었다. 디 공은 마중 나온 노승에게 커다란 붉은색 명함을 건넸다. 노승이 말했다.

"주지 스님의 오후 예불이 곧 끝납니다."

노승은 일행을 끌고 세 개의 안마당을 더 지났다. 각각 산비탈을 따라 조금씩 높은 곳에 조성된 마당들은 아름답게 조각된 대리석 계단을 통해 서로 연결되어 있었다.

마지막 네 번째 마당 뒤쪽은 가파른 층계였다. 그 꼭대기에는 이끼 긴 바위를 그대로 깎아 만든 좁고 긴 축대가 보였다. 어디선가 물소리가 들려왔다.

디 공이 물었다.

"여기 샘이 있습니까?"

"예, 그렇습니다. 400년 전부터 이 바위 아래서 솟기 시작했는데, 그때 이 절의 창시자께서 바로 여기에서 미륵불을 발견했더랬지요. 그 불상은 저 건너편 법당에 모셔져 있습니다."

그러고 보니 축대와 높게 솟은 바위벽 사이에 1미터가 훨씬 넘는 틈이 있었다. 그 틈 위로는 나무판 세 쪽을 가로로 붙여 만든 좁은 다리가 커다랗고 어두컴컴한 동굴까지 이어져 있었다.

디 공은 다리 위로 올라가 깊은 틈새를 굽어보았다. 약 10미터 아래 뾰족한 바위들 위로 세찬 물살이 용솟음치며 흘러가고 있었다. 아래로부터 상쾌하고 시원한 공기가 올라왔다.

다리 건너편 동굴 내부에는 금빛 격자 울타리 뒤로 붉은 비단 휘장이 걸려 있었다. 분명 신성한 중에 가장 신성한 것, 즉 그 미륵불상을 모셔 놓은 법당임을 알 수 있었다.

"주지 스님의 거처는 저 축대 끝에 있습니다."

노승이 말했다. 그는 우아한 곡선형 지붕을 얹은 자그마한 건물로 일행을 데리고 갔다. 건물은 수백 년은 됨직한 큰 나무들 아래 깊숙이 자리하고 있었다. 그가 들어갔다가 곧 나와 디 공을 안쪽으로 안내했다. 홍 수형리는 밖에 있는 시원한 돌 의자에 자리 잡고 앉았다.

흑단을 깎아 만든 기다란 의자가 방 안쪽 벽을 온통 차지하고 있었는데, 그 위에 놓인 붉은색 비단 방석 한가운데 빳빳한 금빛 문직 천으로 만든 넉넉한 도포 차림의 자그마하고 통통한 남자 하나가 가부좌를 틀고 앉아 있었다. 그는 빡빡 깎은 동그란 머리를 숙여 인사한 후, 앞에 있는 커다란 팔걸이의자로 와 앉으라고 손짓 했다. 그러고는 몸을 돌려 기다란 의자 뒤편 움푹 들어간 곳에 마련된 작은 제단 위에 디 공의 명함을 공손하게 놓았다. 나머지 벽에는 부처의 생애를 수놓은 두꺼운 비단 벽걸이가 빈틈없이 걸려 있었다. 방 안에는 이름 모를 향내가 짙게 풍겼다.

노승이 디 공의 의자 옆에 자그마한 자단 찻상을 놓았다. 그리고 향기로운 차 한 잔을 따라주었다. 주지는 디 공이 한 모금 마실 때까지 기다렸다가 입을 열었다. 놀라우리만치 크고 울림이 있는 목소리였다.

"소승이 내일쯤 관아를 찾아가 인사를 올릴 참이었는데 이리 먼저 와 주시니 너무나 송구스러워 몸 둘 바를 모르겠습니다. 소승이 과분한 영광을 입었습니다."

주지의 커다란 눈이 디 공을 똑바로 바라보았다. 우호적인 시선이었다. 디 공은 충실한 유교주의자로서 불교 신앙에 대해서는 조금도 찬성하지 않았지만, 이 자그마한 체구의 주지가 보기 드문 성품을 지닌 고매한 인물임은 인정하지 않을 수 없었다. 디 공은 절의 규모와 아름다움에 대해 공손하게 몇 마디 건넸다.

주지가 통통한 손을 들어올렸다. 그리고 말했다.

"모두 미륵보살님께서 자비를 베풀어 주신 덕입니다. 400년 전 1미터도 훨씬 넘는 백단 불상의 모습으로 이 세상에 현신하셨지요. 가부좌를 틀고 앉아 참선을 하시는 모습으로 말입니다. 이 절의 창시자께서는 동굴에서 불상을 발견하신 후 이곳에 백운사를 지어 제국의 동부 지역을 수호하고 모든 뱃길 여행자들을 보호하게 하셨습니다."

주지는 손으로 호박 염주를 굴리며 나직이 염불을 왼 후 말을 계속했다.

"곧 의식이 하나 있을 예정이라, 누추한 절이지만 부디 참석하셔서 자리를 빛내 주십사 직접 부탁 드릴 생각이었습니다만."

디 공이 고개를 숙이며 말했다.

"저야 영광이지요. 그런데 무슨 의식이온지요?"

주지가 설명했다.

"독실한 신자인 쿠멩핀 씨가 이 신성한 불상을 같은 크기로 복제할 수 있게 해 달라고 승인을 요청해 왔습니다. 불교 종단의 중앙 성지인 장안의 백마사(白馬寺)에 바치고 싶다면서요. 쿠멩핀 씨는 이 경건한 작업을 위해 비용을 아끼지 않았지요. 산둥 지방에서 가장 뛰어난 불교 조각가인 팡을 고용해 이 신성한 불상을 도면으로 옮기게 했습니다. 정확한 치수 측정을 위해서요. 팡은 쿠 씨 저택에 3주 동안 머물며 자신이 작성한 도면을 토대로 해서 삼목으로 불상을 제작했습니다. 내내 쿠 씨는 팡을 귀빈으로 대접했고, 작업이 끝났을 때는 연회도 성대하게 베풀어 주었지요. 팡을 상석에 앉혔고요. 그리고 바로 오늘 아침, 쿠 씨가 그 삼목 불상을 자단 상자에 넣어 절로 보내왔습니다."

주지는 만족스러운 미소를 지으며 동그란 머리를 끄덕였다. 이 일이 그에게는 무척 의미 있는 일임에 분명했다. 주지가 다시 입을 열었다.

"경사스러운 행사를 위한 길일이 정해지는 대로, 절의 격식에 따라 복제 불상의 축성식이 있을 예정입니다. 수비 대장은 이미 수도인 장안까지 불상을 호위할 기마대를 준비해 두었고 허가도 받아 놓은 상태지요. 축성식 날짜와 시간이 정해지면 반드시 알려드리겠습니다."

"방금 전 날짜가 정해졌습니다, 주지 스님."

디 공의 등 뒤에서 낮고 굵은 목소리가 들려왔다.

"내일 저녁, 두 번째 야경(夜警) 교대가 끝나는 시각입니다."

키가 훤칠하고 마른 체격의 중 하나가 앞으로 걸어 나왔다. 절의 부주지인 후이펜이라고 주지가 소개했다.

"오늘 아침 시체의 신원을 확인해 주신 그분이 아니십니까?"

디 공이 물었다.

부주지가 고개를 숙였다. 그리고 말했다.

"아무리 생각해도 불가사의한 일입니다. 시주 분배를 맡고 있는 츄하이가 왜 그 시간에 그 멀리까지 갔는지 말입니다. 굳이 추리해 보자면 근처 농가에 시주하러 갔다가 강도를 만나 그리되지 않았을까 합니다. 그것 말고는 달리 설명할 방도가 없군요. 하지만 수령님께서는 단서를 좀 찾으셨을 법 합니다만……."

구레나룻을 천천히 쓰다듬으며 디 공이 대답했다.

"제 생각에는 제3의 인물이, 아직 누군지 알 수는 없지만, 무슨 수를 써서라도 그 죽은 여자의 신분을 감추고자 했던 것으로 보입니다. 그자는 중이 지나는 걸 우연히 보았고, 승복을 훔쳐 여자의 시체를 감싸면 좋겠다고 생각했겠지요. 아시다시피 발견되었을 때 속옷만 입고 있지 않았습니까. 얼마간 드잡이가 있었을 테고, 아마 그때 심장마비로 사망하지 않았나 생각합니다."

고개를 끄덕이고는 후이펜이 물었다.

"시체 근처에 지팡이가 있던가요?"

디 공은 잠시 생각해 보고는 다소 퉁명스럽게 대답했다.

"아니요!"

문득 묘하다는 생각이 들었다. 차오 박사가 뽕나무 밭 덤불속에서 갑자기 나타났을 때, 박사는 손에 아무것도 들고 있지 않았다. 그런데 길가로 가고 있는 그를 따라잡았을 때는 기다란 지팡이 하나를 손에 들고 있었던 것이다.

후이펜이 이어서 말했다.

"마침 수령님께서 앞에 계시니 드리는 말씀입니다만, 간밤에 강도가 들었습니다. 망루에 있던 스님 한 분이 우연히 보셨답니다. 모두 셋이었는데, 담을 넘어 달아났다고 하시더군요. 바로 경종을 울렸지만 안타깝게도 이미 숲속으로 달아나 버린 후였답니다."

디 공이 말했다.

"즉시 알아보도록 하지요. 그 스님께서 보신 것을 설명해 주실 수 있겠습니까?"

후이펜이 대답했다.

"어두워서 제대로 보지는 못했지만 셋 다 키가 크고 그 중 하나는 마른 체격에 턱수염이 듬성듬성 나 있었다고 하더군요."

디 공이 뻣뻣한 어조로 말했다.

"스님께서 좀 더 관찰력이 뛰어난 분이셨다면 좋았을 텐데 안타깝군요. 혹시 귀중품이라던가, 뭐 없어진 물건은 없습니까?"

"이 절의 구조를 잘 몰라서 그랬는지, 안쪽 법당만 겨우 들여다 보았더군요. 거기에는 그저 관 몇 개가 다인데 말입니다!"

"그나마 다행이군요."

디 공이 대답했다. 그러고는 주지를 바라보며 말을 이었다.

"내일 그 시간에 기꺼이 참석하도록 하겠습니다."

디 공은 자리에서 일어나 절을 한 후 자리를 떴다. 후이펜과 아까 그 노승이 디 공과 수형리를 가마가 있는 곳까지 안내했다.

홍예교를 건넜을 때, 디 공이 홍 수형리에게 말했다.

"마중과 차오타이는 해질녘이 되어서야 돌아올 것 같네. 북문을 나가 조선소와 선창가 쪽으로 돌아가세."

홍이 가마꾼들에게 디 공의 지시를 전달했다. 가마는 성읍에서 두 번째로 번화한 상점가를 따라 북쪽으로 이동했다.

북문을 나서자 부산스러운 광경이 눈에 들어왔다. 조선소에는 무수한 선체가 버팀목으로 받쳐져 있었고, 셀 수 없을 정도로 많은 인부들이 허리춤에 간단한 의복만 걸친 채 위아래 힐 것 없이 우글거리고 있었다. 시끄럽게 고함치는 소리와 망치 두드리는 소리로 귀가 멍멍했다.

디 공은 조선소에 와 보는 것이 처음이었다. 홍과 함께 사람들 속을 헤치고 걸으면서, 호기심 어린 눈길로 이곳저곳 바라보았다. 조선소 끝에는 거대한 평저선 하나가 한쪽으로 기울어진 채 비스듬히 누워 있었는데, 인부 여섯이 그 아래에서 불을 피우고 있었다. 그 근처에는 쿠맹핀과 그 관리인 김상이 감독관과 뭔가를 상의하고 있었다.

디 공과 홍을 본 쿠가 서둘러 감독관을 물리친 후 다리를 절뚝거리며 다가왔다. 디 공이 호기심에 가득 차 인부들이 무얼 하고 있는 것인지 물었다.

쿠가 설명했다.

"이 배는 원양 어선 중에서도 가장 큰 종류지요. 인부들은 지금 배에 붙은 이끼와 조개 껍질 같은 것들을 태워서 없애 버리는 중입니다. 배의 속도에 방해 요인이 되거든요. 다 긁어내고 나서 빈틈을 메웁니다."

더 가까이 보기 위해 디 공이 앞으로 다가서자, 쿠가 팔을 잡아당기며 저지했다.

"가까이 가지 마십시오, 수령님! 몇 년 전 열 때문에 느슨해진 기둥 하나가 붕괴되면서 제 오른쪽 다리로 떨어지는 바람에 이렇게 되었답니다. 골절상이 잘 낫지 않아 이렇게 지팡이를 짚고 지내는 신세지요."

디 공이 감탄하며 말했다.

"정말 멋진 물건이로군요! 그 반점 있는 대나무는 남부 지방에서만 나는 흔치 않은 재료인데!"

쿠가 기쁜 낯빛으로 대답했다.

"그렇습니다. 윤도 아주 잘 내 놓았지요. 하지만 이런 대나무는 지팡이를 만들기에는 너무 가늘어서 두 줄기를 써야 했습니다. 하나로 붙여서요."

그런 다음, 목소리를 낮추어 계속 말했다.

"아까 심리에 갔었습니다. 수령님의 결론을 듣고 나니 마음이 심란합니다. 제 처가 저지른 짓은 정말 끔찍합니다. 저뿐만 아니라 제 가문의 체면이 말이 아니에요."

"성급한 결론은 금물이오. 여자의 신원이 아직 불확실하다는 점을 애써 강조하지 않았소."

디 공이 말했다.

"수령님의 배려에 깊이 감사드립니다."

쿠가 황급히 말했다. 그러고는 김상과 홍 수형리를 흘끗 바라보았다.

디 공이 물었다.

"이 손수건을 아시오?"

쿠는 디 공이 소매 춤에서 꺼낸 수놓인 비단 조각을 대충 바라보고는 대답했다.

"물론입니다. 제가 처한테 준 선물 중 하나지요. 어디서 발견하셨습니까?"

"저기 길 옆, 버려진 절 근처에서 발견했소. 내 생각에는……."

디 공은 말을 하다가 갑자기 멈추었다. 절이 왜 버려졌는지 지주에게 깜빡 잊고 물어보지 않았다는 사실이 퍼뜩 떠올렸던 것이다. 디 공이 쿠에게 물었다.

"그 절에 대한 소문을 들어보았소? 사람들 말로는 귀신이 나온다고 하던데. 물론 말도 안 되지만, 그래도 정말 밤마다 뭔가가 나타난다면 들여다보기는 해야겠기에. 백운사에도 못된 중은 있을 테고, 행여나 비밀리에 뭔가 안 좋은 일을 꾸밀 가능성도 있으니 말이오. 그렇다면 판의 농장 근처에 중이 나타난 것도 얼추 설명이 가능할 것 같고. 그 절로 가던 중이었는지도 모르는 일! 흠, 백운사로 다시 가서 주지 스님이나 부주지에게 물어보는 것이 좋을 것 같군. 그건 그렇고, 쿠 씨의 신심 깊은 사업에 대해 주지 스님에게서 들었소. 축성식이 내일 밤에 열린다더군요. 나도 기꺼이 참석할까 하오."

쿠가 깊이 허리를 숙여 절을 한 다음 말했다.

"간단한 식사라도 대접해 드리기 전에는 못 가십니다! 선착장 반대편에 꽤 괜찮은 식당이 하나 있는데, 삶은 게 요리로 유명합니다."

그러고는 김상에게 말했다.

"가서 계속 하게. 어떻게 해야 할지는 잘 알고 있을 테니."

디 공은 당장이라도 절로 돌아가고 싶었지만, 쿠와 오랜 대화를 나눠 보는 것도 유용하리라는 데에 생각이 미쳤다. 그래서 홍에게는 관아로 돌아가도 좋다고 말한 후 쿠를 따라갔다.

날이 어둑어둑해지고 있었다. 강가에 위치한 근사한 정자로 들어서니, 종업원들이 벌써부터 처마에 매달린 색등에 불을 밝히고 있었다. 두 사람은 붉은 칠을 한 난간 근처에 자리를 잡았다. 강 너머로 시원한 바람이 불어왔고, 오가는 배들의 선미에 달린 색등이 화려한 장관을 만들어내고 있었다.

종업원이 커다란 쟁반에 김이 모락모락 나는 붉은 게들을 담아들고 왔다. 쿠가 다리 몇 개를 부러뜨려 디 공에게 건넸다. 디 공은 은젓가락으로 하얀 속살을 끄집어내어 생강으로 맛을 낸 양념장에 담갔다가 입으로 가져갔다. 맛이 아주 좋았다. 황금색 술이 담긴 작은 잔을 비운 후, 디 공이 쿠에게 말했다.

"조금 전 조선소에서 얘기를 나눌 때, 판의 농장에서 시체로 발견된 여인이 부인이 맞다고 꽤 확신하는 것 같던데…… 김상이 있는 자리에서 묻기에는 좀 거북한 질문 같아서 묻지 않았소만, 부인이 부정을 저질렀으리라 생각하는 무슨 이유라도 있소?"

쿠가 얼굴을 찡그렸다. 잠시 후 입을 열었다.

"너무 다른 배경에서 자란 여자와 결혼한 게 실수였습니다. 소인은 꽤 부유하기는 해도 글은 배운 적이 없습니다. 그래서 이참에 학자의 딸과 결혼해야겠다는 야망을 가졌지요. 그게 잘못이었습니다. 같이 지낸 시간은 고작 사흘이었지만 처가 새 생활을 마음에 들어 하지 않는다는 것을 알 수 있었습니다. 이해해 보려고 최선을 다 했지만, 달라지는 건 아무것도 없었지요."

그러더니 갑자기 증오에 찬 어조로 덧붙였다.

"제가 너무 부족한 상대라고 생각했을 겁니다. 게다가 글도 꽤 알았으니까 아마도 전에 사랑하는 사람이 있지 않았나……."

입술이 파르르 떨렸다. 쿠가 순식간에 잔을 비웠다. 디 공이 말했다.

"부부 간의 일은 제3자가 뭐라 말하기 어렵지요. 처를 의심할 만한 이유가 충분하다는 것은 알겠소. 하지만 판과 함께 있던 여자가 쿠 부인이었는지는, 나로서는 모르겠소. 살해되었다는 것도 확신이 들지 않고. 부인 일에 대해서는 나보다 더 잘 아실 거라 생각하오. 그러니 아는 대로 말해 주시오. 그게 부인이나 자신을 위하는 길일 것이오."

쿠가 디 공을 흘긋 쳐다보았다. 눈에 언뜻 두려움이 스쳤다. 하지만 쿠는 차분한 어조로 말했다.

"지금까지 말씀드린 게 전부입니다."

디 공이 자리에서 일어났다.

"강에 안개가 깔리는군. 나는 그만 돌아가는 게 좋겠소. 근사한 식사 고맙소!"

절에 있는 커다란 가마

쿠가 가마 있는 곳까지 디 공을 안내했다. 가마는 성읍을 되돌아 동문으로 이동했다. 가마꾼들은 어서 가서 저녁 식사를 할 생각으로 발걸음을 재촉했다.

디 공이 절로 다시 들어서자, 입구를 지키고 있던 경비병들이 깜짝 놀라는 기색이었다.

안마당은 텅 비어 있었다. 조금 더 좋은 곳에 자리한 대법당에서 단조로운 염불 소리가 들려왔다. 중들이 저녁 예불을 올리고 있는 것이 분명했다.

심술궂게 생긴 젊은 중 하나가 디 공을 맞이했다. 그는 주지와 후이펜이 예불을 올리고 있는 중이니, 주지의 처소로 모시고 가서 차를 한 잔 대접하겠다고 말했다.

두 사람은 말없이 텅 빈 안마당을 건너갔다. 세 번째 안마당에 도착했을 때, 디 공이 갑자기 걸음을 멈추고 소리쳤다.

"법당에 불이 났다!"

연기 기둥이 굽이쳐 오르고, 성난 불길이 하늘 높이 솟아올랐다. 중이 미소 지으며 말했다.

"츄하이 스님을 화장할 준비를 하고 있는 것입니다."

"화장하는 걸 한 번도 본 적이 없으니 가서 구경하세!"

디 공이 외치며 계단 쪽으로 가려는데, 젊은 중이 황급히 소매를 잡아끌며 말했다.

"외부인은 화장 의식을 볼 수 없도록 되어 있습니다!"

디 공은 팔을 뿌리쳤다. 그러고는 차갑게 말했다.

"어려서 뭘 모르는 것 같군. 앞에 있는 사람이 이 지방 수령이라는 것을 잊지 말게. 어서 안내나 하게!"

안쪽 법당 앞마당에는 커다란 가마가 열린 채 거대한 불길을 뿜어내고 있었다. 어떤 중이 혼자서 바삐 풀무질을 하고 있었다. 그 옆에는 흙을 구워 만든 단지가 하나 있었다. 화덕 옆에는 커다란 직사각형 상자도 하나 보였다.

"시체는 어디 있나?"

디 공이 물었다.

"저 자단 상자 속에 있습니다."

중이 퉁명스러운 목소리로 대꾸했다.

"오늘 오후 늦게 관아에서 한 사내가 들것에 실어 가져왔습니다. 화장이 끝난 후 재는 저 단지 속에 넣게 됩니다."

열기가 견디기 힘들 정도로 뜨거웠다.

"주지 스님 처소로 가자!"

디 공이 무뚝뚝하게 말했다.

중은 디 공을 축대 위로 안내한 후, 주지 스님을 찾으러 나섰다. 차 대접은 까마득히 잊은 듯 보였으나, 디 공은 개의치 않고 축대를 거닐기 시작했다. 촉촉하고 상쾌한 공기가 바위 틈 사이로 불어올라 가마 옆에서 느꼈던 무시무시한 열기를 시원하게 날려주었다.

갑자기 어디선가 비명 소리가 약하게 들려왔다. 디 공은 가만히 서서 귀를 기울였다. 바위 틈 저 아래에서 들려오는 물소리 외에는 아무것도 들리지 않았다. 그런데 비명 소리가 또 다시 들려왔다. 소리는 점점 커지다가 신음으로 바뀌더니 멈추었다. 미륵불상이 있는 동굴에서 나는 소리였다.

디 공은 동굴 입구를 가로지르는 목재 다리로 급히 올라갔다.

두 걸음쯤 옮겼을 때, 디 공은 얼어붙은 듯 꼼짝도 할 수 없었다. 다리 저 건너편 바위틈을 뚫고 피어오르는 안개 사이로 죽은 전임 수령의 모습이 보였던 것이다.

공포로 심장이 얼어붙는 것만 같았다. 디 공은 꼼짝 않고 서서 회색 실내복 차림의 망령을 응시했다. 눈구멍은 텅 빈 듯 했는데, 그 보이지 않는 시선과 움푹 꺼진 뺨 위에 피부가 부패하면서 생긴 무시무시한 반점들을 보면서, 디 공은 겁에 질려 비명도 지를 수 없을 정도가 되었다. 망령이 천천히 투명하고 야윈 손을 들어올려 다리 아래를 가리켰다. 그러고는 천천히 고개를 저었다.

디 공은 망령이 가리키는 곳을 내려다보았다. 눈에 보이는 것이라고는 다리의 널빤지뿐이었다. 고개를 들어보니, 망령이 안개 속으로 사라지는 것 같았다. 곧 아무것도 보이지 않았다.

후들거리는 떨림이 한동안 디 공을 휩쓸었다. 조심스럽게 다리 한 가운데로 오른발을 들어 옮기는데, 널빤지가 떨어져 내렸다. 곧이어 100미터가 넘는 저 아래 바위에 부딪쳐 산산조각 나는 소리가 들려왔다.

디 공은 한동안 꼼짝하지 않고 서서 발아래 시커먼 허공을 응시했다. 그러고는 천천히 뒷걸음쳐 나와 이마에서 식은땀을 훔쳐냈다.

"기다리게 해 죄송합니다."

갑자기 누군가의 목소리가 들려왔다. 돌아보니 후이펜이 서 있었다. 디 공은 말없이 널빤지가 떨어져나간 곳을 가리켰다.

후이펜이 화가 난 목소리로 말했다.

"썩은 널빤지를 갈아야 한다고 이미 여러 번 주지 스님께 말씀

드렸건만! 조만간 정말로 큰 사고가 날까 염려스럽습니다!"

디 공이 무미건조한 말투로 대꾸했다.

"거의 그럴 뻔 했소이다. 막 건너려던 찰나에 동굴에서 비명 소리가 들려 걸음을 멈췄길 천만 다행이지요."

"아, 부엉이 소리 말씀이시군요. 동굴 입구에 부엉이 둥지가 몇 개 있습니다. 송구스럽게도 주지 스님께서는 축도를 마치시기 전에는 예불을 끝내실 수가 없을 것 같습니다. 제가 도와드릴 만한 일은 없겠습니까?"

후이펜이 말했다.

"물론 있습니다! 주지 스님께 안부나 전해 주시오!"

대답을 마친 디 공은 몸을 돌려 계단으로 걸음을 옮겼다.

> 연인에게 환멸을 느낀 남자가
> 자신이 저지른 일을 자백하고,
> 디 공은 고구려에서 온 신원 불명의
> 기술자를 찾기 위해 경비병들을 탐문한다.

 마중은 농부의 딸을 그 친척 아주머니의 집까지 데려다주었다. 유쾌한 성격의 노파는 마중에게 굳이 죽 한 사발을 먹고 가라고 성화를 부렸다. 차오타이는 초소에서 한참 기다리다가 수비대와 함께 식사를 했다. 그러다 마중이 돌아오자 함께 말을 타고 나섰다.
 거리를 돌면서, 마중이 차오타이에게 물었다.
 "그 집에서 나오는데 쑤냥이라는 계집이 나한테 뭐라 그랬는지 알아?"
 차오타이가 관심 없다는 듯 말했다.
 "멋진 남자라는 소리라도 들었나 보지?"
 "넌 여자에 대해 너무 몰라. 물론 생각은 그렇게 했겠지. 하지만 여자란 절대 그런 말을 입 밖에 내지 않는다고. 적어도 처음에는 말이야. 글쎄, 나더러 친절하다지 뭐야."

마중이 으스대며 말했다.

차오타이가 혼비백산하며 소리쳤다.

"말도 안 돼! 네가, 네가, 친절하다 그랬다고? 가련하고 어리석은 계집 같으니! 하긴 내가 걱정할 필요는 없지. 어차피 넌 가망이 없으니까. 손톱만 한 땅이라도 가지고 있어야 말이지. 그 계집이 그걸 원한다고 제 입으로 하는 소리, 너도 들었지?"

"대신 나한테는 다른 게 있잖아!"

마중이 우쭐대며 한마디 했다.

차오타이가 투덜거리며 말했다.

"이제 계집들 생각은 좀 그만하는 게 어때? 수비 대장이 아쾅에 대해 많은 걸 알고 있더군. 성 안을 뒤질 필요는 없을 것 같아. 술이나 도박이 아니면 거의 오지 않는다고 하니까. 어차피 여기 사는 것도 아니고 말이야. 저 시골구석이나 뒤져봐야겠어. 놈이 거기 지리에 밝으니까."

마중이 말했다.

"시골뜨기인 걸 보면 절대 멀리 가지는 않았을 거야. 서쪽 숲으로 도망쳤을 게 뻔해."

차오타이가 반문했다.

"뭐 하러? 자기는 이 살인 사건하고 전혀 관계없다고 생각하고 있을 텐데. 내가 그놈이라면, 며칠 어디 근처에 숨어 지내면서 상황이 어떻게 돌아가는지 지켜보겠어."

마중이 말했다.

"그럼 저 버려진 절부터 수색하면 일석이조의 수확을 얻을 수 있겠군."

차오타이가 빈정대며 말했다.

"웬일로 옳은 소릴 다 하네. 자, 가 보자구!"

두 사람은 서문을 통해 성을 빠져나가 대로를 따라 교차로에 있는 초소까지 달렸다. 거기에 말을 두고 나무가 무성한 길 좌측에 몸을 붙이고 절까지 걸어서 이동했다.

황량한 문루에 다다랐을 때쯤 차오타이가 속삭였다.

"수비 대장이 그러는데, 아쾅이란 놈은 다른 건 몰라도 산을 타고 돌아다니며 생활하는 것과 싸움질 하나는 쓸 만하다더군. 아, 그리고 칼질도 제법 한다지. 그러니 조심스럽게 착수하는 게 좋을 것 같아. 접근할 때도 놈한테 들키지 않게 조심하고. 물론 놈이 저 안에 있을 때 얘기지만."

고개를 끄덕인 마중이 문 옆의 덤불 속으로 기어들어갔다. 차오타이가 그 뒤를 따랐다.

빽빽한 덤불을 끙끙거리며 헤쳐 나가던 마중이 잠시 후 손을 들어올렸다. 조심스럽게 가지들을 벌리고 밖을 보더니 차오타이에게 고개를 끄덕여 보였다. 두 사람은 함께 이끼가 잔뜩 자란 안마당 저 건너편에 우뚝 솟아 있는, 오랜 세월 풍화 작용으로 여기저기 상처가 남은 높은 석조 건물을 뚫어지게 바라보았다. 군데군데 깨져 나간 돌계단이 입구까지 나 있었는데, 입구에는 그저 횅한 어둠뿐이었다. 문은 이미 오래전에 떨어져 나간 상태였다. 흰 나비 한 쌍이 높이 자란 풀들 사이를 팔랑거리며 날아다녔다. 그 외에는 움직이는 것이 전혀 없었다.

마중이 자갈 하나를 주워들고는 벽으로 집어 던졌다. 자갈은

돌계단 아래로 소리를 내며 굴러 떨어졌다. 두 사람은 어두컴컴한 입구에 눈을 고정시킨 채 기다렸다.

차오타이가 속삭였다.

"안에 뭔가 움직이는 게 있어!"

마중이 말했다.

"내가 슬그머니 들어가 볼 테니 너는 건물을 돌아 옆문으로 들어가. 뭔가가 눈에 띄면 휘파람을 불자고."

차오타이가 오른편 덤불 속에서 이동하는 동안 마중은 반대편으로 기어갔다. 건물 왼쪽 모퉁이에 거의 다 왔다고 느껴졌을 때 밖으로 나와 벽에 등을 붙이고 섰다. 계단참에 이를 때까지 그 상태로 조심조심 이동했다. 귀를 기울여 봤으나 아무 소리도 들리지 않았다. 그는 재빨리 계단을 뛰어올라가 건물 안으로 들어선 후 문 바로 옆 벽에 바싹 기대섰다.

조금씩 어둠에 눈이 익숙해지자 높은 천정이 눈에 들어왔다. 드넓은 법당은 텅 비어 있었다. 안쪽 벽 앞에 낡은 불단이 놓여 있는 모습이 보였다. 지붕은 네 개의 굵은 중앙 기둥이 받치고 있었는데, 묵직한 대들보들이 천정 바로 아래에서 기둥들을 서로 연결하고 있었다.

마중은 안전한 구석에서 벗어나 제단 옆의 열린 문 쪽으로 걸음을 옮겼다. 기둥을 지나가는데 머리 위에서 희미한 소리가 들려왔다. 마중은 재빨리 옆으로 물러서며 위를 쳐다보았다. 커다랗고 검은 형체가 획 하고 달려들며 왼쪽 어깨를 강타했다.

그 충격에 마중은 바닥으로 나동그라졌다. 온몸의 뼈마디가 다 부서지는 것 같았다. 마중의 허리를 꺾으려고 달려들던 덩치 큰 사내 역시 바닥에 벌렁 나자빠졌다. 그러나 마중보다 먼저 일어나 목을 조르려고 달려들었다.

 마중은 두 다리로 사내의 가슴팍을 차올려 머리 너머로 내던져 버렸다. 민첩하게 몸을 일으키려는데, 사내가 다시 덮쳐왔다. 놈의 사타구니를 발로 차려했지만, 녀석은 순식간에 옆으로 몸을 피했다. 그러고는 곧장 달려들어 꼼짝 못하도록 마중의 몸을 두 팔로 꽉 죄었다.

 힘겹게 숨을 헐떡거리며 두 사람은 서로의 목을 조르기 위해 안간힘을 썼다. 녀석은 마중만큼이나 키가 크고 힘이 셌지만, 제대로 훈련을 받은 싸움꾼은 아니었다. 마중은 녀석한테서 팔을 뺄 수 없는 척하며 높다란 불단 쪽으로 서서히 놈을 밀어붙였다. 허리 부분이 불단 모서리에 가 닿자, 마중은 재빨리 팔을 뺀 후 녀석의 겨드랑이 아래로 넣어 목을 졸랐다. 그러고는 발가락 끝에 힘을 주고 서서 목 조르는 자세로 놈의 몸을 뒤로 꺾었다. 이윽고 녀석의 팔에서 힘이 빠져나가는 것이 느껴졌다. 마중은 온몸의 체중을 실어 있는 대로 힘을 주었다. 곧 우두둑 하고 부러지는 소리가 들리는가 싶더니, 놈의 몸이 축 늘어졌다.

 마중은 팔에서 힘을 빼고서 적수가 바닥으로 고꾸라지는 모습을 헐떡이며 내려다보았다. 바닥에 누운 녀석은 눈을 감은 채 꼼짝도 하지 않았다.

 갑자기 녀석이 팔을 푸드덕거리더니 눈을 번쩍 떴다. 마중은 그 옆에 쪼그리고 앉았다. 상대는 더 이상 힘을 쓸 수 없는 상태였다.

 녀석이 잔인해 보이는 쭉 째진 눈으로 마중을 바라보았다. 시커멓고 야윈 얼굴에서 경련이 일었다. 그가 중얼거렸다.
"다리가 안 움직여!"
"내 탓은 마라! 상태를 보아하니 우리가 오래 얼굴을 마주하고 있을 일은 없겠다만, 내가 관리라는 것만큼은 알려줘야겠지. 네 놈은 아쾅이 맞지?"
마중이 말했다.
"지옥에나 떨어져 버려라!"
녀석이 한마디 내뱉고는 끙끙거리기 시작했다.
마중은 문가로 가 손가락을 입에 대고 휘파람을 불었다. 그런 다음 아쾅 옆으로 다시 돌아왔다.
차오타이가 뛰어 들어오자 아쾅이 욕설을 내뱉기 시작했다. 그리고 투덜거렸다.
"돌 던지는 수작을 부리다니! 이 바닥에서는 이미 낡아빠진 수법이라고!"
"대들보에서 뛰어내려 뒷목 덮치는 수법도 뭐 그리 새로운 건 아니지!"
마중이 퉁명스럽게 대꾸했다. 그러고는 차오타이에게 말했다.
"곧 숨이 끊어질 거야."
사내가 툴툴거렸다.
"그래도 그 음탕한 쑤냥년을 해치웠으니 됐어! 딴 놈이랑 잠을 자다니! 그것도 안방 침상에서! 나는 헛간 다락의 짚더미면 충분했는데!"
마중이 말했다.
"어두워서 아주 작은 실수 하나를 저지른 것만 빼면 완벽했겠지! 굳이 지금 얘기해서 괴롭힐 생각은 없다. 어차피 지옥에 가면 염라대왕이 친절하게 설명해 줄 테니까!"

아쾅은 눈을 감고 신음했다. 그리고 숨을 헐떡이며 말했다.

"난 강해. 죽지 않아! 그리고 실수 같은 건 없었어. 낫으로 찍을 때 목뼈에 분명히 가 닿았단 말이야!"

차오타이가 대꾸했다.

"자네 낫질 하나는 끝내줬더군. 그런데 쑤냥 옆에 있던 놈은 누구야?"

아쾅이 이를 악문 채 중얼거렸다.

"몰라! 알고 싶지도 않고! 하지만 그놈도 해치워 버렸지! 목구멍에서 피가 치솟더군. 그 화냥년도 마찬가지고. 그런 년은 당해도 싸!"

아쾅은 씩 웃는 듯하더니 갑자기 경련이 이는지 몸을 오랫동안 부르르 떨었다. 얼굴이 납빛으로 변했다.

"거기 또 어슬렁거리던 놈은 누구야?"

마중이 무심코 물었다.

"나 말고 다른 놈은 없었어, 이 멍청아!"

아쾅이 툭 내뱉었다. 그러더니 갑자기 그 작은 눈으로 마중을 올려다보았다. 눈동자가 공포로 떨리고 있었다.

"죽고 싶지 않아! 죽는 게 두려워!"

두 사람은 측은한 눈으로 말없이 그를 내려다보았다.

그는 한쪽 입술을 올려 일그러진 얼굴로 애써 미소를 지었다. 팔에서 경련이 일더니 곧 꼼짝도 하지 않았다.

"갔군."

쉰 목소리로 마중이 말했다. 그러고는 자리에서 일어나며 덧붙였다.

"내가 이기긴 했지만 거의 당할 뻔했어. 대들보 위에서 기다리고 있다가 갑자기 덮치지 뭐야. 하지만 그 전에 소리를 내는 바람에 겨우 피할 수 있었지. 하마터면 큰일 날 뻔했어. 놈이 계획대로 목을 덮쳤다면 내 허리도 무사하지는 못했을 거야!"

"지금은 네가 그놈 허리를 꺾었으니 무승부네, 뭐. 절이나 뒤지자고! 수령님 명을 받들어야지!"

차오타이가 말했다.

두 사람은 중앙과 안쪽 마당을 거쳐 텅 빈 승방과 법당 뒤편의 수풀까지 샅샅이 뒤졌다. 하지만 들쥐 말고는 아무 것도 발견할 수 없었다.

앞쪽 법당으로 돌아온 차오타이가 뭔가를 곰곰 생각하며 불단을 바라보다가 입을 열었다.

"대체로 저 불단 뒤에 빈 공간이 있다는 거 알지? 거 왜, 무슨 일이 생기면 중들이 은촛대라든지 향로 같은 걸 숨기기도 하고 그러잖아?"

마중이 고개를 끄덕였다.

"저기도 한번 보자고!"

두 사람은 묵직한 불단을 한쪽으로 밀었다. 벽돌을 쌓아 만든 벽 아래쪽에 정말로 푹 들어간 곳이 있었다. 몸을 굽혀 안쪽을 들여다본 마중이 욕지거리를 했다. 목소리에 화가 잔뜩 묻어났다.

"뭐야, 낡아빠진 지팡이만 잔뜩 있잖아!"

두 사람은 현관을 걸어 나와 느긋하게 초소로 걸어갔다. 담당 포졸에게 아쾅의 시체를 관아로 옮기는 데 필요한 지시를 마친 후 말을 타고 길을 나섰다. 시간이 꽤 흘렀는지, 서문을 지날 무렵에는 날이 이미 어두워져 있었다.

관아 앞에서 홍 수형리를 만났다. 수형리는 조선소에서 막 돌아오는 길이라며, 수령은 쿠맹핀과 저녁 식사 중이라고 전했다.

마중이 말했다.

"운수 대통한 하루였으니 구화원에서 내가 한 턱 쏘지요!"

식당에 들어서니 포카이와 김상이 구석에 자리를 잡고 앉아 있는 것이 보였다. 앞에는 큰 술병 두 개가 놓여 있었다. 모자가 한참 뒤로 넘어간 포카이는 기분이 무척 좋은 듯했다. 그가 유쾌하게 소리쳤다.

"어서 오시오! 이리로 와 같이 앉아요! 김상도 지금 막 도착했으니, 나랑 비슷하게 취할 때까지 여러분이 좀 도와주시오!"

마중이 그에게 다가가 엄한 표정을 지으며 말했다.

"간밤에는 얼간이 같이 취해서는 나와 내 친구를 심히 모욕하고 꽥꽥거리는 목소리로 음탕한 노래를 내질러 평화를 깼으니 술을 살 것을 선고하는 바이오! 안주는 내가 사겠소!"

모두 웃음을 터트렸다. 식당 주인이 소박하지만 맛있는 음식을 가져왔다. 다섯 남자는 술을 여러 순배 돌려마셨다. 포카이가 술을 한 병 더 주문하자 홍 수형리가 자리에서 일어나며 말했다.

"우리는 이만 관아로 돌아가는 것이 나을 듯싶소. 수령 나리께서 지금쯤이면 돌아와 계실 시간이라."

"이런, 깜빡했군요! 가야하고말고요! 절에서 있었던 일을 보고해야지요!"

포카이가 의심스럽다는 듯이 물었다.

"두 분, 드디어 깨달음을 얻으신 건가요? 기도발 잘 먹히는 절이 대체 어딘지, 말씀 좀 해 주시지요?"

마중이 대답했다.

"그 버려진 절에서 아쾅을 잡았지요. 아, 이제 그곳은 정말 버려진 절이 된 셈이군요. 남은 건 산더미처럼 쌓인 부러진 지팡이들뿐이니!"

"오, 그거, 정말 중요한 단서를 찾으셨군요! 수령님께서 무척 좋아하실 것 같습니다!"

김상이 웃음을 터트리며 말했다.

포카이는 세 사람을 관아까지 배웅해 주고 싶었으나, 김상이 말을 이었다.

"이 집, 대접도 좋고 괜찮은데, 몇 잔 더 하세, 포카이."

잠시 머뭇거리던 포카이가 다시 자리에 앉으며 말했다.

"좋아, 딱 한 잔만 더 하지. 과음은 금물일세."

"별다른 일이 없으면 이따 밤에 다시 들러 그 딱 한 잔을 어떻게 마시는지 보겠소!"

세 사람이 관아로 돌아와 보니 디 공이 개인 집무실에 홀로 앉아 있었다. 홍 수형리가 보기에 디 공은 몹시 지치고 피곤해 보였지만, 아쾅을 발견했다는 마중의 보고를 듣고는 표정이 밝아졌다. 디 공이 말했다.

"그렇다면 실수로 저질러진 살인일 거라는 내 가설이 옳았던 게로군. 하지만 아직도 그 여자에 대해서는 오리무중일세. 아쾅은 살인을 저지른 즉시 현장을 떠났어. 돈도 그냥 두고 말이네.

자신이 도망친 후에 무슨 일이 벌어졌는지 전혀 모르는 상태인 거지. 그 도둑놈 같은 하인 우가 이 일에 관련된 제3자를 잠깐이라도 보았을 가능성을 무시할 수 없네. 그놈을 잡으면 조만간 알게 되겠지."

마중이 말했다.

"절과 그 주변을 이 잡듯 뒤졌지만 여자 시체는 발견하지 못했습니다. 불단 뒤에서 다 부러진 지팡이만 한 무더기 발견한 게 다였습니다. 중들이나 들고 다닐 법한 그런 지팡이들 말입니다."

디 공이 허리를 곧추 세워 앉았다. 그리고 의혹에 찬 어조로 물었다.

"중들 지팡이라고?"

차오타이가 끼어들었다.

"하지만 다 낡아빠지고 성한 데라곤 없는 것들이었습니다. 다 내버린 것들 같았습니다."

"이상한 걸 찾아냈군!"

디 공이 곰곰 생각에 잠기며 느린 어조로 대답했다. 그러더니 몸을 일으키며 마중과 차오타이에게 말했다.

"자네 둘, 오늘 무척 수고가 많았네. 이제 돌아가 쉬도록 하게. 나는 여기 남아서 홍과 나눌 얘기가 좀 있네."

충실한 두 부하가 자리를 뜨자, 디 공은 의자에 다시 앉아 백운사의 느슨한 널빤지에 대해 홍 수형리에게 얘기를 건넸다. 그가 단정적으로 말했다.

"다시 말하지만, 분명 나를 죽이려는 의도였다고 보네."

홍이 걱정스러운 눈빛으로 말했다.

"또 한편으로는 실제로 낡아 있었던 것일 수도 있지요. 그랬는데 수령님이 체중을 가하니까……."

디 공이 퉁명스럽게 대답했다.

"체중을 실은 게 아니었네. 그냥 어떤지 보려고 발만 대 보았다니까!"

이해가 가지 않는다는 홍의 얼굴을 보고는 곧바로 덧붙여 말했다.

"막 널빤지를 밟으려던 순간, 전임 수령의 망령을 보았어."

어디선가 쾅 하고 문 닫히는 소리가 집무실까지 들려왔다. 디 공이 벌떡 일어나 노한 목소리로 말했다.

"탕 이 사람! 내가 저 문 고쳐 놓으라고 분명히 말했건만!"

그러고는 홍의 창백한 얼굴을 흘긋 바라보며 찻잔을 들어 입으로 가져갔다. 하지만 마시지는 않고 찻물 위에 떠 있는 고운 회색 가루를 뚫어지게 쳐다보았다. 천천히 잔을 다시 내려놓으며 말했다. 긴장한 어조였다.

"이보게, 홍! 누군가 내 차에 뭔가를 넣었네!"

두 사람은 뜨거운 차 속으로 천천히 녹아내리는 회색 가루를 말없이 바라보았다. 갑자기 디 공이 손가락으로 책상 위를 훑었다. 그러더니 찡그렸던 얼굴을 피며 안도의 미소를 지었다. 그리고 허탈하다는 듯 말했다.

"수형리, 내가 점점 예민해지는가 보이. 문이 쾅 닫히면서 천정에서 횟가루가 조금 떨어져 내린 것뿐인데 말이야."

홍 수형리가 안도의 한숨을 쉬었다. 그리고 차탁으로 가서 찻잔을 새로 채워 디 공에게 가져다주었다. 홍이 다시 자리에 앉으며 말했다.
"아마 그 널빤지 일도 자연적인 설명이 가능할 겁니다. 전임 수령을 살해한 자가 감히 수령님도 해할 마음을 먹는다고는 상상도 할 수 없습니다! 그놈의 신분에 대해 단서도 전혀 없고……."
디 공이 말을 끊었다.
"하지만 홍, 그놈은 그걸 모르네. 조사관이 나한테 무슨 언질을 주었는지도 물론 모르고. 그저 내가 때를 기다리느라 아직 자신을 고소하지 않는다고 생각하겠지. 정체는 모르겠지만, 놈은 나를 세심히 지켜보고 있는 게 분명해. 그리고 내 말이나 행동을 보아 자신이 쫓기고 있다는 생각을 하게 되었을 거야."
디 공은 천천히 콧수염을 쓰다듬으며 계속해서 말했다.
"이제 가능한 한 나 자신을 많이 노출시켜 볼까 하네. 그러면 놈이 뭔가 다른 수작을 부리려고 할 테고, 그러면 놈의 본심이 뭔지 알게 되겠지."
홍이 혼비백산하며 소리쳤다.
"그런 끔찍한 위험을 감수하시겠다니, 말도 안 됩니다! 그놈이 얼마나 냉혹하고 간교한지 잘 아시지 않습니까! 지금 또 무슨 사악한 짓을 꾸미고 있는지도 모르는 일입니다! 게다가 우리는 그놈이 누군지도 모르……."
디 공은 듣지도 않고 있다가 갑자기 일어서며 잘라 말했다.
"따라오게, 홍!"
홍 수형리는 황급히 안마당을 지나 관저로 가는 디 공을 따라갔다. 안으로 들어선 디 공은 말없이 어두컴컴한 복도를 지나 서재로 걸음을 옮겼다. 문간에 서서 촛불을 치켜들고는 실내를 살펴보았다. 전에 본 그대로였다. 찻물화로 쪽으로 걸어가며 디 공이 홍에게 지시했다.

"홍, 저 팔걸이의자를 이리로 끌어오게!"

홍이 의자를 찬장 앞에 가져다놓자 디 공이 그 위로 올라섰다. 그러고는 촛불을 들어 올려 붉은 칠이 된 대들보를 철저히 검사했다.

"칼하고 종이 한 장 줘 보게! 이리 와 촛불 좀 들어 주고!"

디 공이 흥분한 어조로 외쳤다.

디 공은 왼손으로 종이를 받친 후 오른 손에 칼을 들고 대들보 표면을 살살 긁어냈다. 그런 다음, 의자에서 내려오며 칼끝을 조심스럽게 종이에 닦았다. 디 공은 칼을 홍에게 되돌려준 다음, 종이를 접어 소매 속에 넣었다. 그리고 물었다.

"탕은 아직 자리에 있는가?"

"아까 돌아올 때 책상에 앉아 있는 걸 본 것 같습니다."

수형리가 대답했다.

디 공은 급히 서재를 나와 동헌으로 건너갔다. 초 두 개가 탕의 책상을 밝히고 있었다. 탕은 구부정하게 앉아 앞을 똑바로 응시하고 있었다. 두 사람이 들어오는 모습을 보고는 황급히 자리에서 일어났다.

수척한 얼굴을 보며 디 공이 말했다. 말투가 다정하지는 않았다.

"부하 관리가 살해되어 충격이 크리라 생각하네. 집으로 돌아가 일찍 잠자리에 들게. 하지만 그 전에, 자네에게 몇 가지 묻고 싶은 게 있네. 대답하게. 전임 수령이 피살되기 직전 서재를 수리한 적이 있는가?"

탕이 미간을 찌푸렸다. 그리고 대답했다.

"아닙니다, 수령님. 돌아가시기 직전 수리 같은 것은 없었습니다. 하지만 2주 전쯤 방문객 하나가 천정 칠이 벗겨졌다며 수리할 만한 옻칠 기술자를 보내주겠다고 약속했다는 말씀을 하신 적은 있습니다. 그 기술자가 오면 안으로 들여보내 일을 시키라고도 지시하셨고요."

"그 방문객이 누구였나?"

디 공이 딱딱하게 물었다.

"잘 모르겠습니다. 전임 수령께서는 이곳 유명 인사들에게 무척 인기가 많으셔서, 오전 심리를 마치고 나면 그들 대부분이 서재를 방문해서 차 한 잔과 담소를 나누다 가고는 했거든요. 수령께서는 직접 차를 대접했고요. 손님들은 거의 백운사 지주와 부지주 후이펜, 조선업자 이와 쿠, 차오 박사, 그리고……."

디 공이 조급한 듯 탕의 말을 끊었다.

"그 기술자는 누구였는지는 추적이 가능하리라 보네. 이 지방에서는 옻나무가 나지 않지. 그러니 옻칠 기술자의 숫자도 많지 않을 거네."

탕이 말했다.

"바로 그 이유로 수령님께서는 그 방문객의 제안에 감사해 하셨지요. 이곳에 옻칠 기술자가 있는지 저희들은 몰랐습니다."

디 공이 명령했다.

"가서 수비대에 물어보게. 최소한 얼굴은 봤겠지! 집무실에 가 있을 테니 그리로 와서 보고하도록!"

다시 집무실 책상으로 돌아와 앉은 디 공은 홍 수형리에게 열띤 어조로 말했다.

"찻잔에 떨어진 가루에서 드디어 실마리를 찾았네! 범인은 찻물이 끓으면서 생겨나는 수증기 때문에 천정에 얼룩이 진 것을 봤을 거야. 그리고 수령이 늘 구리 찻주전자를 찬장 위 찻물화로 위에 올려놓는다는 사실을 눈치 채고는 극악무도한 범행을 계획한 걸세! 공범 하나를 옻칠 기술자로 위장시켰고, 그 공범은 얼룩진 부분을 수리하는 척 하며 찻물화로 바로 위 대들보에 작은 구멍을 낸 후, 그 안에 작은 밀랍 환약을 한 두어 개 집어넣은 거지. 물론 환약에는 독 가루가 들어가 있었을 거고 말이네. 범인이 한 짓은 그게 다야! 수령이 책에 한번 빠지면 찻물이 끓어도 모르고 있다가 한참 후에야 자리에서 일어나 찻주전자에 물을 붓는다는 사실을 놈은 알고 있던 게 분명해. 환약은 즉시 녹아내려 눈에 띄지 않았겠지. 이 얼마나 간단하고 효과적인 방법인가! 조금 전 저 대들보 얼룩 중앙에서 구멍을 발견했다네. 그 가장자리에는 아주 소량이기는 해도 아직 밀랍이 묻어 있었어. 수령은 이렇게 살해된 걸세!"

그때 탕이 들어와 말했다.

"경비병 두 사람이 그 기술자를 기억하고 있었습니다. 전임 수령께서 피살되기 열흘 전쯤 오후 심리 중이실 때 한 번 왔었다고 합니다. 부두에 정박해 있는 배에서 일하는 고구려인인데, 중국어는 몇 마디밖에 몰랐다고 합니다. 기술자가 오면 들여보내라고 제가 이미 말을 해 둔 상태였기 때문에, 경비병들은 즉시 서재로 안내했다고 합니다. 혹시라도 물건을 슬쩍하지나 않을까 싶어 작업이 끝날 때까지 지키고 서 있었다고 하고요. 경비병들 말로는, 한

동안 대들보를 들여다보더니 사다리를 내려와 뭔지 모를 말로 투덜거리면서 칠이 너무 심하게 벗겨져 전체를 새로 칠해야겠다고 했답니다. 그러고는 다시 오지 않았답니다."

디 공은 의자 뒤로 몸을 젖히며 탄식하듯 말했다.

"또 다시 막다른 골목에 다다랐군!"

**마중과 차오타이가 선상에서 여유를 즐기고,
두 남녀가 밀회를 나누던 중
예기치 못한 일이 벌어진다.**

마중과 차오타이는 한껏 기분이 고조되어 구화원으로 돌아왔다. 차오타이가 식당으로 들어서며 만족스러운 듯 말했다.

"이제야 제대로 한잔 할 수 있겠군!"

일행이 있던 자리로 가 보니 김상이 불쌍해 보이는 표정으로 앉아 포카이를 가리켰다. 포카이는 탁자에 머리를 박고 엎어져 있었다. 그 앞에 빈 병들이 줄지어 늘어서 있었다.

김상이 애처로운 표정으로 말했다.

"술을 너무 급하게 많이 마시더라고요. 그만 마시라고 하는데도 막무가내로요. 그러더니 마구 욕설을 퍼붓기까지……. 이젠 저도 두 손 두 발 다 들었습니다. 두 분께서 이 사람을 좀 챙겨 주신다면 전 이만 가 볼까 합니다. 고구려 계집 하나가 기다리고 있다고 그렇게 큰소리치더니 이렇게 인사불성이 되셔서는……."

"고구려 계집이라니요?"

차오타이가 물었다. 그러자 김상이 대답했다.

"유수 말입니다. 두 번째 배에 있는. 오늘 비번이랍디다. 그래서 고구려 유민 정착 구역을 구경시켜 준다고 했다더군요. 들어보니 나도 아직 못 가 본 곳들이던데. 다 같이 타고 놀 배까지 빌려 놓았건만…… 이제 볼 일 없어졌으니 돌아가라는 말이나 전해야겠습니다."

김상이 자리에서 일어났다.

마중이 그럴듯한 제안을 했다.

"흠, 언제든 깨워서 정신 차리게 하면 되지요."

김상이 말했다.

"저도 해 봤지만 실패했다니까요. 지금 성질이 아주 나빠져 있다는 것만 잊지 마십시오."

마중이 포카이의 옆구리를 쿡 찌르고는 멱살을 잡아 탁자에서 끌어내렸다. 그러고는 귀에 대고 소리쳤다.

"이봐! 일어나! 술하고 계집들 있는 데로 가자고!"

포카이가 게슴츠레한 눈으로 일행을 바라보았다. 이윽고 탁한 목소리로 힘주어 또박또박 말했다.

"내가 다시 말하지만, 다시 말하지만! 나는 너희 같은 놈들이 정말 혐오스러워! 같이 어울리기도 창피하다고! 이 천방지축 술주정뱅이 자식들아! 너희 같은 놈들하고는 어울리지 않겠어! 다 똑같은 놈들이야!"

말을 마친 포카이가 다시 탁자에 머리를 박았다.

마중과 차오타이가 어이없다는 듯 웃음을 터트렸다. 마중이 김상에게 말했다.

"흠, 포카이 씨의 생각이 정 그렇다니 그냥 혼자 놔두는 게 좋겠소!"

그리고 차오타이를 보며 한마디 덧붙였다.

"조용히 한잔 더 하세. 우리가 파장할 즈음이면 얼추 정신이 돌아오겠지."

차오타이가 말을 받았다.

"포카이 씨 때문에 놀이를 취소해야 한다니 정말 유감이군. 한 번도 고구려 유민 정착 구역에 가 본 적이 없어서 내심 기대했는데. 그러지 말고 김상 씨가 대신 우릴 안내해 주시면 어떻겠소?"

김상이 입술을 지그시 깨물었다. 그리고 대답했다.

"쉽지 않을 겁니다. 고구려 유민 정착 구역은 암묵적으로 어느 정도 자치권을 보장받고 있다는 말만 들을 게 뻔합니다. 관리는 구역 책임자가 원조를 요청하지 않는 한 들어갈 수 없어요."

"말도 안 돼! 아무도 모르게 들어가면 되지요. 나랑 이 친구는 모자를 벗고 머리를 묶겠소. 그러면 아무도 모를 거요!"

차오타이가 설명했다.

김상은 망설이는 듯 보였으나 마중이 소리쳤다.

"좋은 생각인데! 그럼, 가자!"

세 사람이 막 일어서는데, 갑자기 포카이가 고개를 쳐들었다.

김상이 어깨를 토닥거리며 달래듯 말했다.

"여기서 쉬면서 그 황금빛 물방울 기운이나 떨쳐 버리게."

포카이가 자리에서 벌떡 일어났다. 그 바람에 의자가 나동그라졌다. 그는 김상을 향해 마구 삿대질을 하며 외쳤다.

"나도 데려간다고 약속했잖아, 이 배신자 같은 놈아! 내가 술 취한 것 같으냐? 그래도 네놈이 막 대해도 되는 사람은 아니다 이 거야!"

이제는 병 하나를 집어 모가지를 움켜쥐더니 마구 휘두르며 김상을 위협했다.

다른 손님들이 일행을 흘끔거리기 시작했다. 마중이 거칠게 욕설을 내뱉더니 포카이의 손에서 술병을 빼앗으며 투덜거렸다.

"어쩔 수 없지. 질질 끌고라도 데리고 가야겠어."

마중과 차오타이가 양쪽에서 포카이를 부축하는 동안 김상이 술값을 지불했다.

밖으로 나오자 포카이가 눈물을 쏟으며 울기 시작했다.

"몸이 너무 안 좋아. 걷기도 싫고, 눕고만 싶어, 배 안에 눕고 싶다고."

그러더니 길바닥에 주저앉았다.

마중이 다시 포카이를 끌어당기며 힘차게 대답했다.

"안 돼! 네 녀석이 마음 놓고 드나들던 그 쥐구멍을 오늘 아침 막아 버렸거든. 그러니 그 게을러빠진 다리를 움직여서 가는 수밖에 없어. 그 편이 네놈 건강에도 좋을걸!"

포카이가 또 갑자기 울음을 터트렸다.

도저히 더는 못 참겠는지 차오타이가 김상에게 말했다.

"차라리 가마를 부릅시다! 동문으로 가서 기다려요. 수비대한테 통과시켜 주라고 일러둘 테니!"

"두 분이 계셔서 정말 다행입니다. 수문이 수리된 줄은 몰랐어요. 그럼 성문에서 다시 봅시다."

두 사람은 부지런히 동문을 향해 걸음을 옮겼다. 마중은 말없이 옆에서 걷고 있는 동료에게 의혹에 찬 시선을 던졌다. 그러더니 불쑥 말을 쏟아냈다.
"아이고! 이번에도 아니라고는 하지 말게! 아주 자주라고는 말 못하겠지만, 어떻게 한 번 걸릴 때마다 그렇게 된통 걸리나! 마음 흔들리지 말라고 몇 번을 말했어? 이 여자 찔끔, 저 여자 찔끔, 그런 식으로 즐기면서 골치 아픈 일은 만들지 않는 게 수라니까!"
차오타이가 퉁명스럽게 대답했다.
"난들 어쩌겠나, 그 계집이 마음에 드는 걸."
"흠, 마음대로 해! 나중에 가서 왜 말리지 않았냐고 날 탓하기만 해 봐라!"
마중이 체념한 듯 말했다.
동문에 다다르니 김상이 수비대와 격한 말다툼을 벌이고 있었다. 포카이는 가마에 올라앉은 채 음란한 노래를 목청껏 불러 제끼고 있었다. 가마꾼들이 대놓고 좋아하며 낄낄거렸.
차오타이는 수비대에게 강 건너편에 있는 사람과 포카이를 대면시키라는 명령을 수행중이라고 설명했다. 수비병들은 못내 미심쩍은 눈치였으나 일행을 통과시켰다.
네 사내는 가마꾼들에게 비용을 지불한 후 홍예교를 건너 건너편 둑에서 배 하나를 빌렸다. 배에 오른 마중과 차오타이는 섬정색 관모를 소매 속에 감추고 배에서 주운 새끼줄 몇 가닥으로 머리를 묶어 올렸다.
꽤 큰 고구려 거룻배 하나가 두 번째 배 옆에 묶여 있었다. 배와 배 사이에 걸린 온갖 색등이 마치 꽃을 엮어 놓은 듯 화려했다.

김상이 먼저 배에 오르고, 마중과 차오타이가 포카이를 잡아끌며 그 뒤를 따랐다.

유수는 난간에 서 있었다. 꽃무늬 흰색 비단 한복 차림이었다. 비단 끈을 아름답게 매듭지어 가슴 아래에서 꽉 묶었고, 넓게 퍼진 치마 단은 발끝까지 내려와 있었다. 머리는 곱게 땋아 쪽을 지어 붙였고, 귀 뒤에는 흰 꽃을 꽂았다. 차오타이가 황홀한 듯 눈을 휘둥그레 뜬 채 유수를 바라보았다.

유수가 미소 띤 얼굴로 일행을 맞이했다.

"두 분도 같이 오시는 줄은 몰랐어요. 그런데 그 이상한 것들은 왜 머리에 두르고 계신 거예요?"

"쉿! 아무한테도 말하면 안 돼! 지금 변장 중이라고!"

마중이 말했다. 그러고는 두 번째 배에 타고 있는 뚱보 여인에게 소리를 질렀다.

"이봐, 포주, 그 통통한 계집 이리로 보내! 나는 뱃멀미 할 때 꼭 누군가 머리를 받쳐 줘야 하거든!"

"고구려 유민 정착 구역에 가면 계집은 얼마든지 있다고요!"

김상이 참을성 없이 끼어들었다. 그러더니 사공들에게 고구려 말로 뭐라고 소리를 질렀다. 사공 셋이 배를 밀어내고 노를 젓기 시작했다.

갑판 위에는 옻칠을 한 낮은 탁자가 하나 놓여 있었다. 김상과 포카이, 마중은 탁자 둘레에 놓인 비단 방석 위에 책상다리를 하고 앉았다. 차오타이도 이들과 함께 앉으려 했으나 유수가 선실 문 쪽으로 손짓해 불렀다.

"고구려 배가 어떻게 생겼는지 궁금하지 않아요?"

유수가 입을 샐쭉거리며 물었다.

차오타이는 다른 일행을 흘긋 쳐다보았다. 포카이는 술잔을 채우기에 여념이 없었고, 김상과 마중은 대화에 열중하고 있었다. 차오타이는 유수에게 다가가 굵고 탁한 목소리로 말했다.

"한동안 날 찾을 일은 없어 보이는군."

유수가 반짝이는 눈으로 차오타이를 바라보았다. 눈에 장난기가 어려 있었다. 차오타이는 지금껏 유수처럼 아름다운 여자는 본 적이 없다는 생각이 들었다. 여자가 안으로 들어갔다. 차오타이도 그녀를 따라 중앙 선실 쪽으로 난 계단을 내려갔다.

비단 색등 두 개가 흑단을 깎아 만든 낮고 넓은 침상 위에 희미한 빛을 뿌리고 있었다. 자개를 박아 넣어 장식한 침상 위에는 두툼하고 촘촘하게 짜인 삿자리가 깔려 있었고, 사방 벽은 수놓은 비단 걸개로 장식되어 있었다. 붉은 칠을 한 화장대 위에는 기이하게 생긴 청동 향로가 가느다란 연기를 피어 올리고 있었는데, 그 향이 자못 자극적이었다.

유수가 화장대로 다가가 귀에 꽂은 꽃을 매만지더니, 돌아서며 미소 띤 얼굴로 물었다.

"여기가 마음에 들지 않으세요?"

애정 어린 눈길로 여자를 바라보던 차오타이는 묘한 슬픔을 느꼈다. 그는 여자를 보며 탁한 목소리로 말했다.

"사람은 역시 자기 나라 옷을 입었을 때 가장 잘 어울린다는 걸 이제야 알겠군. 하지만 당신 나라에서는 여자들이 왜 늘 흰옷을 입는지 정말 이해할 수가 없어. 여기서는 애도할 때만 흰옷을 입는데."

유수가 재빨리 다가와 차오타이의 입술에 손가락을 대며 속삭였다.

"아무 말 말아요!"

차오타이는 여자를 꼭 껴안고 오랫동안 입을 맞추었다. 그런 다음 침상으로 잡아끌어 앉히며 옆으로 뉘었다. 그리고 귀에 대고 속삭였다.

"다시 배로 돌아가면 밤을 같이 보내겠어!"

차오타이는 여자에게 다시 입을 맞추고 싶었으나 여자는 그의 머리를 밀치며 자리에서 일어났다.

"여자를 열정적으로 사랑해줄 줄 모르는 사람이군요. 그렇죠?"

유수가 나지막이 속삭이고는 가슴 아래 공들여 묶은 매듭을 풀었다. 어깨를 움직이니 옷이 바닥으로 흘러내렸다. 여자는 이제 알몸으로 차오타이 앞에 서 있었다.

차오타이는 벌떡 일어나 팔로 여자를 안아 올려 침상에 눕혔다.

일전에 함께 있을 때는 조금 수동적이었던 여자가 지금은 차오타이 못지않게 열정적이었다. 차오타이는 여자를 이렇게까지 사랑해 본 적이 없다는 생각이 들었다.

격정을 불태운 두 사람은 나란히 누웠다. 배가 속도를 줄이고 있는 것이 느껴졌다. 고구려 유민 정착 구역 선창가에 배를 대고 있는 것이 분명했다. 그때 갑판 쪽에서 소란스러운 소리가 들려왔다. 차오타이가 바닥에 널브러져 있는 옷에 손을 뻗으며 일어나려고 하자 유수가 등 뒤에서 부드러운 팔로 목을 안았다. 그리고 속삭였다.

"아직은 가지 말아요!"

위에서 뭔가가 부딪히는 큰 소리가 났다. 곧이어 화난 고함소리와 욕설이 들려왔다. 김상이 선실 문을 박차고 들어왔다. 손에는 긴 칼이 들려 있었다. 유수가 갑자기 팔에 힘을 주었다. 목을 붙잡힌 차오타이는 꼼짝도 할 수 없었다.

"빨리 끝내 버려요!"

유수가 김상에게 소리쳤다.

차오타이가 유수의 팔을 움켜쥐고 목을 빼내려고 안간힘을 썼다. 겨우 허리를 일으키는 데는 성공했으나 여자의 몸에 눌려 다시 누운 자세가 되고 말았다. 김상이 침상으로 뛰어 올라와 차오타이의 가슴에 칼을 겨누었다. 차오타이는 여자를 떼어내기 위해 있는 힘껏 몸을 돌렸다. 여자의 몸이 앞으로 확 쏠려 내려오는 순간, 김상의 칼이 무방비 상태인 여자의 옆구리를 파고들었다. 김상은 칼을 잡아 뺀든 채 비틀비틀 뒷걸음질 치며 피로 물들어가는 여자의 하얀 속살을 믿을 수 없다는 듯 바라보았다. 차오타이는 힘이 빠져나간 여자의 팔에서 목을 빼낸 후 침상에서 뛰어내려 칼을 든 김상의 손목을 잡아 쥐었다. 다시 정신을 차린 김상이 차오타이의 얼굴에 일격을 날렸다. 주먹이 차오타이의 오른쪽 눈을 강타했다. 차오타이는 눈을 뜰 수가 없었다. 그러나 두 손으로 있는 힘껏 김상의 오른팔을 비틀어 쥐며 칼끝을 김상의 가슴에 대었다. 김상이 왼 손으로 다시 일격을 가해 왔으나 그와 동시에 차오타이도 힘껏 칼을 밀어 올렸다. 칼날이 김상의 가슴을 깊숙이 파고들었다.

차오타이는 김상의 몸을 벽으로 내던진 후 유수에게로 몸을 돌렸다. 유수는 침상에 걸쳐 누운 채 손으로 옆구리를 누르고 있었다. 손가락 사이로 계속해서 피가 흘러나왔다.

여자가 고개를 들고 묘한 시선으로 차오타이를 뚫어지게 바라보았다. 그러더니 입술을 달싹이며 더듬더듬 말했다.

"어쩔…… 수 없었어요! 고구려에는…… 그 무기가 필요해요. 다시 일어서야…… 하니까요! 용서……하세요."

입술에서 경련이 일었다. 숨을 헐떡이며 여자가 외쳤다.

"고구려 만세!"

여자의 몸이 파르르 떨리더니 고개가 힘없이 뒤로 넘어갔다.

그때 저 위 갑판에서 마중이 심한 욕설을 퍼붓는 소리가 들려왔다. 차오타이는 벌거벗은 채 단숨에 뛰어올라갔다. 마중이 키 큰 사공 하나와 필사적으로 맞붙어 싸우고 있었다. 차오타이는 사내의 머리를 팔로 꽉 안은 후 확 비틀었다. 사내의 팔이 푹 늘어졌지만 차오타이는 팔에 준 힘을 풀지 않았다. 그러고는 재빨리 허리 메치기로 사내의 몸을 물속으로 내던져 버렸다.

"저놈은 내가 맡지. 나머지 한 놈은 물속으로 뛰어든 게 틀림없어."

마중이 숨을 헐떡거리며 말했다. 마중의 왼팔에서 피가 흘러넘쳤다.

"내려가자. 붕대 감아 줄게!"

김상은 차오타이가 내동댕이쳐 놓은 자리에 그대로 등을 기댄 채 앉아 있었다. 잘생긴 얼굴을 잔뜩 찌푸리고서 흐리멍덩한 눈으로 죽은 여자를 뚫어져라 바라보고 있었다.

김상의 입술이 달싹거리는 것을 본 차오타이는 몸을 굽혀 나지막하게 물었다.

"무기는 어디 있나?"

김상이 낮게 중얼거렸다.

"무기? 다 거짓말이었어! 그냥 속이려고 한 말인데, 저년이 그 걸 믿어 버린 거지."

김상이 신음 소리를 냈다. 가슴에 꽂혀 있는 칼의 자루 위에 놓인 손이 간헐적으로 경련을 일으켰다. 얼굴은 온통 땀과 눈물로 범벅이 되어 있었다. 끙끙대며 그가 말했다.

"저 여자…… 저 여자……는 아니야, 우리가 나쁜 놈들이지!"

김상이 창백한 입술을 깨물었다.

"무기가 아니면, 대체 뭘 밀수하고 있는 거야?"

차오타이가 집요하게 물었다. 김상이 입을 열자 왈칵 피가 쏟아져 나왔다. 기침 소리를 내며 그가 자백했다.

"금!"

푹 고꾸라지는가 싶더니 몸이 옆으로 무너져 내렸다.

마중이 김상과 여자의 벌거벗은 몸을 호기심 어린 눈으로 번갈아 보더니 물었다.

"여자가 너한테 경고해 주려고 해서 저놈이 죽인 거구나, 그렇지?"

차오타이가 고개를 끄덕였다.

그러고는 재빨리 옷을 찾아 입었다. 그리고 조심스럽게 여자의 시체를 침상 위에 곧게 눕힌 다음 흰 옷으로 덮어 주었다. 애도의 색, 이 생각이 차오타이의 머릿속을 스쳤다. 움직이지 않는 여자의 얼굴을 내려다보며 차오타이가 마중에게 부드러운 어조로 말했다.

"조국에 대한 충절…… 내가 아는 한 가장 고귀한 정신일세, 마중!"

"훌륭한 정신이지."

누군가 등 뒤에서 냉담한 어조로 내뱉었다. 차오타이와 마중이 몸을 홱 돌렸다.

포카이가 창틀에 팔꿈치를 괸 채 안을 들여다보고 있었다.

"맙소사! 여태 당신을 까맣게 잊고 있었어."

마중이 소리쳤다. 포카이가 말을 받았다.

"너무들 하시네! 난 약자의 무기를 활용했지요. 도망쳤다 이 말입니다. 좁은 통로가 저 뒤쪽까지 연결되어 있거든!"

"이리 내려오시지! 내 팔에 붕대 감는 거나 좀 도우쇼!"

마중이 으르렁거리듯 말했다.

"출혈이 너무 심해."

차오타이가 측은하다는 듯 말했다. 그러고는 재빨리 여자의 흰색 띠를 집어 들고 마중의 팔에 감기 시작했다. 그리고 물었다.

"어떻게 된 거야?"

마중이 대답했다.

"갑자기 저 개자식들 중 하나가 뒤에서 날 붙잡더라고. 몸을 굽혀 녀석을 머리 위로 메쳐 버리려고 했는데, 그때 또 한 녀석이 배를 발로 차더니 칼을 뽑지 뭐야. 이제 죽었구나 싶었지. 그런데 웬일인지 뒤에서 잡고 있던 놈이 갑자기 손을 풀더군. 그래서 순간적으로 몸을 옆으로 비틀어 뺐지. 그러면서 심장에 와서 꽂힐 뻔 했던 칼이 왼팔을 건드린 거야. 놈의 사타구니를 무릎으로 찍은 후 오른 주먹으로 턱을 날려 버렸더니 난간 저 너머로 나가 떨어지더군. 그때 아마 내 뒤에 있던 녀석은 도망치는 게 낫겠다 싶어 물속으로 뛰어든 것 같아. 첨벙하는 소리가 났거든. 그러더니 또 한 놈이 달려들더군. 힘이 좋은 녀석이었는데 팔은 이 모양이고…… 큰일이다 싶었는데 때마침 네가 나타난 거지!"

"이렇게 하면 피가 멈출 거야. 이렇게 목에 걸고 있으라고."

차오타이가 끈을 마중의 목에 둘러 매듭지으며 말했다.

차오타이가 붕대를 꼭 동여매자 마중이 몸을 움찔했다. 그러고는 물었다.

"그 말라깽이 시인 놈은 어디 간 거야?"

"갑판 위로 올라가 보자. 보나마나 술병이나 몽땅 비우고 앉아 있겠지!"

차오타이가 말했다.

하지만 갑판 위에는 아무도 없었다. 포카이를 불러봤지만, 자욱한 안개 사이로 적막을 깨고 들려오는 소리라고는 저 멀리서 참방거리며 노 젓는 소리뿐이었다.

욕지거리를 내뱉으며 마중이 뱃고물로 달려갔다. 구명용 배가 사라지고 없었다.

"이런 나쁜 자식! 그놈도 한패였어!"

마중이 차오타이에게 소리쳤다.

차오타이가 입술을 깨물며 노한 어조로 나직이 말했다.

"이 쥐새끼 같은 놈, 잡히기만 해 봐라! 내 직접 그 말라빠진 모가지를 비틀어 버릴 테다!"

안개 때문에 잘 보이지 않음에도 배 주위를 자세히 살피며 마중이 말했다.

"이봐, 놈을 잡아야 뭘 하든 말든 하지. 우리 지금 강 하구 어디쯤인 것 같아. 그놈, 제대로 내뺐군. 이 배를 끌고 다시 부두까지 가려면 시간이 꽤나 걸리겠어!"

두 건의 살인 미수 사건이 벌어지고, 정체 모를 여인이 재판정에 나타난다.

마중과 차오타이가 관아로 돌아오니 시간이 거의 자정에 가까워져 있었다. 두 사람은 그 고구려 선박을 홍예교 밑에 정박시킨 후, 아무도 접근하지 못하게 사람을 몇 명 배치하도록 동문 수비대에 지시했다.

디 공은 아직도 집무실에서 홍 수형리와 은밀히 대화를 나누고 있었다. 그러다 두 사람이 엉망이 된 차림으로 들어서자 깜짝 놀란 표정으로 쳐다보았다.

하지만 마중이 있었던 일들을 얘기하자 놀라움은 금세 격노로 변했다. 마중이 말을 다 끝냈을 때는 자리를 박차고 일어나 뒷짐을 진 채 방 안을 이리저리 걸어 다니며 안절부절 못하기까지 했다. 그러더니 갑자기 소리를 버럭 질렀다.

"정말 믿을 수가 없군! 감히 내 밑에 있는 관리들을 죽이려 들다니! 그것도 날 제거하려고 한 직후에!"

마중과 차오타이가 깜짝 놀라 홍을 바라보았다. 홍은 백운사에서 있었던 썩은 널빤지 사건을 작은 목소리로 두 사람에게 들려주었다. 하지만 죽은 수령 얘기는 하지 않았다. 그 누구도 두려워하지 않는 이 두 사람도 그런 망령 얘기만큼은 질색한다는 사실을 잘 알기 때문이었다.

차오타이가 말했다.

"그 개자식들이 함정을 제대로 파 놓고 있었습니다. 공격도 사전에 치밀하게 계획된 것이었고요. 구화원에서 주고받은 대화도 철저하게 꾸민 수작이 분명합니다!"

디 공은 차오타이의 말을 주의 깊게 듣고 있지 않았다. 꿈쩍도 않고 서 있던 디 공이 이윽고 입을 열었다.

"그렇다면 이놈들이 밀수출하고 있는 물건이 황금이라는 얘기군! 그 무기에 관한 소문은 내 주의를 흐트러뜨리기 위해 날조된 것이고. 하지만 대체 무엇 때문에 고구려로 황금을 몰래 빼돌리는 것일까? 고구려는 금이 많이 나는 나라라고 알고 있는데."

디 공은 화가 나 수염을 잡아당겼다. 그러고는 다시 책상으로 가 앉으며 말을 이었다.

"아까 저녁에, 그 악당들이 왜 나를 제거하려 하는지에 대해 홍과 얘기를 나눠 보았네. 그래서 내린 결론이, 내가 자기들에 대해 많이 알고 있다고 생각하는 모양이야. 내가 실제 알고 있는 것은 얼마 안 되는데도 말이지. 그런데 자네들은 왜 죽이려는 걸까? 그 배 위에서의 공격은 분명 자네들이 포카이와 김상과 헤어지고 난 후 계획된 것이 분명해. 그러니 기억을 한 번 더듬어 보게.

혹시라도 술자리에서 그놈들이 경계할 만한 발언을 한 건 아닌지 말일세."

마중이 찌푸린 얼굴로 생각에 잠겼다. 차오타이도 듬성듬성한 수염을 쓰다듬으며 곰곰이 생각해 보았다. 이윽고 차오타이가 입을 열었다.

"흠, 시시껄렁한 농을 주고받은 게 다였습니다. 그거 말고는 뭐…… 별로."

생각이 잘 안 난다는 듯이 그가 고개를 저었다.

그때 마중이 끼어들었다.

"그 버려진 절에 갔었다는 얘기를 했습니다. 거기서 아쾅을 잡았다는 얘기도 했고요. 심리 중에 수령님께서 공개적으로 말씀하신 사항들이기 때문에 말해도 무방하다고 생각했습니다."

"그 낡은 지팡이들에 대해서도 언급했나?"

홍 수형리가 물었다.

"맞다! 네, 그랬습니다! 그리고 김상이 거기에 대해 농담을 건넸고요."

마중이 말했다.

디 공이 주먹으로 책상을 내리치며 소리쳤다.

"그것 때문이었군! 어떤 이유로든 그 지팡이들이 중요한 단서임에 분명해!"

디 공은 소매에서 부채를 꺼내들고는 격렬하게 부채질을 하기 시작했다. 그러더니 마중과 차오타이에게 말했다.

"이보게들, 그놈들하고 있을 때 좀 신중하게 처신해 주었더라면 좋을 뻔했네. 아쾅은 이미 우리에게 필요한 정보를 다 주었고 그 고구려인 사공들도 그저 김상의 명령을 따른 것뿐일 테니 어찌되든 상관없어. 하지만 김상은 다르네. 그를 생포했더라면 지금쯤 실마리가 다 풀렸을지도 모르는 일이지 않은가!"

차오타이가 머리를 긁적였다. 그리고 한탄하듯 내뱉었다.

"맞습니다. 이제 생각해 보니, 그놈을 죽이지 않았더라면 더 좋았을 것 같네요. 하지만 너무 순식간에 일어난 일이라서 말이지요. 일이 벌어진 걸 깨닫기도 전에 다 끝나 버렸다, 이거거든요!"

디 공이 미소 띤 얼굴로 말했다.

"내가 한 말은 잊게. 말도 안 되는 억지를 부렸군. 다만 한 가지 아쉬운 점은 자네가 김상의 죽음을 목격할 때 포카이가 그 모습을 염탐하고 있었다는 사실이네. 그놈은 이제 우리가 어느 정도의 정보를 가지고 있는지 정확하게 파악했을 거야. 그렇지 않았다면 지금쯤 김상이 음모를 어디까지 누설했을지 몰라 안절부절 죽을 맛일 텐데. 그렇게 되면 엉뚱한 짓을 벌일 가능성이 높아지고, 그럴 경우 범인들은 알아서 정체를 드러내는 법이거든."

마중이 기대에 찬 어조로 물었다.

"조선업자인 쿠와 이를 심문해 보면 어떨까요? 결국 차오타이와 저를 죽이려던 놈들이 그 둘 아래서 일하는 사람들이잖습니까!"

디 공이 대답했다.

"쿠와 이에 대해서는 아무런 증거가 없네. 아는 거라고는 고구려인들이 이 범죄 계획에 중요한 역할을 하고 있다는 것뿐이야. 이것도 놈들이 고구려로 금을 빼돌린다는 사실을 알고 나서야 얻은 정보지만. 왕 수령이 그 고구려 여인한테 문서를 맡긴 건 정말 적절치 못한 선택이었네. 그 여인은 분명 김상에게 그 꾸러미를 보여 주었을 거야. 김상은 안에 든 문서를 그냥 놔두지 않았을 거고. 상자를 아예 없앨 생각은 감히 못했을 거네. 여자한테 상자를 맡겼다는 사실이 문서 어딘가에 기록으로 남아 있을지도 모르는 일이니 말일세. 여차해서 상자를 내놓아야 될 일이 생겼는데 내놓지 못했다가는 용의자로 체포될 게 눈에 훤하지 않나. 문서고에서 전임 수령의 개인 문서가 없어진 것도 바로 그 이유 때문일지도 모르겠군. 장안에까지 손을 뻗치다니…… 범인은 어마어마한 조직을 갖고 있는 게 틀림없어! 확실치는 않지만 판의 농장에서 여자의 시체가 사라진 것도 이 일과 관련이 있는 게 분명해. 게다가 그 잘난 척하는 차오 박사와도 모종의 관계가 있다고 여겨지는군. 문제는, 단서는 많은데 이 모든 가설과 혐의의 끈을 하나로 연결해 줄 열쇠가 없다는 거네!"

디 공은 한숨을 내쉰 후 말을 계속했다.

"흠, 자정이 넘었군. 자네들 셋은 이만 물러가 쉬는 게 좋겠네. 수형리, 자네는 나가는 길에 서기관 넷을 깨워 살인 미수 혐의로 포카이를 체포한다는 방을 써 붙이라고 하게. 자세한 설명을 기재하는 것도 잊지 말고. 그리고 그 방들을 바로 오늘 밤 관아 정문 앞과 도시 내의 모든 주요 건물에 내걸도록 수비대에도 전하게. 사람들이 아침에 바로 볼 수 있도록 말일세. 그 미꾸라지 같은 놈만 잡아들이면, 수사도 좀 진척되겠지."

다음 날 아침, 디 공이 홍 수형리의 시중을 받으며 개인 집무실에서 아침을 드는데 포두가 들어와 조선업자 쿠와 이가 급히 뵙기를 청한다고 알려왔다.

디 공이 퉁명스럽게 대답했다.

"가서 전하게, 내일 오전 심리에 참석하라고. 할 얘기는 내일 사람들 앞에서 하면 될 걸세."

그때 마중과 차오타이가 탕을 데리고 들어왔다. 탕은 전보다 상태가 더 안 좋아진 듯했다. 창백한 얼굴에, 손을 한시도 가만두지 못했다. 그가 더듬거리며 말했다.

"정말…… 정말이지 끔찍한 일이로군요. 내 평생 이런…… 극악무도한 짓은 처음 봅니다! 어떻게 제국의 관리를…… 그것도 둘이나 공격하다니! 저는……."

디 공이 탕의 탄식을 끊으며 내뱉었다.

"걱정할 필요 없네. 내 부하들은 스스로를 지킬 능력이 되니까."

두 사람은 만족스러운 표정을 지었다. 마중은 이제 붕대를 풀었고, 차오타이의 눈도 아직 얼룩덜룩 멍이 남아 있기는 했지만 훨씬 좋아보였다.

디 공이 뜨거운 수건으로 얼굴을 닦고 있는데 징이 울렸다. 홍의 시중을 받으며 옷을 갈아입은 디 공은 부하들과 함께 관아로 걸음을 옮겼다.

이른 시각임에도 관아는 사람들로 꽉 차 있었다. 동문 근처에 사는 사람들이 고구려 선박 위에서 벌어진 사건을 이미 여기저기 떠벌린 데다 포카이를 잡아들인다는 방까지 붙었으니 사람들이 몰려올 만도 했다. 출석을 확인하면서 보니, 차오 박사와 이펜, 쿠 멩핀이 맨 앞줄에 앉아 있었다.

디 공이 경당목을 두드리자마자 차오 박사가 화난 표정으로 수염을 휘날리며 앞으로 나왔다. 무릎을 꿇고는 흥분한 어조로 말하기 시작했다.

"소인이 간밤에 끔찍한 일을 겪었습니다. 늦은 밤, 제 불쌍한 아들 차오민이 문루 근처 축사에서 말들이 우는 소리에 잠에서 깨어 밖으로 나갔는데, 말들이 소란을 피우며 안절부절 못하고 있더랍니다. 그래서 문지기를 깨운 후 칼을 뽑아들고 함께 집 근처의 수풀을 뒤지기 시작했답니다. 분명 도둑이 든 게 분명하다고 생각하면서 말입니다. 그런데 갑자기 누군가 육중한 몸으로 뒤에서 덮치더니 발톱 같은 것이 어깨를 파고들더랍니다. 머리를 땅에 처박으며 고꾸라졌는데, 순간 목 근처에서 뭔가 덥석 물면서 이빨 부딪치는 소리가 나더랍니다. 그러고는 정신을 잃었답니다. 뾰족한 돌에 머리를 부딪쳐서요. 다행히 바로 그때 횃불을 들고 달려간 문지기 말로는 나무들 사이로 어떤 시커먼 형체가 사라지더랍니다. 우리는 아들놈을 데려다 침대에 눕히고 상처를 붕대로 처맸습니다. 어깨의 상처는 심하지 않으나 이마의 상처가 깊습니다. 오늘 아침에 잠깐 정신이 드는 것 같더니, 헛소리를 하기 시작했습니다. 셴 박사가 새벽에 와서 아들놈을 살펴봤는데 상태가 좋지 않다고 합니다.

이에, 부디 적절한 조치를 취하시어 근방에서 배회하는 그 인육 먹는 호랑이를 속히 잡아 주시기를 청하는 바입니다!"

관중들 사이에서 동조하는 웅성거림이 일어났다.

디 공이 말했다.

"오늘 오전 중으로 사냥꾼을 보내 그 짐승을 찾아보게 하겠다."

차오 박사가 첫줄 자기 자리로 돌아가자마자 이펜이 앞으로 나와 판관석 앞에 무릎을 꿇었다. 그는 자신의 이름과 직업을 정식으로 밝힌 후 말을 시작했다.

"소인, 오늘 아침 제 사업 관리인 포카이에 관한 방을 읽었습니다. 포카이가 고구려 선박에서 벌어진 싸움과 연관이 있다는 풍문도 들었습니다. 소인은 앞서 말한 포카이가 엉뚱하고 괴벽스러운 행위를 일삼는 자이며, 그자가 근무 시간 외에 밖에서 저지른 모든 행위에 대해 책임질 수 없음을 고하고자 합니다."

"언제, 어떻게, 포카이라는 자를 고용하게 되었는가?"

디 공이 물었다.

"열흘 전쯤 포카이가 소인을 찾아왔습니다. 소인의 절친한 친구인 차오호시엔 박사의 사촌이자 장안에서 유명한 학자이기도 한 차오 펜의 소개서를 가지고서 말입니다. 포카이는 부인과 이혼했다며 당분간 장안에서 멀리 떨어져 지내고 싶다고 말했습니다. 장안에서는 전 부인의 가족이 괴롭힌다면서요. 그는 술주정뱅이에 난봉꾼임이 드러났지만, 사업적 능력만큼은 탁월했습니다. 방을 읽은 후, 소인은 집사를 불러 포카이를 마지막으로 본 게 언제인지 물었습니다. 집사가 말하길, 간밤에 무척 늦게 돌아왔다고 하더군요. 그런데 네 번째 안마당에 있는 자기 방으로 가더니 납작한 상자 하나를 들고 다시 나갔다는 겁니다. 집사는 포카이가 워낙 예측불능의 사내라는 것을 익히 알고 있었기 때문에 크게 신경 쓰지 않았답니다. 그런데 이상하게 너무 서두는 것 같은 느낌이 들더랍니다. 법정으로 오기 전 그의 방을 뒤져보았으나 특별히 없어진 것은 없었습니다. 그가 자기 문서들을 보관하던 가죽 상자 하나만 빼고 말입니다. 그 외에 옷가지나 소지품은 모두 그대로 남아 있었습니다."

이펜이 대답했다. 그리고는 잠시 말을 멈추었다가 단정적으로 말했다.

"따라서 소인이 포카이의 독단적인 행위에 대해 아무런 책임이 없음을 기록으로 남겨 주시기를 청하는 바입니다!"

디 공이 차갑게 대답했다.

"그렇게 기록될 것이다. 그러나 내 발언도 함께 기록될 것이니 지금부터 잘 듣도록 하라! 나는 그 청을 받아들이지 않는다. 아울러 수하 관리인이 한 일이나 하지 않은 일이나 상관없이 그 책임은 전적으로 고용주인 이펜에게 있음을 선고하는 바이다. 포카이는 네 밑에서 일하면서 너와 한 지붕 아래에 거주했으며, 내 부하 둘을 살해하려는 치밀한 음모에 가담했다. 자신이 이 음모에 관련되어 있지 않음을 증명하는 일은 전적으로 너 자신에게 달려 있음을 명심하라!"

"그걸 제가 어떻게 증명합니까? 전 전혀 모르는 일입니다! 전 법의 보호를 받는 시민입니다. 일전에 특별히 찾아뵙고 보고 드렸듯이……."

"그때 그 얘기는 고의로 지어낸 것이 아닌가!"

디 공이 엄한 어조로 이펜의 말을 끊었다.

"더군다나 운하 두 번째 다리 근처에 있는 네 집 근방에서 수상한 일들이 벌어지고 있다는 보고가 들어왔다. 따라서 또 다른 언급이 있을 때까지 가택 연금에 처한다!"

이펜이 항의하기 시작했으나 포두가 조용히 하라고 버럭 소리를 지르자 입을 다물었다. 포졸 둘이 들어와 이펜을 초소로 끌고 나갔다. 가택 연금에 처하기 전에 그 수위를 어느 정도로 해야 할지 디 공의 지시를 받아야 했기 때문에 잠시 기다리기 위해서였다.

이펜이 끌려 나가자 쿠맹핀이 판관석 앞에 무릎을 꿇더니 입을 열었다.

"소인은 소인의 친구이자 동료인 이펜과는 의견이 조금 다릅니다. 소인의 사업 관리인인 고구려인 김상 역시 그 폭력 사건에 연루되어 있으므로, 근무 시간 외에 벌어진 일을 비롯하여 김상이 저지른 모든 행위에 대해 단연코 모든 책임을 지겠다고 말씀 드리고 싶습니다. 그 폭력 사건이 일어난 고구려 선박은 소인의 소유물이며, 그 세 고구려인 사공 역시 소인이 고용한 자들임을 보고 드리는 바입니다. 조선소 현장 감독관의 증언으로는, 지난 밤 김상이 저녁 시간에 부두에 나타나 그 선박을 내보낼 것을 명령했다고 합니다. 목적지도 밝히지 않고 말입니다. 물론 소인은 그런 지시를 내리지도 않았고 그 일에 대해서는 알고 있는 바도 없습니다. 하지만 이 무도한 행위에 대해 사적으로 철저하게 조사하겠습니다. 또한 노련한 관리 몇몇을 부두와 소인의 집에 배치하여 소인의 모든 행동을 감시한다 해도 기꺼이 감수하겠습니다."

디 공이 입을 열었다.

"본 법적은 쿠맹핀의 협조적인 태도에 감사하는 바이다. 폭행 사건 조사가 끝나는 대로, 앞에서 말한 김상의 시신은 쿠맹핀을 통해 김상의 친척에게 인도하여 매장하도록 한다."

막 디 공이 심리를 종료하려는데, 관중들 속에서 소란이 일었다. 검정 바탕에 붉은 무늬가 그려진 야한 옷을 입은 키 크고 야비하게 생긴 여자 하나가 군중을 헤치며 천으로 얼굴을 가린 여인 하나를 질질 끌면서 걸어 나오고 있었다. 여자가 무릎을 꿇었다. 얼굴을 가린 여인은 고개를 숙인 채 조용히 그 옆에 섰다.

무릎을 꿇은 여자가 거슬리는 목소리로 말했다.

"소인은 랴오라고 하며, 동문 밖에 정박해 있는 다섯 번째 선박의 주인입니다. 죄인을 법정에 끌고 왔습니다."

디 공은 몸을 앞으로 기울여 얼굴이 보이지 않는 여인의 호리호리한 자태를 바라보았다. 디 공은 여자의 말에 조금 놀랐다. 유곽에서는 범죄를 저지른 매춘부를 마음대로 처분할 수 있는 권한이 전적으로 포주에게 있기 때문이었다.

디 공이 물었다.

"그 여자의 이름은 무엇이며, 무슨 죄목으로 고소하려 하는가?"

여자가 우는 소리를 하며 말했다.

"좀처럼 이름을 밝히지 않습니다! 게다가……."

그때 디 공이 여자의 말을 단호하게 끊으며 소리쳤다.

"신원을 확인하기 전에는 매춘부로 고용할 수 없다는 사실을 모르는 겐가!"

여자는 황급히 바닥에 이마를 찧고는 울부짖었다.

"천만번 용서를 구합니다! 이 여자는 제가 고용한 창녀가 아니라는 것부터 말씀 드렸어야 했는데! 있는 그대로 자초지종을 말씀 드리자면, 지난 열닷새 날, 새벽녘에 포카이 씨가 이 여자한테 종들이 입는 옷을 입혀서는 제 배로 데리고 왔습니다. 새로 얻은 첩인데 전날 저녁 집으로 데리고 갔더니 부인이 여자를 집에 들이려 하지 않으려 했다면서요. 부인이 여자의 옷을 갈기갈기 찢고 모욕적인 말을 퍼붓고는 포카이 씨가 아무리 설득하려 해도 듣지 않더랍니다. 부인의 마음을 돌리는 데 며칠이 걸릴 것 같다며 일이 정리될 때까지 여자를 제 배에 머물게 해 달라는 부탁이었습니다. 돈을 주면서 여자에게 단정한 옷을 사 입히라고도 했습니다. 입고 있는 중 옷 외에는 아무 것도 없으니까요. 단골 손님인 데다가 조선업자 이펜님 밑에서 일하는 사람이고, 또 그 아래에 있는 선원들도 다 우리 손님들이니, 여자 혼자된 몸으로 어찌 싫다 말할 수 있었겠습니까! 그래서 이 계집에게 좋은 옷을 입히고 혼자서 좋은 선실을 쓰게 했지요. 제 조수가 관례에 따라 이 여자도 손님을 받아야 한다고, 어차피 포카이 씨한테는 감히 말하지 못할 거라고 부추겼지만, 저는 절대 안 된다고 말했습니다. 저는 약속은 지키는 사람이니까요. 우리 업소의 확고한 방침이기도 하고요! 하지만 저는 그와 동시에 법이 우선이라고 생각해 왔습니다! 그래서 오늘 아침 채소 장수한테서 포카이 체포령이 내려졌다는 말을 전해 듣고는 제 조수에게 말했지요. 이 여자도 범인이거나, 범인이 아니라면 최소한 포카이가 어디에 있는지는 알 거라고, 그러니 수령님께 알려야 한다고 말입니다. 그래서 이렇게 끌고 오게 된 것입니다."

디 공은 의자에서 몸을 일으켜 세우고는 얼굴을 가린 여자에게 말했다.

"천을 거두고 이름을 말하라. 그리고 범인 포카이와 무슨 관계인지 밝혀라."

**한 젊은 여인이 놀라운 이야기를 털어놓고,
늙은 서기관이 괴상한 범죄를 자백한다.**

　여인은 고개를 들고 지친 듯 천을 들어올렸다. 스무 살 정도 되어 보이는 얼굴에 미색이 돌았다. 지적이면서 온화한 분위기를 풍기는 여인이었다. 여인이 나직이 말했다.
　"소녀는 쿠의 부인으로서, 결혼 전 성은 차오입니다."
　관중들이 놀라서 웅성거렸다. 쿠멩핀이 황급히 앞으로 나왔다. 자신의 부인인지를 확인한 후 다시 맨 앞줄 자신의 자리로 돌아갔다. 얼굴이 죽은 사람처럼 창백했다.
　디 공이 근엄한 목소리로 말했다.
　"쿠 부인, 너는 행방불명으로 처리되어 있다. 남동생과 헤어진 열 나흗날 오후부터 무슨 일이 있었는지 이실직고 하라!"
　쿠 부인이 애처로운 표정으로 디 공을 올려다보며 물었다.
　"전부 다 말해야 합니까? 차라리 저는……."

"쿠 부인은 사실대로 모두 밝히라! 네 실종은 하나 이상의 살인 사건과 연관되어 있으며 또 다른 중대 범죄와도 연관성이 의심되는 바이니 모두 말하라!"

디 공이 퉁명스럽게 딱 잘라 말했다. 잠깐 망설이던 쿠 부인이 이윽고 입을 열었다.

"왼쪽으로 돌아 대로로 막 들어서던 길에 이웃인 판충을 만났습니다. 하인 하나를 대동하고 있더군요. 한눈에 알아본 터라 그가 정중하게 건네는 인사에 답하지 않을 이유가 없었습니다. 그가 제게 어디로 가느냐고 묻기에, 도시로 돌아가는 길이며 남동생이 곧 뒤따라와 합류할 것이라고 대답했습니다. 남동생이 보이지 않아 우리는 다시 교차로로 돌아가 길을 굽어보았습니다만, 동생의 흔적은 보이지 않았습니다. 거의 대로에 다다라 있던 터라 더 이상 자신의 호위를 필요로 하지 않는다고 여겨 들판을 가로질러 그대로 돌아갔을지도 모른다는 생각이 들었습니다. 그러자 판충이 자신은 진흙길로 질러갈 예정인데, 이미 길이 정리되어 있는 상태이니 그리로 질러가면 시간을 많이 절약할 수 있을 거라며 자신이 함께 가 주겠다고 말했습니다. 버려진 절 앞을 혼자서 지나간다는 게 과히 내키지 않았기 때문에 저는 그의 제안을 받아들였습니다.

판의 농장 입구에 있는 작은 오두막에 다다르자, 그는 소작농에게 전할 말이 있다며 오두막 안에 들어가 잠시 쉬고 있으라고 말했습니다. 소녀는 말에서 내려 오두막 안에 있는 낮은 의자에 앉았습니다. 판은 밖에 있던 하인에게 뭐라고 말하더니, 안으로 들어와 불쾌한 눈길로 소녀를 위 아래로 훑어보고는 말했습니다. 소녀와 단둘이 시간을 보내기 위해 하인을 먼저 보냈다고 말입니다."

쿠 부인은 잠시 말을 멈추었다. 화가 다시 치밀어 오르는지 두 뺨이 벌겋게 달아올랐다. 이윽고 낮은 목소리로 말을 다시 이었다.

"그가 저를 앞으로 끌어당겼습니다. 저는 그를 밀쳐내며 가만두지 않으면 비명을 질러 도움을 청하겠다고 경고했습니다. 하지만 그는 제가 아무리 소리쳐도 들을 사람 하나 없을 거라고, 그러니 얌전히 구는 게 좋을 거라며 웃었습니다. 그가 제 옷을 찢기 시작했습니다. 저는 완강히 저항했으나 역부족이었습니다. 그는 제 옷을 다 벗긴 후 허리띠로 제 두 팔을 뒤로 묶고는 장작 더미 위로 저를 밀쳤습니다. 저는 그가 하는 그 구역질 나는 짓을 받아들이지 않을 수 없었습니다. 잠시 후 제 손을 풀어주더니 옷을 입으라고 했습니다. 제가 마음에 든다는 말도 했습니다. 그날 밤은 자기 농장에서 같이 보내고 다음날 성 안으로 데려다 주겠다며, 제 남편에게는 잘 말해 주겠다고 했습니다. 무슨 일이 있었는지 절대 아무도 모를 거라면서 말입니다.

전 제가 파렴치한 악당의 손아귀에 놓였음을 알았습니다. 농가에서 식사를 하고 잠자리에 들었을 때, 저는 판이 잠들면 곧바로 일어나 빠져나와 아버지의 집으로 가려 했습니다. 그런데 갑자기 창문이 열리더니, 기골이 장대한 무뢰한 하나가 손에 낫을 들고 넘어 들어왔습니다. 너무 놀라 판을 흔들어 깨웠지만, 그 남자는 순식간에 판에게 달려들어 낫으로 목을 찍었습니다. 판의 몸이 제 위로 쓰러지면서, 피가 제 얼굴과 가슴에……."

쿠 부인은 두 손에 얼굴을 묻었다. 디 공이 손짓하자 포두가 쓴 차 한 잔을 가져다주었다. 하지만 부인은 고개를 저었다. 그리고 말을 계속했다.

"그 남자가 씩씩거리며 '이젠 네 차례다. 이 몹쓸 화냥년!'이라며 마구 욕설을 퍼붓더니 침대로 다가와 제 머리카락을 휘어잡았습니다. 그러고는 제 목을 뒤로 꺾으면서 그 남자가 낫을 내리쳤습니다. 옆에서 퍽 하는 소리가 들리는가 싶더니 저는 그만 정신을 잃고 말았습니다.

정신을 차려보니 덜컹거리는 수레 안에 누워 있었습니다. 울퉁불퉁한 길 위를 지나가는 중인 것 같았습니다. 제 옆에 알몸으로 누워 있는 판의 시체가 보였습니다. 그 불한당이 내려친 낫은 제 목이 아니라 침대 옆구리에 가서 맞은 모양이었습니다. 제 목에는 낫이 스친 상처밖에 없었습니다. 제가 분명 죽었다고 생각하는 것 같았기에, 그냥 죽은 척하고 있었습니다. 갑자기 수레가 멈추더니 기우뚱하며 저와 판의 시체를 땅바닥으로 미끄러뜨렸습니다. 저와 판의 시체는 곧 마른 가지로 덮였습니다. 이윽고 수레가 멀어지는 소리가 들렸습니다. 겁이 나서 눈을 뜰 수가 없었기 때문에 범인이 누군지는 말할 수 없으나, 침실로 들이닥칠 때의 모습을 떠올려보면 다소 여위고 가무잡잡한 얼굴이었던 것 같습니다. 아마도 구석에 있던 등잔불 때문에 그렇게 보였을 수도 있겠지요.

저는 몸을 일으켜 주위를 둘러보았습니다. 달빛 아래 어슴푸레하게나마 판의 농장 근처 뽕나무 밭임을 확인할 수 있었습니다. 바로 그때, 중 하나가 도시 쪽에서부터 진흙길을 따라 내려오고 있는 모습이 보였습니다. 겨우 속옷만 걸치고 있던 저는 나무 뒤에 숨으려 했지만, 중은 이미 저를 보고는 제 쪽으로 내달려 오

뽕나무 밭에서 봉변을 당한 여인

고 있었습니다. 중은 지팡이를 짚고 서서 팡의 시체를 바라보더니 물었습니다. '애인을 죽였군, 어? 나랑 저 버려진 절로 가서 잠시 같이 있어 주면 비밀을 지켜주지!' 중이 저를 잡으려고 하는 바람에 두려워진 저는 비명을 질렀습니다. 그때 갑자기 어디선가 남자 하나가 나타나더니 중에게 소리를 꽥 질렀습니다. '누가 너더러 절에서 여자나 강간하라고 했느냐!' 그 남자가 소매에서 긴 칼을 꺼내들자 중이 욕지거리를 하며 지팡이를 들어 올렸습니다. 그러나 순식간에 가슴에 칼을 맞고 숨을 몰아쉬며 땅바닥으로 쓰러졌습니다. 남자가 재빨리 몸을 굽혀 중을 살펴보고는 몸을 바로 세우며 재수 없게 되었다고 중얼거렸습니다."

"네가 보기에는 그 남자가 중과 아는 사이인 것 같던가?"

디 공이 여자의 말을 끊으며 물었다.

쿠 부인이 대답했다.

"모르겠습니다. 너무 순식간에 일어난 일이리······. 중은 남자의 이름을 부르지 않았습니다. 나중에야 그 남자의 이름이 포카이라는 것을 알게 되었습니다. 그는 제게 어떻게 된 일인지를 물었습니다. 제 벌거벗은 몸을 훑어보지도 않았고, 말투도 교양이 있었습니다. 차림은 형편없었지만 어딘지 모르게 점잖아 보였기 때문에, 이 남자라면 믿어도 좋을 거라는 생각이 들어서 전부 털어놓았습니다. 그가 제게 남편의 집이든 아버지의 집이든 데려다 주겠다고 했습니다. 남편이나 아버지라면 어떻게 해야 할지 알 거라면서요. 저는 두 사람 중 누구의 얼굴도 마주할 수 없다고 그에게 솔직하게 말했습니다. 정신이 반은 나가 있는 상태였고, 어느 정도 생각할 시간이 필요했으니까요. 저는 하루나 이틀 정도 숨겨

줄 수 있느냐고 물었습니다. 그 동안이면 저를 드러내지 않고도 판이 살해되었음을 신고하기에 충분하다고 생각했습니다. 왜냐하면, 범인이 분명 저를 다른 여인으로 착각했다는 확신이 들었기 때문입니다. 그는 그 살인 사건에는 전혀 관심 없다고 말했습니다. 그리고 절 도울 수 있다면 기꺼이 돕겠다고 했습니다. 또 자신은 다른 사람들과 함께 살고 있으니 숨겨줄 수가 없고, 여관을 간다하더라도 이 늦은 시간에 혼자 찾아오는 여인을 받아주지는 않을 거라는 말도 했습니다. 생각해 볼 수 있는 유일한 방도는 선상 유곽에 방을 하나 빌리는 거라고 했습니다. 거기 사람들이라면 아무 것도 묻지 않을 것이고, 어쨌거나 자신이 적당히 둘러대 주겠다면서요. 시체들은 뽕나무 밭 한가운데에 묻겠다고 했습니다. 그러면 며칠이 지나야 발견될 것이고, 그때쯤이면 관아에 신고를 할 것인지 말 것인지 제가 결심할 수 있을 거라고요. 그 사람은 중한테서 옷을 벗겼습니다. 속옷으로는 자신의 얼굴과 가슴에 묻은 피를 닦아내고, 겉옷은 제게 입으라며 건네주었습니다. 제가 옷을 다 갈아입을 때쯤 그가 다시 왔습니다. 그가 이끄는 대로 진흙길을 더 지나 수풀이 우거진 곳으로 가보니 거기에 그의 말이 묶여 있었습니다. 저는 그 사람 뒤에 타고 성 안으로 돌아갔습니다. 운하에 이르자 그 사람은 배를 한 척 빌려 동쪽 성벽 바깥쪽에 있는 선상 유곽으로 저를 데리고 갔습니다."

"성문 수비대는 어떻게 통과했지?"

디 공이 물었다. 쿠 부인이 대답했다.

"그 사람은 남문을 두드렸습니다. 그러고는 마치 술에 만취한 사람인 양 굴었습니다. 수비대는 그 사람을 이미 알고 있었습니다. 그 사람은 성 안으로 새 인재를 들여가는 거라는 등 횡설수설하며 고래고래 소리를 질렀습니다. 경비병들은 제게 쓰개를 벗어 보라고 하더니, 제가 여자인 것을 알자 웃음을 터트리며 포카이에게 추잡한 농을 건네고는 우리를 통과시켰습니다.

그는 선실 하나를 빌려 주었습니다. 거기를 책임지고 있는 여자한테 속삭이는 말투로 뭐라 설명했는지는 듣지 못했지만, 은화 네 냥을 건네는 것은 분명히 보았습니다. 고하건대, 그 여자는 제게 잘 대해 주었습니다. 아이라도 생기면 큰일 난다고 하니 제게 약을 가져다 주기까지 했습니다. 저는 점차 충격에서 벗어났습니다. 그리고 포카이가 올 때까지 기다렸다가 아버지한테 데려다 달라고 부탁하기로 마음먹었습니다. 그런데 오늘 아침 이 여인이 종업원을 대동하고 제 선실로 들어오더니, 포카이는 범죄자이며 체포되었다는 말을 했습니다. 그러더니 제 옷과 숙식비로 선금을 조금밖에 지불하지 않았기 때문에 몸을 팔아 그 빚을 갚아야 한다고 말하는 것이었습니다! 저는 화가 나서 은화 네 냥이면 그 비용을 다 감당하고도 남는다고 소리치고는 즉시 떠나겠다고 말했습니다. 그랬더니 여자가 종업원에게 채찍을 가져오라고 시키는 겁니다. 어떤 상황에 처하게 되더라도 그곳에서 창녀로 썩는 것보다는 낫겠다는 생각에, 포카이가 저지른 범죄를 두 눈으로 똑똑히 보았으며 다른 범죄도 다 알고 있다고 말했습니다. 그러자 여자가 겁에 질린 표정으로 절 관아에 신고하지 않으면 골치 아픈 문제에 엮일지도 모른다고 종업원에게 말했습니다. 그래서 절 이리로 끌고 온 것입니다. 이제 와 깨달은 점이지만, 포카이의 조언을 받아들였더라면 좋았을 거라고 생각합니다. 그가 무슨 범죄를 저질렀는지 모르지만, 제게 무척 잘 대해 주었다는 것만은 말씀 드릴 수 있습니다. 즉시 모든 일을 고했어야 하지만, 겪은 일들 때문에 거의 정신을 차릴 수가 없어 그저 쉬고 싶다는 생각뿐이었습니다. 쉬면서 어떻게 해야 할지도 조용히 강구해 보고 싶었습니다. 지금까지 드린 말씀은 모두 사실입니다."

받아 적은 진술을 서기가 다시 읽는 동안, 디 공은 여인의 진술 태도가 솔직하고 자연스럽다고 생각했다. 이미 알아낸 사실과도 모두 일치했다. 이제 눙가 침대에 왜 깊게 파인 흔적이 있었는지를 알게 되었고, 아쾅이 왜 여자를 쑤낭으로 오해했는지도 이해가 갔다. 여자에게 낫을 겨냥했을 때 여자의 얼굴은 이미 판의 피로 범벅이 된 상태였던 데다가, 쾅이 서 있던 자리 역시 중간에 판의 시체가 있어 다소 멀었던 것이다. 포카이가 얼른 나타나 여자를 도와준 것도 쉽게 이해가 가면서 차오 박사에 대한 의혹이 굳어졌다. 차오 박사는 포카이와 한패임이 분명했다. 공범자인 중들 중 하나와 만나는 장면을 그 딸이 우연히 목격했다는 것과, 그래서 음모에 방해가 되지 않도록 자신이 며칠간 다른 곳에 숨겨 두었다는 것을 차오 박사에게 전했음이 틀림없었다. 그래서 차오 박사가 사라진 자기 딸의 일에 그토록 무관심한 듯 보였던 것이었다. 내내 딸이 안전한 곳에 있음을 알고 있으니 그럴 만도 했다.

쿠 부인이 문서에 지장 찍는 것을 확인한 후, 디 공이 말했다.

"쿠 부인, 너는 끔찍한 경험을 했다. 솔직히 말해, 어느 누구도 그런 상황에서 너보다 현명하게 처신할 수 있는 사람은 흔치 않을 것이다. 중대 범죄인 강간을 자신에게 저지른 남자에 대해 몇 시간이 지난 후에도 신고하지 않은 죄의 무게가 어느 정도인지에

대한 법적 문제에 대해서는 본 법정에서 처리할 일이 아니다. 본
관의 임무는 법률 전문가들에게 판례 연구를 위한 자료를 제공하
는 것이 아니라, 법을 집행하고, 또한 범죄로 인한 손실을 복구할
수 있는지의 여부를 살피는 것이기 때문이다. 그러므로 본 법정은
너를 고소하지 않을 것이며, 남편인 쿠맹핀에게 되돌려 주는 바
이다."

쿠가 앞으로 나왔다. 쿠 부인은 남편을 흘긋 바라보았으나 쿠
는 부인에게 눈길 한 번 주지 않은 채 긴장한 목소리로 물었다.

"제 아내가 강간 당한 것이 분명하고 그 악질의 손길을 결코
자발적으로 받아들이지 않았다는 증거가 있습니까?"

쿠 부인은 남편의 말이 믿어지지 않는다는 표정으로 숨을 삼
켰다. 하지만 디 공은 전혀 동요하지 않고 대답했다.

"그렇다."

그러고는 소매에서 손수건을 꺼내며 말을 이었다.

"이 손수건은 너 자신이 아내의 것이라 증언한 바 있다. 일전에
내가 길가에서 발견한 것이라 말했지만, 실은 판의 농장 헛간 장
작더미에서 발견한 것이다."

쿠가 입술을 깨물었다. 그리고 말했다.

"그렇다면 소인은 아내의 진술이 사실임을 믿습니다. 하지만 소
인의 미천한 기문에서 대대로 지켜온 법도에 따르면, 제 아내는
강간 당한 직후 자결을 했어야 합니다. 그렇게 하지 못함으로 해
서 제 집안에 수치를 안겨주었으니 아내와 정식으로 이혼할 수밖
에 없음을 밝히는 바입니다."

디 공이 대답했다.

"그것은 네 당연한 권리다. 이 이혼은 정식 기록될 것이다. 차오호시엔 박사는 앞으로 나오라!"

차오 박사가 중얼거리며 판관석 앞에 무릎을 꿇었다. 디 공이 물었다.

"차오 박사, 이혼한 딸을 다시 받아들이라는 판결에 동의하겠는가?"

차오 박사가 큰 목소리로 대답했다.

"소인은 근본 원칙이 결부된 일에 있어서는 사적 감정을 희생시키는 데에 주저함이 없어야 한다는 확고한 신념을 가지고 있습니다. 더군다나 공인인 만큼, 남들에게 본이 되어야 한다고 느끼고 있습니다. 비록 아비로서 말로 표현할 수 없는 상처를 받는다 해도 말입니다. 판관님, 소인은 국가의 신성한 도덕 규범을 위반한 제 딸을 받아들일 수 없음을 청하는 바입니다."

디 공이 냉정한 어조로 말했다.

"그대로 기록될 것이다. 쿠의 부인이었지만 다시 혼자의 몸이 된 차오 소저는 적절한 조치가 취해질 때까지 본 관아에서 보호할 것이다."

디 공은 홍 수형리에게 차오 소저를 밖으로 데리고 나가라는 손짓을 한 후 유곽에서 온 여자에게 말했다.

"네가 저 여인을 매춘부로 만들려 한 소행은 벌을 받아 마땅하나, 오늘 아침까지는 잘 보살폈고 최소한 관에 대한 의무를 어느 정도는 지켰으니 이번만은 그냥 넘어가도록 하겠다. 허나 너에 대해 좋지 않은 얘기가 흘러들어올 경우, 태형은 물론이고 면허도 취소할 것이다. 다른 놈들한테도 다 똑같이 적용할 것이니, 가서 전하라!"

여자가 허둥지둥 사라졌다. 디 공은 경당목을 두드려 심리가 끝났음을 알렸다.

판관석에서 내려오는데, 탕이 내내 보이지 않았다는 사실이 퍼뜩 떠올랐다. 디 공이 탕의 소재를 묻자 마중이 대답했다.

"차오 박사가 법정에 무릎 꿇고 있을 때 갑자기 몸이 안 좋다나 뭐라나 웅얼거리고는 사라졌습니다."

"그 친구 정말 신경에 거슬리는군! 계속 그러면 아예 연금이나 주고 퇴직시키든지 해야겠어!"

디 공이 화를 내며 소리를 버럭 질렀다.

집무실 문을 열어보니, 홍 수형리와 차오 소저가 앉아 있었다. 디 공은 마중과 차오타이에게 복도에서 잠시 기다리라고 말한 후 책상으로 와 앉았다. 그리고 힘이 넘치는 목소리로 물었다.

"흠, 차오 소저, 이제 우리가 뭘 해줄 수 있을지 찾아봐야 할 텐데, 소저 생각은 어떤가?"

입술이 파르르 떨렸지만 여자는 곧 평정을 되찾으며 느린 어조로 말했다.

"사회의 신성한 가르침에 따라 그때 자결했어야 함을 이제야 깨달았습니다. 하지만 당시에는 자살은 생각조차 하지 못했음을 고하지 않을 수 없습니다."

여자는 힘없이 미소를 지어 보인 후 말을 계속했다.

"농가에 있을 때 생각한 거라고는 그저 어떻게 살아서 나갈까 하는 것이었습니다! 죽는 것이 두려운 게 아닙니다, 수령님. 저는 그저 제 스스로 납득할 수 없는 일을 해야 한다는 것이 견딜 수가 없습니다. 부디 제게 조언을 해 주십시오."

디 공이 대답했다.

"유교의 가르침을 따르자면, 여자는 무릇 자신을 순결하게 유지하고 더럽혀지지 않도록 해야 할 의무가 있지. 그러나 이 말은 몸의 순결보다는 마음의 순결을 말하는 것이 아닌가 하는 생각이 들 때가 종종 있네. 공자께서도 이렇게 말씀하시지 않았는가. '인간애를 최우선 덕목으로 삼으라.' 차오 소저, 나는 규범에 관한 모든 견해는 이 위대한 말씀에 비추어 해석해야 한다고 확신하네."

차오 소저가 감사가 담긴 표정으로 디 공을 바라보았다. 잠시 생각에 잠긴 듯하더니, 입을 열었다.

"지금으로서는 비구니가 되는 길만이 최선인 듯합니다."

이 말을 듣고 디 공이 말했다.

"종교에 귀의할 생각은 한 번도 해 본 적이 없을 터인즉, 그건 그저 도피에 지나지 않아. 더군다나 차오 소저처럼 감수성이 예민한 젊은 처자에게는 맞지 않지. 장안에 친구가 하나 있는데, 그 딸들 가정 교사로 채용해 달라고 연락해 볼까 하네만, 어떻게 생각하나? 그러다보면 내 친구가 적당한 혼처를 또 마련해 줄 수도 있으리라 보는데."

차오 소저가 수줍게 대답했다.

"수령님의 배려에 깊이 감사드립니다. 하지만 쿠와의 짧은 결혼 생활이 실패로 끝났고, 농가에서의 일, 그리고 선상 유곽에 머무는 동안 어쩔 수 없이 보고 들어야 했던 일들을 겪고 나니 저는…… 남녀 간의 관계를 영원히 혐오하게 된 듯합니다. 그러므로 비구니 승방만이 제가 머물 유일한 곳이라 여겨집니다."

디 공이 진지한 어조로 말했다.

"'영원'이라는 말을 하기엔 너무 젊은 나이야, 차오 소저! 그러나 이렇게 논의하는 것도 온당치 않아 보이는군. 1~2주 안에 내 가족이 이곳으로 올 예정이네. 그러니 결정을 내리기 전에 내 아내와 충분히 상의해 보았으면 해. 그때까지는 검시관 셴 박사 집에서 머물도록 하게. 그 부인이 친절하고 호의적이라는 말을 들은 기억이 나는군. 그 딸 또한 좋은 친구가 되어 줄 것이고. 수형리, 차오 소저를 그리로 안내하게."

차오 소저는 깊숙이 허리를 숙여 인사한 후 홍 수형리를 따라 나섰다. 이윽고 마중과 차오타이가 들어왔다. 디 공이 차오타이에게 말했다.

"자네도 차오 박사의 탄원을 들었지? 그 아이가 참 안됐군. 괜찮은 젊은이 같았는데. 자네 둘 다에게 오늘 하루 휴가를 내 줄 터이니 수비대에서 두어 명을 뽑아 그 호랑이를 사냥하러 가면 어떻겠나? 마중, 자네는 여기 머물러도 좋네. 이미 포카이 수색대 구성에 대해 필요한 지시를 포두에게 다 내려 놓았으니 좀 쉬면서 팔에 난 상처나 치료하라고. 오늘 밤에는 우리 모두 백운사 의식에 참석해야 할 걸세. 그 전까지는 자네들한테 도움 청할 일이 없을 거야."

차오타이가 신이 나서 그러겠다고 대답했다. 하지만 마중은 차오타이에게 퉁명스러운 목소리로 말했다.

"이봐! 나 없이는 아무데도 못 가! 내가 호랑이 꼬리를 붙잡아 주지 않으면 넌 절대 그놈을 때려눕힐 수 없을 테니까!"

두 사람은 한바탕 웃고는 자리를 떴다.

디 공이 죽어가는 남자를 방문하다

문서가 잔뜩 쌓인 책상에 홀로 남은 디 공은 두툼한 토지세 장부를 펼쳤다. 새로 밝혀진 사실들을 검토하기 전에 기분을 전환시킬 필요가 있을 것 같아서였다.

하지만 몇 장 읽기도 전에 누군가 문을 두드렸다. 포두가 겁에 질린 표정으로 들어와 흥분한 목소리로 보고했다.

"수령님, 탕 서기관이 독약을 먹고 지금 죽어가고 있습니다! 수령님을 뵙고 싶답니다!"

자리에서 벌떡 일어난 디 공은 포두와 함께 문으로 내달렸다. 길을 가로질러 건너편 여관으로 가면서 디 공이 물었다.

"해독제는 없는가?"

포두가 숨을 헐떡이며 대답했다.

"독이 몸에 퍼질 때까지 기다린 걸 보면 무슨 독을 삼켰는지 말할 것 같지 않습니다!"

위층 복도로 올라가니 한 노파가 디 공 앞에 무릎을 꿇으며 남편을 용서해 달라고 간청했다. 노파는 디 공이 부드럽게 몇 마디를 건네며 달래고 나서야 널찍한 방으로 안내했다.

탕이 눈을 감은 채 침상에 누워 있었다. 그의 아내가 침상 가장자리에 앉으며 조용히 말을 건네자 탕이 눈을 떴다. 디 공을 보더니 안도의 한숨을 내쉬며 아내에게 말했다.

"잠시 물러가 있게."

노파가 자리에서 일어났다. 디 공이 그 자리에 가 앉았다. 의혹에 찬 시선으로 디 공을 바라보던 탕이 힘없는 목소리로 말했다.

"이 독은 서서히 몸을 마비시킵니다. 이미 다리에 감각이 없어졌어요. 하지만 정신은 또렷합니다. 수령님께 제가 저지른 죄를 고백하고 싶었습니다. 그런 다음 여쭤 볼 말이 있어요."

디 공이 황급히 물었다.

"전임 수령의 피살 사건에 대해 내게 전하지 않은 사실이라도 있는 겐가?"

탕은 느릿느릿 고개를 저었다. 그리고 말했다.

"아는 건 모두 말씀드렸습니다. 제가 지은 죄가 너무 근심스러워 다른 사람들 죄는 걱정할 겨를이 없습니다만, 그 피살 사건, 그리고 망령 때문에 저는 너무나 무섭고 당황스럽습니다. 이럴 때 저는…… 다른 일에 대해서는 생각할 수가 없습니다. 그 와중에 판이 살해당했습니다. 제가…… 진심으로 아꼈던 유일한 사람인데………."

디 공이 말을 막았다.

"자네와 판의 관계에 대해서라면 이미 알고 있네. 우리는 그저 자연이 이끄는 대로 할 수밖에 없는 존재이지 않은가. 다 큰 두 성인이 서로를 알아본다면, 그건 그 둘의 일이야. 그 일에 대해서는 염려 말게."

탕이 고개를 저으며 말했다.

"그 문제 때문에 이러는 것이 절대 아닙니다. 그저 지금 얼마나 불안하고 걱정되는지를 알려드리려고 언급한 것입니다. 제가 스스로 약하다 느껴질 때 제 안에 있는 또 다른 제가 너무나 강해집니다. 특히 밝은 달이 뜬 날에요."

탕이 힘겹게 숨을 토해냈다. 깊이 한숨을 내쉬고는 말을 이었다.

"그 오랜 세월을 지내면서, 저는 그놈을 아주 잘 알게 되었습니다. 그놈뿐만 아니라 그놈의 역겨운 짓거리까지도 말입니다! 게다가 한번은 제 할아버지의 일기장을 발견했는데, 할아버지께서도 그놈과 싸워야 했다는 사실을 알게 되었습니다. 다행히 아버지는 그놈의 손아귀에서 벗어날 수 있었지만, 할아버지는 스스로 목을 매 자살하고 마셨지요. 더 이상은 견딜 수 없는 지경에 이르렀던 것입니다. 제가 지금 독을 마신 것처럼 말이지요. 하지만 이제, 이제 그놈은 갈 곳이 없을 겁니다. 왜냐하면, 저에게는 자식이 없으니까요. 제가 죽으면 같이 죽는 수밖에 없는 겁니다!"

탕이 쓴웃음을 짓자 야윈 얼굴이 일그러졌다. 디 공은 탕을 연민 어린 표정으로 바라보았다. 정신이 이상해진 것이 분명했다.

탕은 잠시 앞을 응시했다. 그러더니 갑자기 깜짝 놀란 표정으로 디 공을 바라보았다. 그리고 긴장한 목소리로 말했다.

"독 기운이 점점 심해지고 있습니다! 서둘러야겠어요! 매번 어떤 식으로 일이 벌어지는지를 알려드리겠습니다. 가슴이 답답한 느낌에 한밤중에 눈을 뜨게 됩니다. 그러면 자리에서 일어나 방안을 어슬렁거리기 시작하지요. 이리저리, 왔다갔다……. 하지만 곧 방이 너무 좁게 느껴집니다. 신선한 공기가 마시고 싶어지고요. 그러면 나가야 합니다. 저 거리로 말입니다. 하지만 거리도 좁습니다. 늘어선 집들에다 높은 담장들이 온통 몰려들어 나를 짓누르려고……. 전 두려움에 거의 정신을 못 차릴 지경이 됩니다. 숨이 막혀 헐떡거리다가 막 질식해 버릴 것 같은 순간이 오면, 그 순간 그놈이 저를 차지해 버립니다."

탕이 괴로운 듯 한숨을 길게 내쉬었다. 그러자 조금은 편안해진 것 같아 보였다.

"성벽을 기어오른 다음 반대편으로 뛰어내립니다. 간밤에도 그랬지요. 성 밖으로 나가면 혈관에 새 피가 들어차 힘차게 펄떡이는 느낌이 듭니다. 강해진 기분이 들고, 신이 나지요. 신선한 공기가 폐를 가득 채우고, 세상에 저를 막을 자는 아무도 없는 것 같고 말입니다. 새로운 세계가 열리는 겁니다. 새로운 종류의 풀 냄새가 코를 자극합니다. 습기를 머금은 대지에 코만 대 봐도 언제 토끼가 지나갔는지를 알 수 있고, 눈을 크게 뜨면 캄캄한 어둠 속에서도 볼 수 있습니다. 대기의 냄새만으로도 저 숲 너머에 물웅덩이가 있다는 것도 알 수 있지요. 그러고 나면 또 다른 냄새가 코를 자극합니다. 저를 땅바닥에 웅크리게 만들고 온 신경을 팽팽하게 긴장시키는, 따뜻하고 붉은 피의 냄새가……."

섬뜩한 기운을 느끼며, 디 공은 탕의 얼굴에 나타나는 변화를 바라보았다. 갑자기 더 넓어진 것 같은 광대뼈 너머로 좁은 동공의 녹색 눈동자가 디 공을 노려보고 있었다. 누렇고 날카로운 이빨이 다 드러나 보이는 잔뜩 일그러진 입에서는 으르렁 거리는 소리가 새어 나왔다. 잿빛 콧수염은 짐승의 털처럼 있는 대로 곤두섰다. 공포에 질려 옴짝달싹 못하는 디 공의 눈에 탕의 귀가 움직이는 것이 보였다. 짐승의 발처럼 생긴 손이 이불 밑으로 삐져나왔다.

갑자기 짐승의 발톱처럼 변한 손가락이 힘이 들어가는가 싶더니, 두 팔이 툭하고 떨어졌다. 얼굴은 마치 죽은 이의 얼굴을 본으로 떠 놓은 것처럼 축 늘어졌다. 그가 기어들어가는 목소리로 말했다.

"다시 눈을 떠 보면 침상에 누워 있지요. 땀에 흠뻑 젖은 채로 말입니다. 자리에서 일어나 촛불을 켜고는 허둥지둥 거울부터 들여다봅니다. 얼굴에 피가 묻어 있지 않을 때는 안도감이, 뭐라 표현할 수 없는 안도감이 찾아오지요!"

탕은 잠시 말을 멈추었다가 격앙된 목소리로 말을 계속했다.

"이제야 말씀 드리지만, 그놈은 제가 약해져 있을 때를 이용해서 어쩔 수 없이 그 비열한 범죄에 가담하게 만듭니다! 간밤에 차오민을 공격할 때도 저는 모든 것을 인지하고 있었습니다. 정말 그 아이를 덮치고 싶지 않았습니다. 다치게 하고 싶지 않았단 말입니다! 하지만…… 어쩔 수 없었습니다. 맹세합니다, 정말 어쩔 수 없었어요!"

탕의 목소리가 점점 커지더니 비명에 가까워졌다.

디 공은 달래 주려는 듯 탕의 이마에 재빨리 손을 얹었다. 이마는 식은땀으로 범벅이 되어 있었다.

탕의 비명 소리가 점차 잦아들더니 목구멍에서 가르랑거리는 소리만 들려왔다. 탕은 공포에 질린 채 디 공을 응시하며 입술을 움직여 보려고 애썼다. 하지만 알아듣기 힘든 소리만 나올 뿐이었다. 어떻게든 들어보려고 디 공이 몸을 굽히자, 탕이 있는 힘을 다해 내뱉었다.

"말씀……해 주십시오…… 저는…… 유죄입니까?"

갑자기 희뿌연 막 같은 것이 눈동자를 덮었다. 입이 맥없이 벌어졌다. 얼굴에서 힘이 빠졌다.

디 공이 일어나 이불로 탕의 얼굴을 덮었다. 죽은 자의 질문은 이제 최고 재판관이 답해 줄 차례였다.

디 공이 국수를 먹으러 식당에 가고, 오래전 한 판관이 내린 판결을 칭송한다.

디 공은 관아 현관 앞에서 홍 수형리와 마주쳤다. 홍은 탕의 소식을 듣고 그의 안부를 묻기 위해 여관으로 가던 길이었다. 디 공은 탕이 판에게 일어난 일 때문에 낙담한 나머지 스스로 목숨을 끊었다고 전했다.

"가혹한 운명이 탕을 그렇게 만든 셈이지."

디 공은 이렇게만 말하고 그 이상은 언급하지 않았다.

디 공은 개인 집무실로 돌아와 홍 수형리에게 지시를 내렸다.

"탕과 판이 사고를 당하는 바람에 서기관들 중 가장 높은 서열에 있던 두 사람을 모두 잃은 셈이군. 세 번째 서열에 있는 서기를 불러 탕이 담당했던 기록들을 가져오라 이르게."

디 공은 오전 내내 그 서기관과 수형리를 데리고 기록들을 살펴보았다. 탕은 혼인과 출생, 사망, 그리고 관아의 재무 상황에 대한 기록을 꼼꼼하게 관리해 오고 있었다. 이틀이라는 공백만으로도 벌써 문서 정리가 지체되고 있었다. 세 번째 서열이라는 서기의 인상이 마음에 든 디 공은 그를 임시로 탕의 자리에 임명했다. 일을 만족스럽게 처리하면 그대로 승진시키고, 다른 서기들의 서열도 차례로 조정할 생각이었다.

일을 마친 후, 디 공은 안마당 구석에 있는 커다란 참나무 아래에서 점심을 들었다. 차를 마시고 있는데, 포두가 오더니 포카이의 행방에 대한 단서를 아직 못 찾았다고 보고했다. 포카이는 마치 공기 중으로 사라져 버리기라도 한 것 같았다.

홍은 서기들을 감독하고 방문객을 면담하기 위해 동헌으로 가고, 디 공은 개인 집무실로 돌아왔다. 디 공은 대나무 발을 드리우고 허리띠를 느슨하게 풀고는 긴 의자에 누웠다.

지난 이틀간의 긴장으로 쌓인 피로가 한꺼번에 몰려오는 기분이었다. 디 공은 눈을 감은 채 마음을 누그러뜨리고 생각을 정리해 보려고 애썼다. 쿠 부인과 판충의 행방불명은 이제 해결이 되었으나, 전임 수령 피살 사건은 초기 단계에 머문 채 진전이 없다는 생각이 머릿속을 맴돌았다.

용의자가 없는 것은 아니었다. 포카이, 이펜, 차오 박사, 그리고 아직 얼마나 되는지는 모르지만 후이펜을 위시한 백운사의 중들이 모두 의혹의 대상이었다. 후이펜은 디 공 자신에 대한 살인미수가 실패한 직후 너무 빨리 등장했다는 점이 걸렸다. 이펜 역시 범행과 관련되어 있음이 분명했다. 하지만 이펜이나 후이펜, 차오 박사 모두 주모자감은 아니었다. 이 모든 사건의 배후에 있는 사악한 천재는 의심할 여지없이 포카이였다. 유능하고, 놀라울 정도로 침착한 데다, 연기까지 뛰어났다. 전임 수령이 살해된 직후 펑라이에 왔다니, 사전 작업은 이펜과 김상에게 위임해 처리한 후 나중에 들어와 장악했을 가능성도 있었다. 하지만 장악하다니 대체 무엇을? 디 공은 이제 자신이 홍과 함께 내린 결론을 재고해야 한다는 사실을 받아들일 수밖에 없었다. 자신과 두 부하를 겨냥한 살인 미수 사건을 볼 때, 범인들은 디 공이 뭔가를 많이 알고 있다고 여기고 있음이 분명하다는 결론 말이다. 노련한 비밀 요원 여럿을 활용했던 중앙 조사관조차도 진실을 밝히는 데 실패했다. 그리고 범인들은 이제 자신이 조사를 통해 알아낸 단서라고는 중들의 지팡이가 금을 고구려로 밀반출하는 데 쓰인다는 게 전부임을 알고 있었다. 금은 그런 가느다란 막대의 형태로 지팡이 속에 숨겨진 채 반출되고 있는 것이 분명했다. 하지만 정말 중들이 그렇게 금으로 속을 채운 지팡이를 들고 다닌다고 가정하면, 이들은 상당한 위험 부담을 떠안고 있는 셈이었다. 모든 길에는 곳곳에 일정한 간격으로 초소가 자리 잡고 있고, 일반 행인은 밀수에 대비해 모든 소지품을 검사받아야 했다. 금은 반드시 신고해야 하는 물품인데다가, 이동거리 전체에 따라 통행세까지 매겨진다. 이 통행세나 펑라이에서 부과하는 수출세를 회피함으로써 얻는 이익이란 그리 많지 않을 터였다. 그렇다면 이 황금 밀반출은 그저 위장 수단인 게 아닐까? 범인들이 뭔가 더 중요한 일을 진행하기 위해 자신의 관심을 돌리려고 교묘한 음모를 꾸미고 있을 것만 같은 생각에 디 공은 마음이 불편해졌다. 제국의 관리를 살해까지 하고, 그것으로도 모자라 또 한 번의 범행을 시도하려 한 것을 보면 무척이나 중요한 일임에 틀림없었다. 또한 이 거사의 실행이 코앞에 다가와 있는 것이 분명했다. 시간에 쫓기다 보니, 그렇게 앞뒤도 가리지 않고 살인을 시도한 게 아니겠는가! 그런데 정작 수령인 자신은 일이 어떻게 되어 가는지 감도 잡지 못한 반면, 포카이란 놈은 마중과 차오타이에게 친한 척 접근해서는 관아 내부의 수사 진행 상황을 모두 꿰고 있었다. 게다가 이제는 그 미꾸라지 같은 놈이 아예 보이지 않는 곳에 숨은 채 일을 지휘하고 있다니!

 디 공은 한숨을 내쉬었다. 경험이 많은 수령이라면 이럴 때 어떻게 할지 궁금했다. 차오 박사와 이펜을 체포해 인정사정 없이 심문할까? 하지만 그런 극단적인 조치를 취하기에는 증거가 부족하다는 생각이 들었다. 덤불숲에서 지팡이를 주워 가졌다는 이유로, 또 자기 딸의 실종에 별 다른 관심을 보이지 않았다는 이유로 사람을 잡아다 가둘 수는 없는 노릇 아니겠는가. 이펜에 대해서는 제대로 처리했다고 생각했다. 무기 밀수에 대한 거짓 정보를 흘린 것만으로도 가택 연금의 충분한 이유가 되었다. 오히려 죄에 비해 가벼운 처벌이었다. 게다가 이 조치 이후 포카이는 김상에 뒤이어 또 한 사람의 심복을 빼앗긴 처지가 되었다. 디 공은 이번 조치로 포카이의 계획을 막는 동시에 수사할 시간을 조금이라도 더 벌게 되기를 바랐다.

 그러다 문득, 일이 너무 급박하게 돌아가는 바람에 미처 강 하구 요새의 사령관에게 인사를 가지 못했다는 사실이 떠올랐다. 아니, 사령관이 먼저 수령에게 인사를 와야 옳지 않은가? 하지만 중앙 관리와 군 관리의 관계는 언제나 조금 미묘했다. 둘의 직급이 같을 경우에는 대개 중앙 관리가 우위를 차지하지만 요새 사령관이라면 적어도 군사 1000명은 거느리고 있을 터, 그 정도면 오만방자하고도 남을 만했다. 하지만 이런 기 싸움보다 황금 밀반출에 대한 사령관의 생각을 확인하는 일이 급선무였다. 사령관은 고구려에 관한 일이라면 도통해 있을 가능성이 높았다. 그렇다면 범인이 왜 세금을 제하면 금값에 별 차이도 없는 고구려로 금을 밀반출하려는지 설명해 줄 수 있을지도 몰랐다. 펑라이의 관례에 대해 탕에게 미리 이야기를 들어 두지 않은 게 유감스러웠다. 탕이라면 형식에 대해서만큼은 누구보다 까다로운 사람이었으니 이럴 때 어떻게 해야 할지 알고 있었을 것이다. 디 공은 이런저런 생각을 하다 그만 깜빡 잠이 들었다.

시간이 얼마나 지났을까. 디 공은 밖에서 들려오는 소란스러운 소리에 잠을 깼다. 공은 황급히 일어나 옷을 여몄다. 이미 날이 어둑어둑해진 것을 보니 생각보다 오래 잔 것 같아 기분이 언짢아졌다.

밖으로 나가보니 안마당 입구에 서기관들, 포졸들, 경비병들이 몰려와 있었다. 훌쩍 키가 큰 마중과 차오타이가 사람들 머리 위로 눈에 들어왔다.

부하들이 공손히 길을 열어 주는 대로 가 보니, 농부 네 사람이 대나무 장대에 축 늘어져 매달린 커다란 호랑이 한 마리를 땅바닥에 내려놓고 있었다. 어림잡아도 3미터는 넘어 보였다.

마중이 디 공에게 큰 소리로 외쳤다.

"차오타이가 잡았습니다! 농부들이 산기슭 수풀 속 놈이 다니는 길로 우리를 안내해 주었고요. 양 한 마리를 미끼로 놓고 바람을 안은 채 덤불 속에 숨어 기다리고 있자니 오후쯤 드디어 놈이 나타났습니다. 그런데 놈은 양한테 다가가기는 해도 공격을 않고 이리저리 살피기만 하더군요. 뭔가 위험이 닥칠지도 모른다는 걸 눈치 챈 것 같았어요. 그렇게 반 시간 이상을 풀밭에 웅크리고 앉아만 있지 뭡니까. 양은 계속 울어 대고, 얼마나 기다렸는지 지루하다 못해 진저리가 쳐질 정도였습니다! 결국 차오타이가 석궁에 화살을 메워 들고 조금씩 놈에게 기어가기 시작했습니다! 그러다 놈이 눈치라도 챈다면 바로 차오의 머리를 덮칠 것만 같아서 저는 차오타이를 엄호하려고 작살을 준비해서 경비병 둘과 함께 그 뒤로 기어갔습니다. 그런데 갑자기 놈이 뛰어오르는 겁니다! 얼마나 빠른지 눈에는 보이지도 않고 공기 중으로 그냥 휙 하고 지나가더군요. 그런데 차오타이가 놈을 잡은 겁니다. 바로 오른쪽 옆구리를 정통으로 맞혔지요. 세상에! 화살이 얼마나 깊게 박혔던지 끝만 겨우 보였다니까요!"

차오타이가 만면에 미소를 지었다. 그러고는 히얀 털로 뒤덮인 커다란 오른쪽 앞발을 가리키며 말했다.

"이놈이 지난번 운하 맞은편 둑에서 본 그놈이 틀림없습니다. 그때는 제가 성급하게 결론을 내렸던 것 같습니다! 도무지 짐승이 올 수 있을만한 데가 아니라는 생각에 그만."

디 공이 대꾸했다.

"자연적인 것만 신경 쓰기에도 바쁘니, 초자연적인 현상에 대해서는 신경 쓰지 마세나! 사냥에 성공한 걸 축하하네!"

마중이 말했다.

"가죽을 벗길 참입니다. 고기는 농부들에게 나눠 주고요. 아이들을 튼튼하게 키울 수 있을 겁니다. 호피가 완성되면 수령님께

바치겠습니다. 서재에 있는 팔걸이의자에 깔고 앉으실 수 있게 말입니다. 약소하지만 조그마한 성의 표시로 받아주십시오."

디 공은 고맙다고 인사한 후 홍 수형리를 데리고 정문으로 갔다. 사람들이 신이 나서 몰려들어 오고 있었다. 모두들 호랑이와 그 사냥꾼을 보고 싶어 안달이었다.

디 공이 홍 수형리에게 말했다.

"잠을 너무 많이 잤군. 벌써 저녁 먹을 시간이야. 저 두 용감한 친구들이 포카이를 처음 만났다고 했던 그 식당으로 가세. 기분 전환도 할 겸 포카이에 대해 뭐라고들 하는지도 들어 보자고. 좀 걸으세. 신선한 밤공기를 맡으면 복잡한 머릿속도 조금은 맑아질 것 같아!"

두 사람은 느긋한 걸음걸이로 번잡한 거리를 지났다. 남쪽으로 조금 걸으니 금방 식당이 눈에 띄었다. 2층에서 주인이 헐레벌떡 뛰어 내려와 만면에 미소를 띠고 이들을 반겼다. 주인은 저명인사가 자신의 식당을 찾았다는 것을 다른 손님들에게 충분히 내보일 수 있을 만큼 오랫동안 잡아둔 후에야 호화로운 귀빈실로 공손히 안내했다. 그러고는 누추한 식당을 찾아 주셔서 황송하다며 어떤 요리를 대접할지 물었다.

"전채 요리로는 메추리알, 속을 채워 넣은 새우, 구워서 얇게 저민 돼지고기, 소금에 절인 생선, 훈제 돼지고기, 차게 해서 잘게 찢은 닭고기가 있사옵고, 다음으로는……."

디 공이 주인의 말을 잘랐다.

"국수 두 사발하고 소금에 절인 야채 한 접시, 그리고 큰 주전자에 뜨거운 차나 가득 담아다 주시게. 그거면 되네."

"그래도 최소한 수령님께 장미이슬주(酒) 한 잔 정도는 대접할 수 있게 허락해 주셔야죠! 그냥 식욕 돋우는 정도로 말입죠!"

맥이 빠진 식당 주인이 애원조로 말했다.

"내 식욕은 아주 훌륭하니 그럴 필요 없네, 고맙네."

디 공이 말했다. 주인이 소박한 주문서를 종업원에게 전했다. 디 공이 말을 이었다.

"포카이가 이 식당에 자주 오나?"

주인이 큰 소리로 말했다.

"하아! 그놈이 사악한 범죄자라는 건 소인이 한눈에 알아봤습죠! 식당에 들어설 때마다 뭔가 수상쩍은 태도를 보이더란 말씀입니다. 소매 속으로 손을 넣을 때도 꼭 당장 단검이라도 빼들 것 같았고요. 오늘 아침 체포령이 나붙었다는 소식을 듣고 제가 뭐랬게요? 진즉 수령님께 보고했으면 좋았을 거라고 했다니까요."

"그것 참 유감이군."

디 공이 냉담하게 말을 받았다. 증인도 증인 나름이라, 심문해 봐야 괴롭기만 한 사람도 있는데 이 식당 주인이 딱 그런 부류였다. 관찰력은 없는데 상상력만 풍부한 사람 말이다. 디 공이 말했다.

"급사장을 불러 주게."

급사장이 왔다. 영리해 보이는 친구였다. 그가 입을 열었다.

"소인은 포카이 씨가 범죄자일거라는 생각은 한 번도 해 본 적이 없습니다요. 이런 일을 하다 보면, 손님이 어떤 사람인지 그냥 보기만 해도 알거든요. 학식이 높은 신사분인 것 같았고, 아무리 술을 많이 마셔도 절대 흐트러진 모습을 보이지 않았습죠. 종업원들에게도 늘 친절했고요. 그렇지만 허물없이 대하는 건 절대 용납하지 않았습니다요. 한번은 공자 사당 근처 고전학파 서원의 원장께서 하시는 말씀을 어쩌다 들은 적이 있는데, 그분이 쓴 시도 아주 훌륭하다고 그러시더군요."

디 공이 물었다.

"여기서 다른 사람들과 함께 먹고 마시는 일이 잦았는가?"

"아니요, 그렇지 않습니다요. 열흘쯤에 한 번씩 오시곤 했는데, 혼자일 때도 있고, 친구인 김상 씨와 함께 올 때도 있었고요. 두 분 다 농담을 즐겨 나누셨습니다요. 둥글게 휜 눈썹 때문에 포카이 씨 얼굴 표정은 정말 우스워보였지만, 이상하게도 눈은 전혀 우스워 보이지 않았습니다요. 굳이 말하자면 눈썹하고 완전히 동떨어져 있는 느낌이랄까…… 혹시 자신을 위장하고 있는 것은 아닐까 의심해 본 적도 있습니다요. 하지만 웃을 때 다시 보면 제가 잘못 본 것 같기도 했고요."

디 공은 급사장에게 고맙다고 말한 후 서둘러 국수를 먹어치웠다. 식당 주인의 완강한 저지에도 굳이 음식 값을 지불하고 종업원들에게도 팁을 후하게 돌린 후 길을 나섰다.

길을 걷던 디 공이 홍 수형리에게 말했다.

"그 급사장이라는 친구는 관찰력이 보통이 아니더군. 포카이가 실제로 위장하고 있는 것일지도 모른다는 생각 때문에 겁이 나네. 놈이 차오 소저와 만났을 때의 얘기를 떠올려 보게. 그때는 위장할 필요가 없었으니, '어딘지 모르게 권위 있어 보이는' 인상을 내보인 걸세. 우리가 맞서야 할 놈은 그놈이 분명해. 다 이놈이 뒤에서 조종하는 거라고! 이제 체포는 물 건너갔군. 이놈은 아예 숨을 필요도 없잖나. 위장만 하면 아무도 알아보지 못 할 테니. 한 번이라도 못 만나본 것이 한탄스럽군!"

디 공의 마지막 말을 홍은 거의 듣는 둥 마는 둥 했다. 오로지 도시의 수호신을 모신 사당 쪽에서 들려오는 바라와 피리 소리에만 정신이 팔려 있었다.

"수령님, 유랑 극단이 왔나 봅니다!"

홍이 흥에 겨워하며 말했다. 그리고 기대에 부푼 말투로 몇 마디 덧붙였다.

"백운사에서 의식이 있을 거라는 소문을 들은 게 틀림없어요. 오늘 밤 군중한테서 돈 좀 뜯어낼 요량으로 무대를 준비해 두었을 것 같은데, 어디 구경 좀 해 보시겠습니까?"

디 공은 수형리가 열렬한 연극 애호가임을 알고 있었다. 연극 구경은 수형리의 유일한 낙이었다. 디 공은 미소를 지으며 고개를 끄덕였다.

절 앞 공터는 이미 사람들로 가득했다. 저 너머로 대나무와 거적으로 만든 무대가 보였다. 무대 위를 오가는 번쩍이는 옷차림의 배우들 머리 위로 붉은 색과 녹색 깃발들이 펄럭이고 있었고, 수많은 등불이 현란하게 무대를 밝히고 있었다.

두 사람은 구경꾼들을 밀어제치고 나무 의자가 놓인 유료 관람석까지 갔다. 짙은 화장에 야한 옷을 차려입은 젊은 여자가 와서 돈을 받은 후 뒷줄의 빈자리로 안내해 주었다. 그러나 아무도 이들에게 눈길을 주지 않았다. 주의가 온통 무대로 쏠려 있었기 때문이었다.

디 공은 별 생각 없이 네 명의 배우들을 바라보았다. 연극에 대해서는 거의 아는 것이 없었지만, 녹색 문직 의상을 입고 흰 수염을 치렁치렁 늘어뜨린 채 무대 중앙에 서서 손짓을 하고 있는 노인이 가장 나이 많은 어른임은 짐작할 수 있었다. 그 앞에 선 두 남자와 그 둘 사이에 무릎을 꿇은 여자는 도무지 정체를 알 수 없었다.

음악이 멈추자 노인이 높은 음조의 노래를 늘어지듯 부르기 시작했다. 디 공은 그 기묘하고 길게 이어지는 발성법이 낯설어 도무지 무슨 말인지 이해할 수가 없었다. 그래서 홍에게 물었다.

"대체 뭐라는 거지?"

수형리가 곧바로 대답했다.

"저 노인이 집안의 어른입니다. 극이 거의 끝나가고 있군요. 왼쪽에 있는 저 남자는 무릎 꿇은 여인의 남편인데, 아내를 고소했나 봅니다. 지금 저 노인이 그 고소 내용을 요약하고 있습니다. 또 한 남자는 원고, 즉 저 남편의 동생인데, 남자의 높은 인격을 증언하기 위해 나와 있는 것입니다."

수형리는 잠시 멈추고 귀 기울여 듣더니, 다시 들뜬 어조로 말을 이었다.

"남편이 2년간 멀리 여행을 떠나 있었는데, 집으로 돌아와 보니 아내가 임신을 했답니다. 그래서 저 노인에게 해결을 부탁한 거고요. 부정을 저지른 아내와의 이혼을 허락해 달라는 거지요."

"조용히 못해!"

디 공 앞자리에 앉아있던 한 뚱뚱한 사내가 뒤를 돌아보며 한 마디 했다.

갑자기 악단이 아쟁과 바라를 격렬하게 연주하기 시작했다. 여자가 우아하게 자리에서 일어나 열정적인 노래를 불렀다. 하지만 디 공은 그 내용을 하나도 알아들을 수가 없었다. 홍 수형리가 작은 목소리로 귀엣말을 했다.

"여덟 달 전에 남편이 집으로 돌아와 하룻밤을 묵고는 동이 트기 전 다시 떠났다는 내용입니다."

무대 위는 아수라장으로 변했다. 네 배우들이 동시에 떠들어 대고 있었다. 노인은 크게 원을 그리며 걷고 있었는데, 고개를 저을 때마다 수염이 휘날렸다. 남편 역의 사내는 관중석을 향해 팔을 휘저으며 듣기 싫은 목소리로 다 거짓말이라고 노래했다. 사내의 오른손 검지는 새카맣게 칠해져 있어서 마치 잘려나간 것처럼 보였다. 사내의 동생은 소매 속으로 손을 넣고 팔짱을 낀 자세로 자리에 서서 형의 말이 옳다는 듯 고개를 끄덕였다. 동생은 형과 아주 비슷해 보이는 분장을 하고 있었다.

갑자기 음악이 멈추었다. 형이 동생에게 무어라 고함을 쳤다. 동생은 몹시 놀란 듯 빙글빙글 돌기도 하고, 발로 무대 위를 굴러 쿵쿵 소리를 내기도 하고, 눈알을 이리저리 굴리기도 했다. 다시 노인이 고함을 치자, 소매 속에서 오른손을 꺼냈다. 이 사내 역시 검지가 없었다.

갑자기 악단이 열광적인 가락을 연주하기 시작했다. 그러나 우레 같은 관객들의 환호성에 거의 묻혀 버렸다. 홍 수형리도 목청껏 소리를 지르며 그 천둥 같은 환호에 일조했다.

"대체 무슨 뜻인가?"

환호 소리가 좀 잦아들자 디 공이 궁금증을 이기지 못하고 물었다.

수형리가 재빨리 대답했다.

"그날 밤 저 여인을 찾은 남자는 남편이 아니라 그 쌍둥이 남동생이었습니다! 손가락까지 똑같이 잘랐으니 여자는 정말 자기 남편인 줄로만 알았던 거지요! 그래서 작품 제목이 '어느 봄날 밤의 손가락 하나'랍니다!"

"정말 흥미진진한 이야기로군! 이제 그만 돌아가는 게 좋겠네."

디 공이 자리에서 일어날 채비를 하며 말했다. 그때 앞자리 사내가 귤을 까서는 껍질을 무심코 뒤로 획 내던졌다. 껍질이 디 공의 무릎 위로 떨어졌다.

무대 담당 조수가 검은색 글자 다섯 개가 큼지막하게 적힌 붉은색 천을 펼쳤다. 홍 수형리가 열띤 어조로 외쳤다.

"보십시오, 수령님! 다음 작품은 '판관 위 공(公)이 기적처럼 해결한 세 가지 미궁 사건'이랍니다!"

"흠, '판관 위 공'이라…… 700년 전 위대한 한(漢) 왕조 때 살았던 뛰어난 수사관을 말하는 건가 보군. 어떻게 얘기를 풀어내는지 한번 보세."

홍 수형리가 안도의 한숨을 내쉬며 다시 앉았다.

딱딱 끊어지는 경쾌한 박(拍) 소리가 시작되자, 무대 담당 조수들이 큼지막한 붉은색 탁자를 무대 위로 가져왔다. 얼굴이 거무스름하고 수염을 길게 기른 거구의 사내 하나가 무대로 성큼성큼 걸어 나왔다. 붉은 용이 수놓인 검정 관복에, 머리에는 반짝이는 고리 모양의 장식이 달린 높은 검정색 관모를 쓰고 있었다. 사내는 과장된 몸짓으로 붉은 탁자 뒤에 자리를 잡고 앉았다. 관객들이 열광하며 환호성을 질러댔다.

사내 둘이 등장해 판관석 앞에 무릎을 꿇었다. 그러더니 귀청을 찢을 듯 높은 가성으로 이중창을 부르기 시작했다. 위 공 역의 사내는 손가락으로 수염을 빗질하며 귀를 기울였다. 그러다가 손을 들어올렸다. 하지만 디 공은 그가 어디를 가리키는지 볼 수가 없었다. 마침 튀김 빵을 파는 지저분한 소년 하나가 앞 의자를 기어 넘어오려다 사내와 실랑이가 벌어졌기 때문이다. 하지만 지금은 극에 귀가 익숙해져 있어서 앞에서 벌이는 그 소란 통에도 노래의 뜻을 이해할 수 있었다.

꼬마 빵장수가 슬그머니 사라진 다음에야 디 공이 홍 수형리에게 물었다.

"저 두 사내들도 형제 간이 아닌가? 늙은 아비를 죽였다고 하나가 다른 하나를 고발하는 것 같군."

수형리가 고개를 크게 끄덕였다. 무대 위에서는 조금 더 나이 들어 보이는 사내가 자리에서 일어나 판관석에 뭔가 작은 물건 하나를 가져다 놓는 시늉을 했다. 위 공 역의 사내는 심각한 표정으로 그것을 엄지와 검지로 집어 들어 유심히 들여다보는 척 했다.

"저게 뭔가?"

디 공이 물었다.

"귓구멍은 장식으로 달고 다니나? 편도(扁桃, 아몬드)라잖아!"

앞자리의 뚱보 사내가 뒤를 향해 거칠게 내뱉었다.

"그렇군."

디 공이 딱딱한 말투로 대답했다. 홍이 재빨리 설명했다.

"그 아비가 자기를 죽인 범인을 알리려고 남긴 단서가 바로 저겁니다! 지금 저 형이라는 자는 아비가 종이에 범인의 이름을 적어 저 편도 속에 숨겨둔 게 틀림없다고 말하고 있고요."

위 공이 신중한 자세로 종이를 펴는 시늉을 하는가 싶더니, 갑자기 어디선가 1미터가 훌쩍 넘는 기다란 종이를 꺼내 관객 쪽으로 펼쳐보였다. 글자 두 개가 큼지막하게 적혀 있었다. 관중들이 야유를 쏟아내기 시작했다.

"동생 이름이다!"

홍 수형리가 소리쳤다.

"입 닥쳐!"

뚱보 사내가 소리를 꽥 질렀다.

갑자기 징과 바라, 소고까지 합세해 격렬한 연주를 시작했다. 동생 역의 사내가 자리에서 일어나 귀에 거슬리는 피리 곡조에 맞춰 혐의를 부인하는 노래를 격정적으로 불렀다. 위 공은 화난 듯 눈알을 굴리며 두 형제를 번갈아 보았다. 갑자기 음악이 멈췄다. 쥐 죽은 듯 고요해지자, 위 공은 판관석 앞으로 몸을 기울여 두 사내의 멱살을 잡아당겼다. 그런 다음 처음에는 동생의 입을, 그 다음에는 형의 입을 냄새 맡았다. 형을 밀쳐 버리더니 주먹으로 탁자를 치며 우레 같은 목소리로 소리쳤다. 강렬한 음악이 다시 시작되고, 관중들이 환호성을 질렀다. 뚱보 사내가 일어나 목청껏 외쳤다.

"그렇지! 그렇지!"

"어떻게 된 건가?"

디 공이 물었다. 왠지 모르게 구미가 돋았다.

"판관 말로는, 형이란 자한테서 편도 음료 냄새가 난답니다! 아비는 큰 아들이 자신을 죽이리라는 것을 알았습니다. 무슨 단서를 남기든 다 없애 버리리라는 것도요. 그래서 편도 속에다 넣어 둔 겁니다. 저 편도가 진짜 단서라는 증거는 또 있지요. 큰 아들이 편도 음료를 무척 즐겨 마시거든요!"

홍 수형리가 대답했다. 염소수염이 흥분으로 가늘게 떨렸다.

"나쁘지 않군! 내가 생각한 건……."

디 공이 말을 채 마치기도 전에 또 다시 귀청이 터질 것 같은 연주가 시작되었다. 금빛으로 번쩍이는 옷차림의 두 사내는 이제 위 공 앞에 무릎을 꿇고 앉았다. 손에는 종이를 한 장씩 쥔 채 흔들어 대고 있었는데, 깨알 같은 글자가 적힌 종이에는 큼지막한 붉은색 직인이 찍혀 있었다. 디 공은 두 사람의 몸짓을 보고 그들이 귀족임을 짐작해 냈다. 제후가 큰 재산과 토지, 집, 하인, 귀중품을 그 종이에 적힌 대로 반반씩 나누어 주었는데, 분배가 공정하게 이루어지지 않았다며 서로 상대방이 더 많이 받았다고 주장하고 있었다.

위 공이 흰자를 드러내며 두 사람을 바라보았다. 화가 난 표정으로 고개를 젓자, 등불의 화려한 불빛 아래 관모에 달린 장식들이 반짝거렸다. 점점 낮아지는 음악 소리에 긴장감이 고조되었다. 디 공도 그 긴장된 분위기에 빠져들었다. 그때, 앞자리 남자가 더 참지 못하고 소리를 질렀다.

"뭐라고 쓰인 건지 읽어 봐!"

"입 닥쳐!"

디 공이 자신도 모르게 꽥 소리를 질렀다. 그래 놓고는 자기 목소리에 놀랐다.

요란한 징 소리를 배경으로, 위 군수가 자리에서 일어났다. 두 원고에게서 문서를 빼앗아 서로 바꾸어 돌려주었다. 그러고는 두 팔을 들어 판결이 끝났음을 알렸다. 두 귀족 사내는 얼빠진 표정으로 문서에서 눈을 떼지 못했다.

관중석에서 박수갈채가 쏟아져 나왔다. 앞자리 뚱보 사내가 뒤로 돌아앉으며 선심 쓰듯 말했다.

"이번에는 알아들었지? 말하자면, 저 두 사람이⋯⋯."

하지만 사내는 말을 잇지 못했다. 입을 벌린 채 디 공을 바라보았다. 누구인지 이제야 알아본 것이다.

"아주 잘 알아들었고말고. 정말 고맙네!"

디 공이 퉁명스럽게 말했다. 그러고는 귤껍질을 털어내며 자리에서 일어나 군중을 헤치고 나가기 시작했다. 홍 수형리는 그 뒤를 따르면서도 무대에서 눈길을 떼지 못했다. 무대에는 이제 아까 두 사람을 빈자리로 안내해 주었던 그 여자가 판관석 앞으로 나오고 있었다.

"이번에는 남자 행세를 하는 젊은 여자 사건이군요! 정말 흥미진진한 얘기지요!"

수형리가 말했다.

"수형리, 이제는 정말 가 봐야 할 시간이네."

디 공이 단호하게 말했다.

북적이는 거리를 지나가던 중, 디 공이 갑자기 입을 열었다.

"흥, 사람의 일이란 예상과는 다를 때가 많은 법! 이제야 하는 말이지만, 아직 공부 중일 때는 판관의 일이라는 게 그저 아까 그 무대 위의 판관이 하는 것과 크게 다르지 않을 거라고 상상했었네. 그저 판관석에 앉아서 있는 대로 위엄을 떨며 앞에 있는 사람들이 늘어놓는 길고 혼란스러운 이야기나 복잡한 거짓말, 아귀가 맞지 않는 주장들을 듣다가, 어느 순간 약점을 집어내서는 그럴듯한 판결을 내려서 당황한 범인을 꼼짝도 못하게 만드는 거라고 말일세! 정말 어리석은 생각이었지!"

두 사람은 한바탕 웃음을 터트리고는 관아를 향해 걸음을 재촉했다.

관아로 돌아온 디 공은 수형리를 데리고 곧장 개인 집무실로 갔다. 그리고 말했다.

"수형리, 차 한 잔 진하게 우려 주게! 자네 것도 준비하고. 백운사 의식 때 입을 예복은 차 마신 다음에 준비하도록 하세. 참석하려니 성가셔서 죽겠군. 여기서 자네랑 피살 사건에 관한 얘기나 나눴으면 좋겠는데, 어쩔 수 없지!"

수형리가 차를 내오자 디 공은 천천히 몇 모금을 음미한 후 다시 입을 열었다.

"수형리, 이제야 하는 말이네만, 자네가 왜 그렇게 악극에 열광하는지 이제야 이해가 가네. 앞으로는 자주 보러 가야겠어. 처음에는 다 혼란스러워만 보이다가도 일단 핵심이 잡히니 모든 게 갑자기 선명해지더군. 우리가 조사하고 있는 이 사건도 그랬으면 좋으련만!"

디 공이 생각에 잠긴 채 수염을 쓰다듬었다. 가죽 상자에서 예식용 관모를 조심스럽게 꺼내며, 홍이 말했다.

"아까 그 세 번째 극은 전에 본 적이 있습니다. 다른 사람으로 분장하는······."

디 공은 귀 기울여 듣고 있지 않은 듯 했다. 그러더니 갑자기 주먹으로 무릎을 치며 소리쳤다.

"수형리! 이제야 좀 알 것 같네! 맙소사, 더 일찍 깨달았더라면 좋았을 것을!"

디 공은 잠시 생각에 잠겼다가 다시 입을 열었다.

"지도를 가져 오게!"

수형리는 재빨리 커다란 지도를 가져와 책상 위에 펼쳤다. 디 공은 지도를 유심히 들여다보고는 고개를 끄덕였다. 그러고는 자리에서 벌떡 일어나 짙은 눈썹을 잔뜩 찌푸린 채 뒷짐을 지고는 방 안을 서성이기 시작했다. 홍 수형리가 잔뜩 긴장한 모습으로 디 공을 바라보았다. 디 공은 수십 번을 왔다 갔다 한 후에야 멈추어 서서 말했다.

"바로 그거야! 이제야 아귀가 맞는군! 수형리, 빨리 일에 착수해야겠어. 시간이 너무 촉박해!"

> 신심 깊은 주지가 성대한 의식을 거행하고,
> 회의적인 철학자가 결국 무릎을 꿇는다.

　동문 밖 홍예교에는 줄지어 걸린 큼지막한 등불들이 주위를 환히 밝히고 있었다. 칠흑 같은 물 위에는 온갖 색깔의 불빛들이 아른거렸다. 백운사로 이어지는 길가 양쪽에는 화려한 색등들이 곧게 늘어선 높다란 장대 위에 화환처럼 걸렸고, 절 경내 역시 횃불과 등불들로 휘황찬란했다.
　디 공은 가마를 타고 다리를 건너며 주위를 둘러보았으나 길에는 오가는 행인이 거의 없었다. 펑라이 사람들 대부분이 곧 거행될 의식을 지켜보기 위해 이미 절 구내에 몰려가 있었기 때문이었다. 디 공은 세 심복과 포졸 둘만 대동한 상태였다. 디 공 맞은편에는 홍 수령리가 앉았고, 마중과 차오타이가 말을 타고 그 뒤를 따랐다. 앞에서는 두 포졸이 '펑라이 관아'라고 적힌 등을 장대에 매달아 들고서 길을 안내했다.

디 공이 탄 가마가 절 누각의 널찍한 대리석 계단에 다다랐다. 징과 바라 연주에 맞춰 중들이 불경을 읊조리는 소리가 들려왔다. 경내로 들어서니 짙은 인도산 향내가 일행을 반겼다.

중앙 마당은 발 디딜 틈 없이 인파로 가득했다. 대법당 맞은편의 높은 축대 위에는 주지가 붉은 칠을 한 높다란 의자 위에 가부좌를 틀고 앉아 인파를 굽어보고 있었다. 그는 지위에 걸맞은 자주색 장삼에, 한쪽 어깨에는 문직으로 짠 금빛 가사를 두르고 있었다. 그 왼쪽의 낮은 좌석에는 조선업자 쿠멩핀과 고구려 유민 정착 구역 책임자, 그리고 행회장 두 사람이 앉아 있었다. 주지 오른쪽 높다란 귀빈석은 아직 비어 있었다. 그 옆에는 요새 사령관이 보낸 지휘관 한 사람이 번쩍거리는 갑옷에 큰 칼을 차고서 앉아 있었다. 그 옆에는 차오 박사와 또 다른 행회장 두 명이 자리했다.

축대 앞쪽에는 단상이 높게 마련되었고, 그 위에는 비단 천과 생화로 장식된 둥근 제단이 놓였다. 삼목 복제 미륵불상은 네 개의 금박 기둥으로 받쳐 놓은 진홍색 덮개 아래 모셔졌다.

제단 둘레에는 쉰 명가량의 중들이 자리 잡고 있었는데, 왼편의 중들은 악기 연주를, 오른편의 중들은 노래를 담당하고 있었다. 번쩍거리는 갑옷과 투구를 갖춘 창기병들이 단상 주위를 에워싸 방책을 만들었다. 방책 밖은 사람들로 북적였다. 자리를 미처 잡지 못한 이들은 주변 건물 기둥의 주춧돌 위에 아슬아슬하게 올라서서 고개를 연신 기웃거리고 있었다.

디 공의 가마가 마당 입구에 다다르자 눈부신 황색 비단 가사를 걸친 나이 지긋한 중 넷이 대표로 나와 디 공을 맞이했다. 밧 줄로 둘러친 좁은 통로를 지나 축대로 안내를 받으며 보니, 관중들 사이로 당과 고구려 선원들이 눈에 많이 띄었다. 자기들의 수호신인 미륵불을 참배하러 온 이들이었다.

디 공은 축대로 올라가 자그마한 체구의 주지에게 가볍게 허리를 굽혀 인사했다. 그리고 급한 공무로 부득이하게 늦어졌다는 말을 전했다. 주지는 자비로운 표정으로 고개를 끄덕이며 살수기를 집어 들고 디 공에게 성수를 뿌렸다. 디 공이 자리를 잡고 앉자, 세 부하가 디 공의 의자 뒤로 와 섰다. 조선업자 쿠멩핀을 위시한 지역 유지들이 자리에서 일어나 디 공에게 와서는 깊숙이 허리를 굽혔다. 이들이 자리로 돌아가 앉는 것을 확인한 후 주지가 손짓을 하자, 음악과 함께 장중한 찬불가가 울려 퍼지기 시작했다.

노래가 끝날 무렵, 타종이 시작되었다. 커다란 청동 종이 웅장한 소리를 냈다. 축대 위에서는 후이펜을 위시한 열 명이 중이 향로를 흔들며 제단 주위를 천천히 걷기 시작했다. 향 타는 연기가 불상을 둘러쌌다. 짙은 갈색의 불상은 반지르르 윤이 났다.

복제 불상 둘레를 도는 의식을 마친 후 단상에서 내려온 후이펜이 지주의 의자가 있는 축대로 올라왔다. 후이펜은 지주 앞에 무릎을 꿇은 다음 고개를 숙이고서 황색 비단 두루마리 하나를 바쳤다. 주지가 몸을 앞으로 기울여 두루마리를 받아들었다. 후이펜은 자리에서 일어나 단상 위로 돌아갔다.

사람들 머리 위로 종소리가 세 번 울려 퍼졌다. 사방이 쥐죽은 듯 고요해졌다. 곧 축성식이 거행될 예정이었다. 주지가 황색 두루마리에 적힌 기도문을 큰 소리로 읽은 후 성수를 뿌리고 마지막으로 그 두루마리와 다른 제구들을 불상의 등에 마련된 빈 공간에 넣으면, 불상은 동굴 안에 모셔진 백단 미륵불상의 신비한 효험을 나눠 갖게 될 것이었다.

드디어 주지가 황색 두루마리를 펼치려는 찰나, 갑자기 디 공이 자리에서 일어났다. 그는 축대 끝으로 걸어가 천천히 군중을 둘러보았다. 은은한 광택의 녹색 문직 예복을 차려입은 위엄 있는 디 공에게 사람들의 시선이 쏠렸다. 횃불의 불빛에 금테를 두르고 양 옆에는 날개장식을 단 검은 우단 관모가 돋보였다. 디 공은 잠시 수염을 쓰다듬다가 넓은 소매 속에 손을 집어넣고는 입을 열었다. 목소리가 군중 머리 위로 쩌렁쩌렁 울렸다.

"제국 정부는 그간 불교에 대해 관대한 보호 정책을 펴 왔다. 그 고상한 가르침이 우리의 무수한 백성들의 예절과 품행에 이로운 영향을 끼친다고 여기기 때문이다. 따라서 이 신성한 절 백운사를 보호하고, 이와 더불어 깊은 바다의 위험과 맞서 싸우는 우리 용감한 선원들의 수호신인 이 신성한 미륵보살을 보호하는 것이 제국 정부를 대신해 펑라이의 수령직을 맡고 있는 본관의 임무다."

"나무아미타불 관세음보살!"

자그마한 체구의 주지가 내뱉었다. 처음에는 예식이 중단된 데 대해 노한 듯 보였으나, 지금은 온화한 미소를 지으며 고개를 끄덕이고 있었다. 미리 양해를 구한 연설은 아니지만 승낙하겠다는 뜻임이 분명했다.

디 공이 계속해서 말했다.

"조선업자 쿠멩핀이 신성한 미륵불 복제 불상을 이 절에 기증한 고로, 거룩한 축성식을 보기 위해 우리 모두 이곳에 모였다. 제국 정부는 축성식이 끝난 후 불상을 군의 호위 하에 제국의 수도까지 운반하도록 허가하였다. 적법하게 축성된 부처의 신성에 경의를 표하고 이동 중에 어떠한 곤란한 일도 발생하지 않도록 하려는 것이다.

이 공식 축성 장소에서 일어나는 모든 일에 대해서는 수령 본관에게 모든 책임이 있은 즉, 축성을 승낙하기 전에 이 불상이 정말 신성한 미륵불의 삼목 복제품이 맞는지 확인하는 것 또한 본관의 임무다."

디 공의 말에 군중들이 놀라 웅성거리기 시작했다. 축사려니 했던 연설이 전혀 예상치 못한 말로 끝나자, 당황한 주지는 할 말을 잊은 채 디 공을 멀뚱멀뚱 바라만 보았다. 단상 위에 있던 중들 사이에서 동요가 일었다. 후이펜이 주지와 상의하기 위해 단상을 내려가고자 했으나, 군사들에게 저지당했다.

디 공이 손을 치켜들자, 군중이 잠잠해졌다. 디 공이 큰 소리로 말했다.

"내 명령에 따라 부하들이 이 불상의 진위를 확인할 것이다!"

말을 마친 디 공이 차오타이에게 신호를 했다. 차오타이는 재빨리 축대를 내려가 단상으로 올라갔다. 그런 다음, 중들을 밀쳐내고 제단 앞까지 가서 칼을 뽑아들었다.

후이펜이 난간으로 다가가 힘껏 소리쳤다.

"정녕 이 신성한 불상이 더럽혀지는 것을 보고만 있을 겁니까? 미륵보살이 진노하면 바다에 나가 있는 우리 백성들의 소중한 목숨이 위태로워질지도 모릅니다!"

화난 군중이 야유하기 시작했다. 선원들을 앞세운 채 단상으로 밀어닥쳤다. 주지는 겁에 질려 입을 벌린 채 차오타이의 거구에서 눈을 떼지 못했다. 쿠멩핀과 차오 박사, 행회장들은 불안한 듯 서로 귓속말을 나누기 시작했다. 흥분한 군중을 당황스러운 표정으로 바라보던 요새 지휘관이 칼자루에 손을 가져다 대었다.

디 공이 두 손을 들어 올리며 군중을 향해 단호하게 소리쳤다.

"물러서라! 이 불상은 아직 축성되지 않았으므로, 경의를 표할 필요가 없다!"

마당 입구에서 "게 물러서라!"는 외침이 들려왔다. 고개를 돌려보니 무장한 수십 명의 포졸과 경비병들이 뛰어 들어오고 있었다.

차오타이가 칼머리의 평평한 부분으로 후이펜의 머리를 후려쳤다. 그런 다음 다시 칼을 들어 올려 불상의 왼쪽 어깨를 있는 힘껏 내리쳤다. 칼이 손에서 튀어나가 바닥으로 떨어지며 쩔그렁 소리를 냈다. 불상은 멀쩡했다. 주지가 황홀한 듯 소리쳤다.

"기적이다!"

군중이 앞으로 밀려들었다. 창기병들은 사람들에게 창을 겨누며 더 이상 가까이 오지 못하도록 저지했다.

차오타이가 단상에서 뛰어내렸다. 병사들이 길을 비켜 주었다. 차오타이는 축대로 뛰어올라가 디 공에게 뭔가를 건넸다. 불상의 어깨에서 떨어져 나온 작은 조각이었다. 조각을 한껏 치켜들어 모두에게 그 반짝이는 금속을 내보이며 디 공이 소리쳤다.

"아주 비열한 속임수다! 사악한 놈들이 미륵보살을 욕보였다!"

디 공은 의혹에 차 웅성거리는 사람들을 향해 계속 외쳤다.

"이 불상은 삼목이 아니라 순금으로 제작된 것이다! 탐욕스러운 범인들은 이런 식으로 금을 수도로 밀반출해 불법 이득을 얻으려 했다! 나, 펑라이 수령은 불상을 기증한 쿠멩핀과 그 공범자 차오호시엔과 후이펜을 신성 모독죄로 고발하고, 주지를 포함해 이 절에 기거하는 자들을 모조리 체포하여 이 무엄한 범죄에 연루되었는지를 심문하도록 하겠다!"

군중이 잠잠해졌다. 디 공의 말이 무엇을 의미하는지 이해하기 시작한 것이다. 사람들은 디 공의 성실한 공무 집행에 큰 인상을 받았다. 그리고 이 예상치 못한 사건의 전개 과정을 알고 싶어 했다. 요새 지휘관은 안도의 한숨을 내쉬며 칼집에서 손을 떼었다.

디 공의 목소리가 다시 울려 퍼졌다.

"쿠멩핀부터 심문하도록 하겠다. 죄목은 공인받은 참배 장소를 모독한 죄, 밀반출을 기함으로써 국가를 기만한 죄, 그리고 제국의 관리에 대한 살인 미수죄이다!"

포졸 둘이 쿠멩핀을 자리에서 끌어내 디 공의 발치에 꿇어 앉혔다. 쿠멩핀은 완전히 놀라 사색이 된 얼굴로 부들부들 떨고 있었다.

디 공이 쿠멩핀에게 가차 없이 선고했다.

"본관은 네가 저지른 세 가지 죄목을 세세히 밝히는 바이다. 네 흉악한 음모에 대해서는 이미 다 알고 있다. 네놈은 비밀리에 어마어마한 양의 금을 일본과 고구려에서 들여온 후, 그 금을 중들이 들고 다니는 지팡이 안에 막대 형태로 감춘 뒤 고구려 유민 정착 구역과 이 절로 밀반입했다. 피고 차오호시엔이 금이 든 그 지팡이들을 도시 서쪽의 버려진 절에서 전해 받아 책 꾸러미에 숨겨 수도로 운반했다. 그러다 고인이 된 전임 왕터화 수령이 의혹을 품자, 네놈은 서재 화로 위 대들보에 독을 숨겨 그를 살해하기까지 했다. 게다가, 순금으로 불상을 주조해 비열한 범죄를 감추고 부당한 사기 행각을 획책했다. 자백하라!"

쿠멩핀이 울부짖으며 말했다.

"수령님, 저는 죄가 없습니다! 저는 이 불상이 금으로 된 줄 전혀 몰랐습니다. 게다가……"

디 공이 쿠의 말을 중간에 자르며 소리를 버럭 질렀다.

"더 이상 거짓말은 듣고 싶지 않다! 전임 수령의 살해 음모를 꾸민 자가 네놈이라는 것을 왕 수령이 몸소 알려 주었다! 그 증거를 보여 주지!"

디 공은 소매 속에서 고구려 여인이 차오타이에게 전해 준 옻칠 상자를 꺼내들었다. 한 쌍의 대나무 줄기가 금으로 장식된 뚜껑을 치켜들며 디 공이 말을 이었다.

"쿠멩핀, 너는 이 상자 속에 든 문서를 훔쳤다. 그러고는 모든 불리한 증거를 없앴다고 생각했겠지. 하지만 네가 살해한 수령의 기지에는 한참 못 미치는 수작이었다. 상자 그 자체가 단서였으니까! 이 상자에 묘사된 대나무 줄기 한 쌍은 바로 대나무 줄기 두 개를 붙여 만든 네놈의 지팡이를 가리키는 것이다!

쿠멩핀은 의자에 기대어 둔 자신의 지팡이를 흘긋 쳐다보았다. 두 개의 대나무 줄기를 하나로 고정시켜 놓은 은고리들이 횃불에 반짝거렸다. 쿠가 아무 말도 못하고 고개를 숙였다.

디 공이 냉엄한 어조로 계속했다.

"전임 수령은 네놈이 이 극악한 음모에 관여하고 있다는 점, 그리고 자신을 죽이려는 음모를 꾸민 것이 네놈이라는 사실을 알리기 위해 단서들을 남겼다. 다시 말한다, 쿠멩핀. 죄를 자백하고 공범들의 이름을 모두 밝히라!"

쿠가 고개를 들더니 절망적인 눈빛으로 디 공을 바라보았다. 그러고는 더듬더듬 말했다.

"자…… 자백 하겠습니다."

쿠멩핀은 이마에서 땀을 훔치더니 순순히 입을 열었다.

"고구려와 펑라이를 오가는 고구려 중들이 제 선박을 통해 금막대를 숨긴 지팡이를 날랐습니다. 이 절에서 버려진 절로, 또 장안으로 금을 옮기도록 도와준 자들은 바로 후이펜과 차오 박사입니다. 김상이 나를 보좌했고, 시주 분배 담당 츄하이가 다른 10명의 중과 함께 후이펜을 보좌했습니다. 그 중들의 이름도 밝히겠습니다. 나머지 중들과 주지는 아무 죄가 없습니다. 저 불상은 이곳에서 후이펜의 감독 하에 주조되었습니다. 금은 츄하이를 화장시키는 불을 이용해서 녹였습니다. 조각가 팡이 제자한 진짜 복제품은 집에 숨겨놓았습니다. 독을 왕 수령의 서재 천장 대들보에 숨긴 옻칠 전문가는 김상이 고구려에서 고용한 사람입니다. 그 사람은 일을 끝낸 후 곧장 고구려로 돌아갔습니다."

쿠가 고개를 들고 애원하듯 디 공을 바라보며 울부짖었다.

"하지만 전 맹세코 명령을 따랐을 뿐입니다, 수령님! 진짜 범인은……."

"조용! 거짓말로 나를 속일 생각은 마라! 내일 관아에서 얼마든지 변명할 기회가 있을 것이다!"

디 공이 벽력 같은 목소리로 고함을 쳤다.

그런 다음 차오타이에게 말했다.

철학자의 정체가 드러나다

"이놈을 체포해서 관아로 끌고 가게."

차오타이는 재빨리 쿠의 두 팔을 등 뒤로 묶은 뒤, 끌고 가라고 포졸에게 명령했다.

디 공은 차오 박사를 손가락으로 가리켰다. 차오 박사는 돌부처라도 된 듯 꼼짝 앉고 앉아 있었다. 그러나 마중이 다가가자 갑자기 벌떡 일어나 축대 반대쪽으로 내달렸다. 마중이 쏜살같이 그 뒤를 쫓아가니 몸을 숙여 피하려 안간힘을 썼다. 하지만 휘날리는 수염이 마중의 손아귀에 들어가고 말았다. 차오 박사가 소리를 꽥 질렀다. 그의 수염이 주먹 쥔 마중의 큼지막한 손에 들려 있었다. 박사의 빈약하고 움푹 들어간 턱에는 가느다랗게 바른 고약만 남아 있었다. 그마저도 일부는 떨어져 나간 상태였다. 절망한 박사는 신음을 토하며 턱을 가리려고 두 손을 들어 올렸지만, 그 순간 마중이 손목을 잡아채 등 뒤로 묶었다.

디 공의 얽한 얼굴에 조금씩 미소가 번졌다. 그는 만족스러운 듯 중얼거렸다.

"가짜 수염이었군!"

**디 공이 흉악한 사건의 전모를 밝혀내고,
종잡을 수 없던 범인의 정체가 마침내 드러난다.**

디 공은 자정을 훌쩍 넘기고서야 세 부하와 함께 관아로 돌아왔다. 디 공은 세 사람을 곧장 개인 집무실로 데리고 갔다.

디 공이 책상에 자리를 잡고 앉자, 홍 수형리가 서둘러 구석의 차탁으로 가 진한 차를 준비해 대령했다. 차를 몇 모금 마신 후 의자에 깊숙이 기대앉으며 디 공이 입을 열었다.

"훌륭한 관리이자 저명한 수사관이기도 했던 유서우첸이라는 분이 『수령 지침서』에서 하신 말씀이 있네. '가설 하나에 고집스럽게 매달리지 말고 수사 중에도 끊임없이 재검토하라! 그리고 수사 중 밝혀진 사실과 맞아 떨어지는지 계속해서 비교해 보라! 새로 밝혀진 사실이 가설과 맞지 않을 경우에는 사실을 가설에 억지로 끼워 맞추려 하지 말고 가설을 사실에 끼워 맞추어라. 맞지 않거든 내버려라!' 이보게들, 우습지 않나? 그동안 나는 이렇게 너무나 당연한 말을 굳이 뭐 하러 언급했을까 생각했다네. 그런데 이번 피살 사건을 수사하는 동안 이 기본적이고도 당연한 법칙을 그만 까맣게 잊었지 뭔가."

디 공은 힘없이 피식 웃고는 말을 계속했다.

"생각처럼 그림이 명확하게 그려지지를 않아! 이 음모를 배후에서 조종하고 있는 그 교활한 놈은 내가 펑라이 수령 자리에 지원했다는 소식을 듣고는 미끼를 던져 며칠간 내 주의를 다른 데로 돌릴 작정을 한 게 틀림없네. 음모의 마지막 단계, 즉 저 금불상을 장안으로 옮길 계획을 실행할 시기가 임박했기 때문이지. 범인은 펑라이에서 불상을 무사히 빼낼 때까지 내 주의를 딴 곳에 묶어두려 했어. 바로 그 때문에 쿠맹핀을 시켜 나를 유인하게 하고 무기 밀수에 대한 거짓 소문도 퍼뜨리게 한 거지. 쿠가 무기 밀수라는 미끼를 생각해 낼 수 있었던 건 김상 덕분일 가능성이 크네. 이미 김상이 고구려 여인의 협조를 이끌어 내기 위해 써먹은 수법이었으니까. 그런데 내가 그만 덥석 그 미끼를 물어 버린 거지. 모든 가설을 무기 밀수에 맞춰 세워 놓았으니 그럴 수밖에! 실제 밀수에 연관된 것은 황금이라고 김상이 언질을 준 후에도 고구려로 밀반출된다고만 생각했어. 그렇게 해도 별 수익이 없다는 점을 아주 모르고 있던 것도 아니었는데 말이야. 아까까지도 그 반대라고는 상상도 못하고 있었다네!"

새삼 화가 치밀어 오르는 듯, 디 공이 거칠게 수염을 쓸어내렸다. 그러더니 다음 말을 애타게 기다리고 있는 세 부하를 바라보며 씁쓸하게 웃으며 말했다.

"굳이 내 짧았던 생각에 대한 변명을 하나 하자면, 갑자기 판충이 살해되고 동시에 쿠 부인도 실종된 데다 탕까지 이상한 행동을 보여 사건에 집중할 수가 없었네. 게다가 아무 죄 없는 이펜을 너무 오래 의심했어. 그 사람은 그저 사심 없이 찾아와 무기밀수에 대한 소문을 전해 주었을 뿐인데 말일세. 바로 그 점 때문에 의심하게 된 것도 있지만.

오늘 저녁 나절에서야 수형리와 함께 연극을 보다가 전임 수령을 살해한 범인에 대한 단서가 떠올랐네. 극중에 한 사내가 사후에라도 자신을 죽인 범인을 알리기 위해 편도 안에 단서를 숨겨놓지. 하지만 사실 그 단서는 진짜 단서에서 범인의 주의를 돌리기 위한 속임수였네. 진짜 단서는 바로 그 편도였지! 문득 왕 수령이 문서를 그 값비싼 골동품 상자에 숨겨둔 이유를 알겠더군. 바로 뚜껑의 금장식 때문이었어. 장식된 대나무 줄기가 한 쌍인 것을 이용해 쿠의 지팡이를 암시하려고 한 거였지. 전임 수령이 수수께끼 같은 걸 무척 즐겼다고 하니, 금이 대나무 지팡이 안에 숨겨진 채 밀반입되고 있다는 정황까지 알려주려고 했던 걸지도 모르지. 물론 알 수 없는 일이지만.

쿠가 범인이라는 것을 알고 나니, 나한테 게 요리를 대접하러 가기 전 김상에게 건넨 말이 그냥 일상적인 지시가 아니었음을 알겠네. '가서 계속 하게. 어떻게 해야 할지는 잘 알고 있을 테니.'라고 했었지. 내가 걸려들기만 하면 제거해 버리려고 이미 각본을 짜 놓았던 게 분명해. 게다가 나는 바보같이 백운사 중들이 그 버려진 절을 나쁜 의도로 쓰고 있을지 모른다는 생각을 내비치고 말았어. 말끝에 쿠가 장안으로 보내려고 했던 그 불상을 언급하는 실수까지 저지르고! 저녁 식사 중에는 쿠 부인이 자기도 모르게 사건에 연루되어 있을 지도 모른다는 말도 했지. 그러니 내가 모든 것을 다 알고 있다고 생각했던 게 틀림없네. 언제라도 체포당할 수 있겠다 싶었을 거야.

사실 진상은 거의 파악하지도 못한 상태였는데 말일세. 고작 밀수범들이 대체 어떻게 금을 그 버려진 절로 옮겼을까만 끙끙 머리 싸매고 궁리하던 중이었으니 말 다했지. 하지만 좀 전에 쿠와 차오 박사의 관계가 뭘까 생각해 보았네. 박사한테는 장안에 사는 사촌이 하나 있는데, 세상 물정 모르는 위인이라더군. 중간에 일이 틀어지거나 할 염려 없이 이용해 먹기 딱 좋은 인물이지. 차오 박사가 쿠를 그 사촌에게 소개해서 황금을 펑라이로 옮기는 데 도움을 주었을 거라는 게 내 생각이었네. 그런데 바로 그 시점에서 진상이 눈이 보이기 시작한 걸세. 문득, 차오 박사가 주기적으로 자기 사촌한테 책 꾸러미를 보낸다는 사실이 떠오른 거야. 황금이 밀반입되고 있었던 거지. 밀반출이 아니고! 약삭빠른 범인 일당은 높은 수입세와 통행세를 피해 싼 값에 금을 대량으로 들여와서는 그걸로 시장을 조작해서 부당한 이득을 얻고 있었던 거네.

하지만 거기서 나는 한 가지 난제에 봉착하고 말았네. 바로 어마어마한 양의 금을 처분해야만 놈들의 계획이 달성된다는 점이었지. 고구려에서 저렴하게 사들인 건 사실이지만, 그곳에서도 금을 사려면 일단 돈을 내야 하지 않겠는가. 그렇다면 상당한 금액의 경비가 필요하다는 얘기인데, 그 정도로 어마어마한 수익을 얻으려면 장안 시장에 영향을 미칠 수 있어야 하고, 그러자면 지팡이나 책 꾸러미를 통해 들여오는 금 막대기 몇 십 개로는 결코 충분치가 않다는 데에 생각이 미쳤지. 또한 내가 펑라이로 부임할 때쯤에는 내가 추정한 방법들은 이미 쓰이지 않고 있었어. 차오 박사는 이미 서가에 있는 책들 대부분을 수도로 보낸 상태였거든. 그때서야 범인들이 왜 그토록 서두르는지 알 수 있었네. 가까운 시일 내에 엄청난 양의 금이 수도로 전달될 예정이었던 거네. 어떻게? 쿠의 복제 불상을 통해서! 그것도 정부의 호위를 받으면서 말일세! 어때, 명확하지 않은가?

이 정도 음모를 지휘하려면 이런 대담한 계획을 실행으로 옮길 정도의 뻔뻔스러움 정도는 갖춰야겠지. 결국 나는 마중과 차오타이가 안개 덮인 운하 둑에서 목격한 그 기이한 사건의 진상도 알게 되었네. 지도를 보니 쿠의 저택이 첫 번째 다리 근처더군. 아마도 안개 때문에 자네들이 거리를 잘못 판단했을 가능성이 있네. 그 때문에 사건이 벌어진 곳이 두 번째 다리 근처라고 생각한 거지. 다음 날 자네들이 다시 조사하러 나간 곳도 두 번째 다리 근처였지 않은가. 이펜이 그 근처에서 살고 있었기 때문에, 나는 파렴치한 사업가이긴 하지만 아무 죄 없는 그 사람을 한동안 의심했네. 하지만 그것 말고는 자네들 눈은 틀리지 않았어. 다만 쿠의 부하들이 몽둥이로 때린 건 산 사람이 아니라, 쿠가 금불상의 본을 뜨기 위해 몰래 만들었던 진흙 모형이었네. 그걸 산산조각내기 위해 몽둥이질을 했던 거야! 쿠는 그 모형을 자단 상자에 넣어 아무것도 모르는 백운사 주지한테 보냈네. 상자를 연 사람은 후이펜이었을 거야. 그가 시주 분배를 담당했던 중의 시체를 화장한다는 구실로 불을 크게 피워 그걸로 모아둔 금괴들을 녹여 불상을 주조한 걸세. 내 눈으로 직접 자단 상자도 보았고, 시체 하나 화장하는데 저렇게 큰 불이 뭐 하러 필요하나 의아하게 여겼으면서도, 나는 전혀 의심하지 않았네. 흠, 반 시간 전에 절에서 나와 쿠의 저택을 수색하러 갔을 때, 조각가 팡이 만든 삼목 복제상이 십여 개의 조각으로 나뉘어 있는 것으로 보았네. 쿠는 그것을 수도로 보낸 후에 다시 붙여서 백마사에 기증하려는 계획이었지. 금으로 만든 불상은 이 음모의 주모자에게 보내고 말일세. 진흙 모형을 없애는 건 어려울 게 없었네. 그냥 부수어서 운하에 처넣어 버리면 그만이니까. 마중이 밟은 게 바로 그 잔해일세. 자잘한 부분을 완성하기 위해 사용한 종이죽이 그대로 붙어 있는 상태여서 휴지가 딱딱하게 굳어 있는 걸로 보인 걸세."

마중이 말했다.

"흠, 아직 눈이 그럭저럭 쓸 만하다니 다행이로군요. 쓰레기통을 사람이 앉아 있는 걸로 잘못 본 것은 아닐까 조금 걱정스럽던 참이었습니다!"

수형리가 물었다.

"차오 박사가 이 범죄 음모에 가담한 이유는 무엇일까요? 어쨌거나 배운 사람이지 않습니까, 그리고……."

디 공이 말을 중간에 끊었다.

"차오 박사는 사치품을 좋아했네. 재산을 다 탕진해 버려서 어쩔 수 없이 도시를 떠나 그 낡은 탑에서 살게 되었지. 그 박사는 모든 게 다 가짜야. 심지어 그 수염까지도! 쿠가 접근해 한몫 떼어 주겠다고 하니 차마 유혹을 뿌리치지 못한 걸세. 백운사의 시주 분배 담당 츄하이가 쿠 부인과 포카이를 만난 그날 밤, 그 중이 갖고 있던 지팡이에는 금 막대가 들어 있었네. 박사가 주기적으로 받던 몫이었지. 쿠가 저지른 실수는 차오 소저에 대한 욕망을 이기지 못해 조심성 없이 차오 박사에게 딸을 달라고 한 것이네. 두 사람 사이에 뭔가가 있다는 생각을 심어 주기에 충분했으니 말일세."

디 공이 한숨을 내쉬고는 잔을 비우고 다시 말을 시작했다.

"쿠멩핀은 말할 것도 없이 냉혹하고 탐욕스러운 자이기는 하나 그저 명령을 따랐을 뿐 주모자는 아니었네. 그렇지만 명령을 내리는 자가 누구인지는 자백하지 않았지. 진짜 범인은 여기에 다른 수하들도 심어 놓았을 거고, 이름을 댔다간 가만두지 않겠다고 쿠를 위협했겠지. 바로 오늘 밤, 아니 아침인가! 기병대를 수도로 긴급 파견할 생각이네. 마당 밖에 대기하고 있는 헌병대를 자네들도 보았겠지. 장안 최고 재판소장 앞으로 고발장을 보내는 걸세. 그건 그렇고, 막 들어온 소식이 있네. 판의 하인 우가 잡혔다는군. 말 두 필을 팔려던 중이었다네. 아쾅이 농가를 떠난 직후에 현장을 발견했고, 자기가 그 죄를 뒤집어쓰게 될까 봐 겁이 나서 돈과 말을 훔쳐 달아났다더군. 우리가 짐작한대로일세."

"하지만 이 밀수 음모를 배후에서 조종한 우두머리는 대체 누구입니까?"

홍 수형리가 물었다.

"물론 그 불한당 같은 배신자 녀석 포카이겠지!"

마 중이 소리쳤다. 디 공이 조용히 미소 짓고는 말했다.

"수형리의 질문에 대해서는 답할 수가 없네. 왜냐하면 나도 그 범인이 누구인지 모르니까. 포카이가 알려주지 않을까 기다리는 중이네. 사실, 왜 아직도 나타나지 않는지 모르겠군. 우리가 절에서 돌아와 있을 때쯤 제 발로 찾아오리라 생각했는데."

깜짝 놀란 세 사람이 일제히 질문을 쏟아내는데 누군가 문 두드리는 소리가 났다. 포두가 뛰어 들어와서는 포카이가 말없이 관아 정문을 걸어 들어와서 경비병들이 즉시 체포했다고 보고했다. 디 공은 조금도 동요하지 않은 채 말했다.

"들여보내게. 경비병은 붙이지 말고. 경비병을 붙이지 말라는 말 명심하게."

포카이가 들어섰다. 디 공이 재빨리 일어나 허리를 굽혔다. 그리고 공손히 말했다.

"앉으시지요, 왕 대인. 만나 뵙길 고대하고 있었습니다!"

포카이가 차분한 어투로 대답했다.

"저 역시 마찬가지입니다! 청컨대, 본론으로 들어가기 전에 좀 씻어도 되겠습니까!"

포카이는 멍하니 자신을 바라보고 있는 세 사람에게는 눈길도 주지 않은 채 화로로 다가가 뜨거운 물이 담긴 대야에서 수건 한 장을 집어 들고는 조심스럽게 얼굴을 닦아냈다. 이윽고 돌아선 그의 얼굴에서는 얼굴을 부어보이게 만들었던 푸른 반점들이 사라져 있었고, 빨갛던 코끝도 정상으로 돌아와 있었다. 눈썹도 가늘고 곧은 모양이었다. 그가 소매 속에서 동그스름한 고약을 꺼내 왼쪽 뺨에 붙였다.

마중과 차오타이는 숨이 멎을 정도로 놀랐다. 관 속에서 본 바로 그 얼굴이었다. 두 사람은 거의 동시에 소리쳤다.

"죽은 수령이잖아!"

"아니, 죽은 수령의 쌍둥이 형젤세. 재무성 수석 비서관 왕위안터 대인이시네."

디 공이 정정했다. 그러고는 왕을 향해 말했다.

"그 반점 덕분에 두 형제분께서는 많은 혼동을 피할 수 있으셨겠습니다. 부모님은 말할 것도 없고요!"

왕이 대답했다.

"그렇습니다. 반점만 다르다 뿐이지, 우린 정말 똑같이 닮았지요. 하지만 성인이 된 후에는 거의 혼동될 일이 없었습니다. 제 동생은 지방에서 근무했고, 저는 늘 재무성에 있었으니까요. 우리가 쌍둥이 형제라는 것을 아는 이도 많지 않지요. 그건 여기나 장안이나 마찬가지고요. 감사 인사를 전하고 싶어 왔습니다. 제 동생의 피살 사건을 명쾌하게 해결해 주신 데다, 범인이 제게 뒤집어씌운 누명을 벗는 데 필요한 자료도 제공해 주셨습니다. 뭐라 사의를 표해야 할지……. 오늘 밤에 저도 절에 있었습니다. 중으로 위장한 모습으로요. 심증만 있을 뿐 한 발자국도 진전을 보지 못했던 이 복잡한 음모를 성공적으로 파헤치시는 모습을 지켜보았습니다."

디 공이 열의에 찬 어조로 물었다.

"제 생각에, 쿠멩핀을 조종한 자는 장안의 고위 관리일 것 같은데, 맞습니까?"

왕이 고개를 저었다.

"아닙니다. 꽤 젊은 사람이지요. 하지만 그동안 저지른 악행에 있어서만큼은 여느 늙은이 못지않습니다. 최고 재판소 비서관 허우라는 자인데, 재무성 최고 비서관 허우쾅의 조카이기도 하지요."

디 공의 얼굴이 창백해졌다. 그리고 힘겹게 입을 열었다.

"허우 비서관이라고 하셨습니까? 제 친구 허우요?"

왕이 어깨를 으쓱하며 말했다.

"가까운 친구라도 잘 모르는 경우가 종종 있지요. 허우는 재능이 많은 청년입니다. 적당한 때가 되면 분명 고관이 되었을 겁니다. 하지만 사기와 기만으로 부와 권력을 거머쥘 지름길을 찾으려 했지요. 발각되었다는 것을 알고는 끔찍한 살인도 서슴없이 자행한 자입니다. 허우는 사악한 음모를 저지르기에 더없이 좋은 자리에 있었습니다. 친척 아저씨뻘인 허우쾅을 통해 재무성에서 일어나는 모든 일들을 알 수 있었고, 본인은 최고 재판소 비서관이었으니 문서에 어려움 없이 접근할 수 있었지요. 이 음모를 계획하고 지휘한 사람은 바로 허우입니다."

디 공은 눈가를 지그시 눌렀다. 이제야 엿새 전 희비각에서 마지막으로 보았을 때 왜 그토록 자신의 펑라이 부임을 막으려 했는지 이해할 수 있었다. 애원하는 듯 보였던 허우의 눈빛이 떠올랐다. 최소한 자신에 대한 허우의 우정만큼은 거짓이 아니었다는 생각이 들었다. 그런데 지금 그런 허우를 자신이 몰락시키려 하고 있었다. 이 생각을 하자 지금껏 느껴 왔던 사건 해결에 대한 그 모든 희열이 순식간에 사라져 버렸다. 디 공은 왕에게 무덤덤한 목소리로 물었다.

"처음에 어떻게 알아채셨는지요?"

왕이 대답했다.

"하늘은 제게 특별한 계산 능력을 부여해 주셨지요. 재무성에서 빠르게 승진할 수 있었던 것도 다 그 재능 덕분이었습니다. 한 달 전, 저는 재무성에서 주기적으로 작성하는 금 시장 관련 보고

서에 뭔가 모순이 있음을 발견했습니다. 불법적으로 저렴한 값의 금이 밀반입되고 있는 게 아닐까 의심하게 되었지요. 그래서 나름대로 조사를 시작했습니다만, 불행하게도 제 사무관이 허우의 첩자였습니다. 제 동생이 금 밀수의 본거지인 이곳 펑라이의 수령이라는 것을 알고 있었던 허우는 저와 제 동생이 힘을 합쳐 자신을 쫓고 있다고 결론 내렸던 모양입니다. 사실, 제 동생이 펑라이에서 밀수가 이루어지고 있는 것 같다고 의심하는 내용의 편지를 보내 온 적이 딱 한 번 있었습니다만, 저는 그 정보를 듣고도 장안에서 벌어지고 있는 금값 조작과는 연관 짓지 못했습니다. 하지만 허우는 범죄자들이 대부분 저지르는 실수를 저지르고 맙니다. 성급하게도 자신이 발각되었다고 여기고 일을 서두른 거지요. 쿠에게는 내 동생을 죽이라는 지시를 하고, 자신은 사무관을 살해했습니다. 그러고는 재무성에서 금괴 서른 개를 훔치고, 자신의 친척인 허우쾅 최고 비서관을 통해 나를 고소하기에 이르렀습니다. 저는 체포되기 직전에 성공적으로 몸을 피해 이곳 펑라이로 왔습니다. 포카이라는 인물로 위장한 채 말입니다. 허우의 음모를 파헤치고 동생의 원한을 갚기 위해서입니다. 물론 나 자신의 누명도 벗어야 했고요.

    하지만 공께서 이곳에 도착하면서부터, 저는 난처한 입장에 처하게 되었습니다. 협조해서 일을 해결해 나가고 싶었지만 제 정체를 밝힐 수 없었거든요. 만일 그랬다면 수령으로서의 임무에 충실하기 위해 저를 즉시 체포해 수도로 압송해야만 했을 것입니다. 그래서 간접적으로나마 제가 할 수 있는 일을 하기로 했지요. 여기 계시는 두 분께 접근해 선상 유곽으로 이끈 것도 그 때문입니다. 저는 김상과 그 고구려 여자를 의심하던 차였고, 두 분이 그 두 사람한테 주목하길 바랐습니다. 그 시도는 꽤 성공적이었다고 봅니다."

왕이 차오타이를 흘긋 쳐다보며 말했다. 거구의 차오타이는 급히 찻잔에 얼굴을 묻었다.

"중들한테도 주의를 돌리려 했으나, 그 시도는 별로 신통치 못했습니다. 금괴 밀수에 중들이 분명 연관되어 있다는 심증은 있는데 물증을 못 찾아서 백운사를 늘 지켜보았습니다. 선상 유곽은 백운사를 감시하기에는 그만인 장소였지요. 그러던 와중에 시주 분배 담당 츄하이가 슬그머니 절을 나서는 모습을 포착하고는 그 뒤를 밟았지요. 그런데 그만, 버려진 절에서 무슨 짓을 하려고 했는지 제대로 심문하기도 전에 그놈이 죽어 버리고 말았습니다.

김상한테 집요하다 싶게 질문을 했더니 저를 의심하기 시작하더군요. 그래서 그 선상 유람에 제가 따라오는 것을 마지 않은 것입니다. 저도 죽일 생각이었던 거지요."

왕은 마중을 돌아보며 말을 이었다.

"선상에서 싸움이 벌어졌을 때, 당신을 공격하느라 정신이 팔렸던 게 그들의 실수였습니다. 저에 대해서는 거의 신경도 쓰지 않더군요. 나중에 시간이 나면 처치하려고 했나 봅니다. 하지만 저는 칼을 쓰는 데 능한 편이지요. 싸움이 시작되었을 때 뒤에서 당신을 붙잡은 사내의 등에 칼을 꽂은 것은 저였습니다."

"그랬던 거군요! 그때 왕 대인이 아니셨다면 정말 큰일을 당할 뻔 했습니다!"

마중이 감사의 뜻을 표했다. 왕이 말을 다시 받았다.

"김상의 마지막 말을 들었을 때, 금 밀수에 대해 내가 생각했던 대로임을 알았습니다. 그래서 즉시 작은 배 한 척을 잡아타고는 서둘러 제 상자를 가지러 갔지요. 허우가 제게 뒤집어씌운 누명과 시장 조작에 대한 기록들이 담겨 있는 상자였는데, 김상 패거리가 이펜의 집을 뒤져 그 상자를 훔쳐갈지도 모르는 일이니까요. 절에 갔을 때 떠돌이 중으로 변장한 이유는 '포카이'가 이미 놈들의 감시망에 올라 있기 때문이었습니다."

마중이 퉁명스럽게 내뱉었다.

"그간 술잔을 함께 나눈 정을 봐서라도 최소한 배를 떠나기 전에 몇 마디 정도는 던져줄 수 있었지 않습니까."

"몇 마디로는 턱도 없었을 거요!"

왕이 냉담한 어조로 대답했다. 그리고 디 공을 보며 말했다.

"이 두 사람, 태도는 좀 거칠지만 아주 쓸 만한 친구들 같은데. 계속 심복으로 두실 겁니까?"

"그렇습니다!"

디 공이 대답했다.

차오타이를 팔꿈치로 쿡 찌르며 마중이 환한 표정으로 말했다.

"이제 꽁꽁 얼어붙은 발로 행군하는 일은 두 번 다시 없겠군!"

왕이 말을 계속했다.

"제가 포카이라는 인물로 위장한 까닭이 있지요. 방탕한 시인이자 열렬한 불교 신자 행세를 한다면, 오래지 않아 동생이 주로 어울리던 사람들과 만나게 되리라 생각했습니다. 또 별난 술주정꾼 행세까지 하면 밤낮으로 온 도시를 헤집고 다녀도 아무도 수상하게 보지 않을 거라는 계산이었습니다."

디 공이 말했다.

"배역을 제대로 고르셨습니다. 이제 허우에 대한 고발장을 작성해야겠습니다. 기병대가 즉시 장안으로 가져가 전달할 것입니다. 전임 수령을 살해한 일은 제국에 대한 범죄이므로, 중간 관리를 거치지 않고 최고 재판소장에게 직접 소장을 제출할 수 있습니다. 그러면 허우는 곧장 체포될 것입니다. 내일, 쿠와 차오 박사, 후이펜을 비롯한 모든 관련 중들을 심문해 가능한 한 빨리 전체 보고서를 수도로 보낼 예정입니다. 대인에 대한 혐의가 모두 벗겨졌다는 공식 통보가 올 때까지는 형식상 대인을 여기 관아에 구금할 수밖에 없음을 양해해 주십시오. 저에게는 이번 사건의 경제적 측면에 대한 조언을 얻는 기회가 될 것 같습니다. 토지세 간소화에 대한 고언도 들어 보고 싶고요. 이 문제 때문에 관계 서류들을 살펴보았는데, 소농들의 세금 부담이 부당하다는 생각이 들 정도로 과히더군요."

왕이 대답했다.

"얼마든지 그리 하겠습니다. 그건 그렇고, 어떻게 제 정체를 아셨습니까? 전부 다 설명 드린 후에야 이해하실 줄 알았는데."

디 공이 대답했다.

"관사 복도에서 처음 만났을 때는 범인이 피살자의 망령으로 위장한 줄로만 알았지요. 그러면 방해받지 않고 피살자가 남긴 관련 문서들을 뒤질 수 있을 테니까 말입니다. 정말로 그럴지도 모른다는 확신이 들어서 그날 밤 당장 백운사에 잠입해서 동생분의 주검을 확인하기까지 했지요. 하지만 인위적인 위장으로 그렇게 똑같은 얼굴을 만들어내는 일은 불가능하다는 생각이 들었습니다. 그래서 제가 본 건 전임 수령의 망령임이 분명하다고 확신하게 되었습지요.

그러다 오늘 밤에야 진상을 알게 되었습니다. 극을 하나 구경했는데, 서로 너무 닮아 있어서 검지의 유무로만 구분이 가능한 쌍둥이 형제 얘기였습니다. 그걸 보고 망령의 실체에 대해 의혹을 품게 되었지요. 만일 전임 수령에게 쌍둥이 형제가 있다면, 필요할 경우 뺨에 반점을 그려 넣든 붙이든지 해서 아주 간단하게 위장할 수 있겠구나 하는 생각이 들었습니다. 게다가 탕에게 들은 바로는 죽은 수령에게 혈육이라고는 형님밖에 없는데, 그나마도 연락이 닿지 않는다고 하더군요. 그래서 수령이 피살된 직후 펑라이에 왔다는 점, 이 사건에 관심이 많다는 점, 그리고 차오 소저와 눈썰미 좋은 식당 종업원의 진술을 토대로 생각하니, 포카이가 떠올랐습니다. 자신을 숨긴 채 다른 사람으로 위장하고 있다는 확신이 들었지요.

대인의 이름이 '왕'이 아니라 '리'나 '장'처럼 희귀한 성씨였더라면 좀 더 빨리 대인을 알아볼 수 있었을 겁니다. 제가 수도를 떠나올 때만 해도 그 사건과 대인의 실종은 그곳을 꽤나 시끄럽게 하고 있었지요. 그런데 '포카이'의 숫자 감각이 남다르다는 말을 듣고는 혹시 재무성과 관련된 사람이 아닐까 하는 생각을 하게 된 겁니다. 게다가 살해된 수령과 그 실종된 재무성 비서관의 성이 공교롭게도 같은 '왕'씨더란 말입니다."

디 공이 한숨을 쉬며 생각에 잠긴 듯 잠시 구레나룻을 쓰다듬더니 다시 말을 시작했다.

"경험이 많은 수령이었다면 분명 더 빨리 해결했을 겁니다. 하지만 저는 부임한 지 얼마 되지 않아 모든 일에 서툴기 짝이 없습니다."

디 공이 서랍을 열고 공책 하나를 꺼내 왕에게 건네며 다시 말했다.

"지금도 동생분께서 적어 놓은 이 기록이 무슨 뜻인지 이해를 못하고 있습니다."

왕이 천천히 공책을 한 장씩 넘기며 숫자들을 살펴보았다. 그러다 마침내 입을 열었다.

"내 동생의 도덕적인 면에 대해서는 드릴 말씀이 없습니다만, 뭐든 하기로 마음을 먹으면 누구보다 빈틈없이 일처리를 했다는 점만큼은 분명히 말씀 드릴 수 있겠군요. 이 숫자들은 쿠의 사업장에서 들여온 선박의 정보를 상세하게 기록해 놓은 것입니다. 입항세, 수입세, 그리고 선박을 이용한 손님들에 대한 세금 지불 내역도 적어 놓았군요. 제 동생은 쿠기 지불히는 수입세가 너무 적어 그 비용을 보전하기에는 턱없이 적은 화물을 수입하는 게 분명한데 승객수가 비정상적으로 많다는 점을 간파했던 것 같습니다. 그 점이 의혹을 증폭시켰고, 밀수의 가능성까지 생각하게 된 것이지요. 제 동생은 천성이 게으르기는 하나, 뭐든 궁금한 게 생기면 무슨 수를 써서라도 끝까지 파고들어 알아내고야 마는 성격입니다. 어릴 때부터 그랬지요. 흠, 이게 바로 그 불쌍한 녀석이 마지막으로 풀어낸 수수께끼인 것 같군요."

디 공이 말했다.

"고맙습니다. 제가 끝까지 풀지 못했던 문제를 해결해 주셨군요. 망령 문제도 이해할 길이 막막했는데 그것도 해결해 주셨고요."

왕이 대답했다.

"죽은 동생의 망령 노릇을 하면 관아를 조사하다가 설사 발각된다 하더라도 누구도 감히 덤비지 못할 거라고 생각했습니다. 동생이 살해되기 얼마 전 제게 관사 뒷문 열쇠를 보내 주었기 때문에 저는 아무런 문제없이 관아를 들락거릴 수 있었습니다. 동생은 아마도 자신의 죽음이 임박했음을 눈치 챘던 것 같습니다. 그 옻칠 상자를 고구려 여인에게 맡긴 것만 봐도 그렇지요. 한번은 동생 서재를 조사하다가 조사관과 마주치는 바람에 혼비백산한 적도 있고, 동생 집무실에서 개인 문서들을 살펴보다가 그 나이든 서기관에게 들키기도 했지요. 수령님과는 동생의 짐을 살펴보다가 정말 우연치 않게 마주쳤고요. 그때 무례하게 굴었던 점, 진심으로 사과드립니다!"

디 공이 씁쓸한 미소를 지으며 말했다.

"그 사과, 기꺼이 받겠습니다! 백운사에서도 한 번 뵈었지요. 밤늦은 시각 망령으로 위장해 나타나셔서 제 목숨을 구해 주셨잖습니까. 하지만 그때는 정말 혼비백산하는 줄 알았습니다. 손도 투명해 보이는 데다 갑자기 안개 속으로 사라져 버리기도 하시던데, 대체 그런 기가 막힌 효과는 어떻게 만들어내셨습니까?"

디 공의 말을 듣고 있던 왕이 깜짝 놀라며 당황한 표정으로 물었다.

"제가 수령님 앞에 두 번이나 나타났다는 말씀이신가요? 뭔가 잘못 아신 건 아닌지! 그 절에 동생의 망령으로 위장하고 간 적은 한 번도 없습니다!"

모두들 놀라 아무 말도 하지 못했다. 그때 어디선가 문 닫히는 소리가 희미하게 들려왔다. 이번에는 아주 부드럽게 닫히는 소리였다.

이 책에 대하여

몇 년 전, 나는 중국의 고대 생활상에 대한 영문 자료들을 찾다가 임어딩(林語堂, 린위탕)과 펄벅(Pearl Sydenstricker Buck), 앨리스 티즈데일 호바트(Alice Tisdale Hobart)가 남긴 소설과 기록, 회고록을 접하면서 많은 깨달음을 얻은 바 있다. 그들은 매력적인 문체로 1930년대의 독자들에게 중국 사회의 지배 계층과 농민, 항구 도시의 사업가들에 대한 자신들의 견해를 전하고 있었으며, 몇몇 중국 통속 소설을 세심하게 번역하기도 했다. 하지만 이런 특색 있고 가치 있는 작품들은 제2차 세계 대전 이후 점점 더 접하기 어려워졌다. 중국을 지켜보던 서구인들은 물론 중국인들조차 국민 정부의 몰락과 공산주의의 권력 장악 과정에만 온 신경을 집중했기 때문이다. 이런 배경 속에서 1950년대의 독자들은 판관 디 공을 주인공으로 하는 로베르트 반 훌릭의 소설을 대

환영했다. 그의 소설들은 열강들이 벌이는 이권 다툼의 볼모가 아닌, 생기 넘치고 특별한 문화를 가진 제국으로 중국을 묘사하고 있다. 직접 중국을 방문한다 해도 과거 생활상을 엿보기가 쉽지 않은 지금, 반 훌릭의 소설들은 중국의 과거 생활상의 단면을 훌륭하게 되살려주는 아주 유용한 수단이라 하겠다.

학자이자 외교관, 예술가이기도 했던 반 훌릭의 이력을 살펴보면 마치 다양한 실로 화려하게 짜 놓은 태피스트리를 보는 것 같다. 훌릭은 1910년 네덜란드 헬데를란트(Gelderland) 지방의 주펜(Zutphen)이라는 곳에서 인도네시아의 네덜란드 주둔군 부대 군의관의 아들로 태어나, 세 살부터 열두 살까지 인도네시아에서 자랐다. 1922년 가족과 함께 네덜란드로 돌아온 훌릭은 네이메헌(Nijimegen)에 있는 전형적인 김나지움(Gymnasium, 중등교육기관)에 입학했다. 입학한 지 얼마 되지 않아 뛰어난 언어적 재능을 인정받은 훌릭은 어린 나이에 암스테르담 대학의 언어학자인 C. C. 울렌벡(Uhlenbeck)으로부터 산스크리트어와 아메리카의 블랙푸트족(族) 원주민의 언어를 배웠다. 남는 시간에는 중국어 개인 교습을 받았는데, 첫 번째 교사는 바게닝겐(Wageningen)에서 농학을 공부하던 중국인 학생이었다.

1934년, 훌릭은 유럽에서 동아시아학 연구로 손꼽히던 라이덴 대학에 입학했다. 이곳에서는 중국어와 일본어를 체계적으로 공부했지만 기타 아시아 언어와 문학에 대한 이전의 관심을 포기하지는 않았다. 1932년, 인도 시인 칼리다사(Kalidasa)의 고전 희곡 작품을 네덜란드어로 번역한 것만 보아도 알 수 있다. 중국과 일본, 인도, 티베트의 말(馬) 숭배를 다룬 그의 박사 학위 논문은

1934년 위트레흐트(Utrecht) 대학의 지지를 받아 1935년에는 아시아 관련 서적을 전문으로 출판하는 브릴 출판사를 통해 출간되기에 이르렀다. 그러는 동안 네덜란드 주간지에 중국과 인도, 인도네시아를 주제로 하는 글을 기고했는데, 이 기고문들을 통해 훌릭은 아시아 전통 생활 방식에 대한 애정과 어쩔 수 없이 변화를 받아들일 수밖에 없는 안타까운 심정을 처음으로 드러내었다.

학위를 마친 훌릭은 1935년 네덜란드 외무부에 들어갔다. 첫 임지는 도쿄 공사관이었는데, 그곳에서 틈틈이 개인적으로 학문 연구를 계속할 수 있는 기회를 얻을 수 있었다. 그는 대부분 고대 중국의 지식 계급에 대한 호기심을 채워 줄 주제를 연구 과제로 선택했다. 근무 여건상 시간적인 제약 때문에 연구 범위는 넓지 않았지만 그 깊이는 상당했다. 고대 중국의 지식인처럼 훌릭 자신도 희귀 서적과 작은 예술 작품, 족자, 악기들을 수집했다. 작품을 알아보는 그의 학식과 감식안은 손꼽히는 동양 골동품 수집가들도 인정하지 않을 수 없을 정도였다. 훌릭은 또한 중국의 저명한 서예가이자 화가였던 미불(米芾)이 벼루에 새겨 놓은 유명한 문장을 번역하기도 했다. 훌릭 자신 역시 서양인으로서는 흔치 않은 경지까지 오른 재능 있는 서예가였다. 중국의 고대 악기인 당비파 연주도 즐겨했으며, 중국 원전을 바탕으로 이 악기에 대해 두 편의 논문을 쓰기도 했다. 이 평화롭고 생산적인 시기에 쓰인 작품들은 모두 베이징과 도쿄에서 간행되었으며, 아시아와 유럽의 학자들에게서 그 가치를 인정받았다.

하지만 훌릭의 도쿄 생활은 제2차 세계 대전으로 인해 갑자기 끝나고 말았다. 1942년, 다른 동맹국 외교관들과 함께 일본에서 철수한 훌릭은 네덜란드 사절단장으로 중국 쓰촨(四川, 사천) 성 남동부의 충칭(重慶, 중경)으로 파견되었다. 이 먼 이국땅에서, 훌릭은 선의 대가이자 멸망해가는 명나라에 끝까지 충성을 바친 승려 퉁카오의 희귀 작품을 편집해 1944년에 출간했다. 그는 유럽에서 전쟁이 끝난 1945년까지 중국에 머물다가 1947년에 헤이그로 돌아왔다. 이후 2년 간 워싱턴에 있는 네덜란드 대사관에서 참사관으로 있다가, 마침내 1949년에 4년 임기로 다시 일본으로 돌아왔다.

1940년, 저자 미상의 18세기 중국 추리 소설 하나를 우연히 접한 훌릭은 그 소설에 완전히 매료되었다. 그 이후, 전쟁으로 인한 예측 불허의 상황과 그 여파로 인해 자료를 접할 기회와 시간 모두 부족한 와중에도 시간을 아끼고 아껴 중국 통속 문학, 특히 그 중에서도 범죄와 법정에 관한 이야기들을 연구했다. 그러다 1949년 일본에서 『디공안(狄公案): 디 판관이 해결한 세 가지 살인 사건 Dee Goong An: Three Murder Cases Solved by Judge Dee』라는 제목으로 중국 추리 소설 하나를 번역 출간했다. 세 가지 사건을 다룬 이 책을 통해 중국의 영웅적 판관 가운데 한 사람인 디 공의 업적이 처음으로 서구에 알려지게 되었다.

중국 제국의 지방 관리와 유학자의 전형인 디 공에게 매료된 훌릭은 중국의 범죄 수사 기록과 판결 기록을 더 파고들었다. 1956년에는 『당음비사(棠陰比事)』라고 하는 13세기의 재판 기록집을 영어로 번역 출간하기에 이르렀다.

추리 문학에 대한 훌릭의 관심은 곧 연애 문학과 춘화로 이어졌다. 훌릭은 특히 명나라(1368~1644년) 시대의 작품에 관심이 많았다. 고급 매춘부와 희롱을 일삼거나 첩을 두는 일은 벼루를 수집하고 비파를 연주하는 것만큼이나 중국 사대부의 일상에서 뺄 수 없는 부분이었다. 이 방면에 전문가였던 훌릭은 중국 문화의 이러한 단면을 알리기 위해 1951년 도쿄에서 명조의 춘화 화첩과 더불어 기원전 206년에서부터 1644년에 이르기까지의 중국 성(性) 역사에 대한 육필 원고를 50부 한정판으로 자비 출판했다. 유학자나 사대부에게 있어 혼외정사나 통속 문학은 일반적으로 금기시되었으나, 이들은 은밀히 통정을 일삼았으며 통속 소설을 읽고 썼다. 훌릭은 여러 작품을 통해 이들이 종종 높은 도덕적 기준에 대해 찬사를 아끼지 않으면서도 실생활에서는 인간의 약점을 그대로 드러냈음을 보여 주었다.

훌릭의 작품이 소수의 독자들에게만 유포되었음에도, 그가 번역하고 각색한 수많은 중국 추리 소설은 1950년대 서구에서 디 공을 유명 인물로 만들었다. 뉴델리와 헤이그, 구알라룸푸르를 오가며 근무했던 훌릭은 장소를 불문하고 '디 공' 소설을 계속해서 발표했고, 나중에는 그 수가 열일곱 작품에 이르렀다. 1965년에는 드디어 오랫동안 바라던 도쿄로 부임하게 되었다. 이곳에서 그는 주일 네덜란드 대사로 근무하며 외교관으로서의 마지막 임기를 마쳤다. 그리고 2년 후, 고국에서 휴가를 즐기다가 세상을 떠났다.

비교적 짧은 생을 살았지만, 훌릭은 바쁜 공직 생활 중에도 시간을 아껴 놀라울 정도로 난해한 주제를 연구했고, 또 자신이 알아낸 것을 알렸다. 그는 중국의 정치적, 사회적, 경제적 문제에 초점을 맞추지는 않았다. 그 중요성을 몰랐던 것도 아니었고, 지식인들의 논쟁을 멀리한 것도 아니었으며, 현대의 정치 상황을 인식하지 못 했던 것도 아니었다. 그는 특정 시기만을 파고들지 않았다. 문학만을 파고들지도 않았다. 그는 고대 중국(기원전 1200년~기원후 200년)에서부터 청나라(1644~1911년) 말기에 이르기까지를 탐구 대상으로 삼았다. 훌릭의 관심사는 제국 몰락과 혁명으로 어지러운 20세기가 아닌 예전의 중국에 쏠려 있었다. 훌릭은 문학, 예술 애호가들과 비전문가들이 좋아하는 '아기자기한' 이야기들을 파고들었다. 연구된 적 없는 이런 생소한 분야를 탐구하면서, 훌릭은 언어학자, 역사학자, 작품 감정가로서의 재능을 유감없이 발휘했다. 그의 학문적 논문은 제한된 독자들에게 호소력을 가졌던 반면, 소설과 재판 기록, 범죄 수사, 그리고 통속 문학에 대한 그의 연구는 중국의 셜록 홈즈인 디 공의 활약상을 통해 서구의 대중 속을 파고들었다.

 금세기에 이르기까지 중국의 통속 소설은 서구는 물론 중국에서조차도 진지한 학문적 연구 대상이 아니었다. 본격적인 연구가 시작된 시기는 제1차 세계 대전이 끝나고 제2차 세계 대전이 시작되기 전까지이다. 1911~1912년에 일어난 중국 혁명과 제1차 세계 대전이 가져온 붕괴의 여파로 공화국 중국의 신(新) 지식층은 조국의 근대화를 위해 구어체를 표준어로 채택하고자 했다. 후스(胡適, 호적), 루쉰(魯迅, 노신), 차이위안페이(蔡元培, 채원배) 등 이런 급진적 문화 부흥 운동에 앞장섰던 사람들은 구어체가 과거에 그랬듯 미래에도 문학적 표현의 범위를 보다 넓혀 주는 굳건한 수단이 되어 주리라는 희망으로 고대의 통속 문학을 되살리고자 노력하기 시작했다. 또한 대중에게 새로운 읽을거리를 제공하고자 하는 열망으로, 대중에게 새롭게 펴내거나 개정해서 보여 줄 만한 호소력 짙은 이야기나 복잡한 줄거리, 도덕적 교훈이 담긴 작품들을 찾기 시작했다. 그러다 드디어 1975년, 중국의 고고학자들은 후베이(호북, 湖北)성에서 청 왕조(기원전 221~207년) 시기에 제작된 대나무 책을 발견했다. 전해진 바에 따르면 범죄 수사에 대한 기록뿐만 아니라 판관 역할을 겸했던 지방 수령들에 대한 기록도 담겨 있다고 한다. 이처럼 범죄 소설의 원류에 대한 탐구는 지금까지도 계속되고 있다.

중국의 지식인들과는 달리 통속 문학에 대해 선입견을 갖지 않았던 일본의 지식인들은 오래전부터 중국의 인기 있는 희곡이나 대중 문학을 수집해 왔으며, 종종 일본인의 취향에 맞게 각색하여 새롭게 출판하기도 했다. 서구의 학자들, 특히, 금세기 폴 펠리오(Paul Pelliot)로 대변되는 프랑스의 중국학계는, 중국의 개혁파 학자들이 그 정치 교육과 선동 수단으로서의 중요성을 채 알아채기도 전에 중국의 전설과 구전들을 연구해 왔다. 1930년대 중국 공산주의자들도 대중극의 선동 효과를 알고 있었으며, 결국 1949년 정부를 장악하기에 이르렀다.

펠리오가 주도하던 유럽 중국학과의 영향권 아래서 성장한 훌릭은 해당 학파와 마찬가지로 비교 연구와 이국적 주제에 열광했다. 이들은 극히 평범하면서도 심오한 주제들이 색다른 언어적, 문학적, 예술적 분석과 이해와 만날 때 폭넓은 의미를 부여받을 수 있다고 보았다. 다시 말해, 중요성과 실재성, 관련성을 주제에 부여하는 것은 연구자의 상상력과 재능이라는 것이다. 1935년 처음 일본에 발을 들였을 때, 훌릭은 일본의 미술관과 도서관에 중국 통속 문화 관련 자료가 넘쳐난다는 사실을 재빨리 알아차렸다. 상상력 풍부한 학자였지만 직업상 많은 시간을 투자할 수 없었던 훌릭은, 중국 특권층이 수집한 물건들과 그들의 관습만 집중적으로 연구해도 충분히 중국 사대부의 문화에 대한 흥미로운 작품을 만들어낼 수 있으리라 판단했다.

중국의 범죄 소설이나 법정 소설은 오래 전부터 구전되어 내려오는 추리담의 변형이다. 송나라(960~1279년) 때부터, 아니 그보다 훨씬 오래 전부터, 일반인들은 장터나 길거리에서 재간꾼들이 펼쳐놓는 이야기들을 즐겨 들었다. 그중에서도 가장 인기 있는 영웅이었던 디 공은 디런지에(狄仁傑, 적인걸)라는 실존 인물로, 630년에 태어나 700년까지 살았던 당나라 재상이었다. 그를 비롯한 지방 수령들, 특히 파오정(包拯, 포증)같은 인물은 재담꾼들과 극작가, 소설가들에게서 끊임없이 칭송을 받았다. 판관 디 공의 역사적 행적은 전설적인 수사 방법, 정도를 벗어나지 않는 바른 품행, 초인적 통찰력을 보여 주는데, 바로 이런 점 때문에 디 공은 모든 통속 문학 형식에서 주인공으로 정형화되었다.

중국의 전통 추리 소설의 주인공은 대개가 지방 수령이다. 이야기는 대개 임무를 수행 중인 수령의 관점에서 구어체로 서술되는데, 수령은 수사관, 취조관, 판관 역할을 하면서 공공의 원수를 갚아 주는 역할까지 맡는다. 보통 여러 사건이 한꺼번에 벌어지고, 수령은 좀처럼 한 번에 하나씩 해결할 만한 여유가 없다. 사건은 대부분 소설 초반에 벌어지며, 서로 복잡하게 얽혀 있다. 중국의 희곡이나 소설은 교훈적인 내용을 담기보다는 범죄를 주로 다룬다. 하지만 사회에 대한 악행보다는 개인을 상대로 한 범죄가 주 소재이다. 범죄는 늘 특정 법을 위반하는 형태로 드러나며, 대부분 살인이나 강간, 아니면 그 둘이 결합된 형태이다. 판관은 황제나 제국의 도구로서 사건의 진상을 밝히고, 범인을 체포하며, 법에 따라 처벌한다. 소설 속에서, 판관은 판결을 재량껏 처리한다거나, 자비를 베푼다거나, 편애하는 일이 거의 없다. 판관은 용기와 지혜, 정직성, 공정성, 엄격함의 표본이다. 예민한 직감도 갖추고 있지만, 때로는 초인적인 통찰력, 그리고 저승 세계의 망령이 직접 알려주는 정보의 도움을 받기도 한다. 부하들은 때로 우스꽝스럽고 엉뚱하게 그려지기도 하는 반면, 판관 자신은 진지하고 엄격한 태도를 고수한다.

늘 중년의 지식계급 남성으로 그려지는 판관은 사치를 경멸하고, 약자를 보호하며, 부정부패나 아첨과는 거리가 멀다.

범인, 특히 살인범은 대개가 구제불능의 냉혈한으로, 심한 매질을 당하고 나서야 범행을 자백하고, 저지른 죄 값에 걸맞게 무거운 형벌을 받는다. 범인은 나이와 계급, 성을 불문한다. 악역은 주로 달단인, 몽골인, 도교신자, 불교신자 등이 맡고, 희생자는 보통 일반 서민이다. 이유는 이런 이야기를 주로 읽거나 듣는 이들이 일반 서민이었기 때문일 가능성이 크다.

이야기 전체를 아우르는 기본 주제는 사회 정의의 실현이다. 제국시대 중국에서 사법부가 목표로 했던 것은 징벌과 악의 제거였다. 따라서 수령은 이 임무를 충실하고 올바르게 수행함으로써 세상사가 이치에 맞게 돌아가도록 했다. 모든 재판은 관아에서 공개적으로 이루어졌다. 피의자를 심문할 때는 꼭 공개 석상에서 해야 했고 절대 은밀하게 해서는 안 되었다. 판관은 피의자가 유죄인지 무죄인지 보기만 해도 알 수 있는 존재로 여겨졌지만, 사건의 진상을 사람들 앞에서 증명해 보이고 피의자에게서 자백을 받아내야만 했다. 그 모든 과정은 신중하게 기록되었으며, 피의자는 지장을 찍음으로써 적힌 내용이 사실과 다르지 않다는 것을 입증해야 했다. 교활한 범인들 때문에 잠시 잠깐 판관이 혼란을 겪는 경우도 종종 있었다. 조사는 대부분 수하의 집행관이 도맡아했지만, 일의 효율성이나 공정성을 위해 판관이 직접 나설 때도 있었다. 사람들은 거리에서나 법정에서 판관의 행동이나 결정을 비판하거나 칭송했다. 만일 판관이 부정부패나 편파판정, 오판 시비에 연루되었다고 여겨질 경우에는 격렬하게 항의했다. 상급 관리에게 그 잘못이 보고되어 사실로 확인되는 경우, 판관은 관직을 박탈당하고 처벌받았다. 하지만 주민들이 옳지 않은 항의로 관아의 공무 집행을 방해했다고 판단될 경우에는 지역 전체가 처벌받았다.

 1949년 처음 디 공 이야기를 번역해 출간하면서, 훌릭은 추리 소설 작가가 현대 독자들을 위해 중국을 배경으로 직접 글을 쓰면 어떨까 제안했다. 그러나 아무도 그 제안을 받아들이지 않았다. 훌릭은 소설을 써 본 경험이 전무했음에도 본인이 직접 써 보기로 결심했다. 처음에는, 도쿄와 상하이의 가판대에서 팔리는 서구의 번역 추리 소설들보다 동양 고전 이야기가 훨씬 더 흥미진진하다는 점을 일본과 중국 독자들에게 알리자는 의도가 다였다. 그래서 일단 영어로 쓰고 나중에 중국어와 일본어로 번역해 출간할 생각으로 두 편을 완성했다. 그런데 서구의 지인들은 이런 새로운 형식의 소설에 열광했고, 훌릭은 결국 영어로 계속 소설을 쓰기로 결심했다. 홀릭에게는 영어 역시 외국어이기는 했지만, 상당한 수준의 문장을 구사할 수 있었기 때문에 문제는 없었다.

학문적 연구와 번역의 영역에서 창작의 영역으로 건너뛰는 엄청난 시도를 홀릭은 단호하고도 성공적으로 해냈다. 남들이 연구하지 않았던 분야를 파고들었던 전력이 분위기 있는 중국 추리소설을 써 내는데 큰 도움이 되었다. 이제 더 이상 정확한 역사적 사실이나 기록에 집착할 필요가 없었다. 정확한 배경을 바탕으로 고대 중국의 생활상을 실감나게 그려내는 일이 무엇보다 중요했다. 주인공은 디 공으로 고정해 놓았지만, 내용만큼은 중국 문학의 줄거리며 이야깃거리, 자료들을 바탕으로 자유롭게 써 나갈 수 있었다. 또한 자신의 학문적 연구와 독서 경험을 통해 흥미진진하고 기발한 내용을 쉽게 가져다 붙일 수도 있었다. 거기다 자신이 상상해서 그린 지도와 16세기 목판화를 참고로 직접 그린 삽화를 더해 소설에 생동감을 불어넣었다.

홀릭이 1950년부터 1958년까지 집필한 초기 디 공 소설 작품들은 나중에 쓴 작품들보다 중국 원전에 가깝다. 모두 다섯 편이며, 그중 『쇠종 살인자 The Chinese Bell Murders』와 『쇠못 살인자 The Chinese Nail Murders』가 새로운 편집으로 재출간되었다. 첫 작품인 『쇠종 살인자』는 1950년 도쿄에서 완성되었으며, 『쇠못 살인자』는 1956년에 베이루트에서 완성되었다. 홀릭은 보통 공무에서 벗어나 잠깐 쉬는 동안에 줄거리와 인물을 선정했고, 지도를 상상하면서 대략의 지형을 짜냈다. 『쇠종 살인자』에 나오는 세 가지 사건은 전부 중국 전설에서 줄거리를 얻었다. 다른 디 공 소설들은 대부분 홀릭 자신이 직접 주제와 줄거리를 꾸민 작품들이며, 작품 당 완성까지 약 여섯 주 정도가 걸렸다.

홀릭은 처음부터 중국 전통 소설의 한계를 알고 있었다. 살인이나 강간, 수수께끼, 폭력 등은 서구의 독자들에게 분명 호소력이 있었고, 사람들은 이런 소재를 결코 식상해하지 않았다. 하지만 중국 구전 소설의 다른 특징들은 달랐다. 우선, 범인의 신원이 대개 소설 초반에 밝혀졌다. 홀릭은 이 점이 서구 독자들에게 생소하게 받아들여질 수 있다는 생각에 작품 말미에 가서야 사건이 해결되도록 위치를 수정했다. 또한 중국 소설은 낯선 관습이나 신앙에서 소재를 따오거나 초자연적 지식이나 개입을 통해 수수께끼가 해결되는 경우가 너무 많았다. 서구인들이 교훈이나 명확한 동기가 제시되기를 기대할 법한 부분도 대개는 모호하게 처리되었다. 또, 인물의 묘사가 사회적 유형을 설명하는 것으로 그치는 경우가 많았다. 개인의 성격을 분석하거나 발전시키고, 주변 환경이나 배경이 그것에 미치는 영향을 평가하려는 노력은 사실상 전혀 이루어지지 않았다.

중국 소설 속에서 묘사된 디 공이라는 인물도 서구인들에게는 그 자체가 완전히 낯선 대상이었다. 따라서 홀릭은 디 공의 인간적인 면을 더 부각시켜 서구의 독자들에게 거부감 없이 받아들여질 수 있도록 했다. 때로 미소 짓고, 매력적인 여인의 출현에 마음 설레며, 자기 자신과 자신의 결정에 확신을 갖지 못하고 불안해하는 모습을 덧칠한 것이다. 또한 디 공의 확고한 유교적 세계관을 크게 드러내지 않았다. 뭐든 중국적인 것이 우월하다는 흔들림 없는 견해와 외국의 문물에 대한 경멸, 효의 모든 측면에 대한 확고한 믿음, 그리고 불교와 도교에 대한 가차 없는 적대감 등이 그것이다. 하지만 이런 전통적 특징을 완전히 무시할 수도 없는 노릇이었기 때문에, 홀릭은 디 공을 헌신적인 지아비이자 뛰어난 심미안을 가진 예술가, 신념 깊은 인물로 그림으로써 인간적인 면모를 강조했다. 또한 위기의 순간마다 사후 세계 요소의 개입 없이 이성적으로 사건을 해결하는 모습으로 디 공을 묘사했다.

의식적으로 서구 독자에 맞춰 자신의 소설을 각색하면서도 홀릭은 제국 시절의 중국 생활상을 아주 훌륭하게 그려냈다. 딸의 정조를 보다 관심 있게 지켜보지 않은 아비를 질타하는 디 공의 모습에서, 독자들은 중국 사회에서 가족이 어떤 역할을 했는지 알 수 있다. 학생의 역할과 학생 신분으로서 누리는 특권, 사회에 대한 책임, 그리고 교육과 도덕성의 관계에 대해서도 이해할 수 있다. 또한 불교 승려들은 대체로 여자를 밝히고 권모술수에 뛰어나며, 달단인은 도교도와 마찬가지로 사악한 주술을 부리고, 남부와 북부는 그 관습과 언어에서 무척 다르다는 점도 알게 된다. 홀릭은 또한 벼루나 달단인의 신발에 달린 못, 도교 승려의 징, 문고리 등의 작은 소재들을 이야기 곳곳에 삽입함으로써 서구 독자들이 낯선 외국 물건과 그 기능을 접할 수 있도록 했다. 어떤 독자라도 문자와 기록, 문서들이 중국에서 얼마나 중요한지를 깨달을 수 있게 만들었으며, 거지 조합처럼 서구인들에게는 낯선 사회 조직이 만연했다는 사실과, 의식을 치르거나 인사를 나눌 때도 격식을 따진다는 사실도 전하려고 노력했다. 여자 아이를 노예로 팔아넘기거나 매매춘 장면을 넣음으로써 중국 사회의 이면도 보여 주었다. 또한 대외 무역과 소금 전매 제도, 착취와 소소한 뇌물 수수 행위, 요리 장면 등을 넣어 이야기에 사실성을 더

했다. 여자의 역할은 살림과 성적 대상, 수공예, 육아에 국한된 것으로 묘사했다.

디 공 소설이 제국 시절 중국의 생활상을 그대로 정확하게 그려냈다고는 할 수 없다. 우선, 시대적으로 차이가 있다. 역사상 디 공이라는 인물이 살았던 시기는 7세기인데 반해 소설은 16~19세기를 다루고 있고, 가치 기준과 관습 역시 그 시기의 것이 반영되었다. 훌릭은 이야기들을 각색하면서 이 후대의 자료들을 참고했다. 명나라와 청나라 시대의 중국에 대해 충실히 연구했지만, 이 네덜란드 학자의 중국 체험은 몇 번의 짧은 방문과 제2차 세계대전 때 몇 년간 근무했던 것이 다였다. 훌릭은 서구와 일본의 파괴적 영향력에 흔들리기 이전의 중국 제국을 이상화했다. 그리고 그가 존경하고 애정을 아끼지 않았던 유교 사대부의 생활 방식을 기본 관점으로 해서 제국 시절의 중국을 바라보았다.

하지만 이런 한계와 편견에도 불구하고, 훌릭의 디 공 소설들은 제국 중국의 생활상을 비교적 정확하게 그려내고 있다. 훌릭이 개인적으로 중국을 관찰했던 때는 아직 공산주의가 정부를 장악하기 이전으로, 각 마을과 도시에서는 여전히 예전의 생활 방식을 고수했고 수령이 지방 행정을 장악하고 있었다. 일상사에 극히 민감했던 훌릭은 그냥 평범한 관찰자가 아니었다. 자신의 연구와 정부 최고위직 인물들과의 만남을 통해, 훌릭은 중국 전통 생활상에 관해서만큼은 어느 전문가 못지않은 지식을 갖추고 있었다. 고문서와 지명 사전, 왕조 실록, 외교 문서는 아무리 많이 들여다본다 해도 중국 전통 생활상을 그 바닥부터 이해시켜 주지는 못한다. 중국의 통속 문학은, 있는 그대로 번역할 경우 외국 독자들에게는 너무나 낯설어 충분한 설명이 불가능하고, 따라서 아주 일상적인 소재라도 서구인들은 완전히 이해하기 힘들다. 그러나 홀릭의 식견과 설명을 통해서 근대 이전의 중국에 대해 힘들이지 않고 즐겁게 엿볼 수 있으며, 중국과 서구 사회가 서로 얼마나 다른지, 또 얼마나 비슷한지도 이해할 수 있다. 무엇보다 흥미진진하기까지 하니, 이 점 하나만으로도 찬사 받아 마땅하지 않을까.

도널드 F. 래시

옮긴이 신혜연
경희대학교를 졸업하고 바른번역 아카데미를 수료했다. 2010년 현재 성균관대 번역대학원에서 공부하며 바른번역 소속 번역가로 활동 중이다. 옮긴 책으로는 『세상을 비추는 거울, 미술』, 『미술의 세계』, 『청년의사, 죽음의 땅에 희망을 심다』 등이 있다.

황금 살인자

1판 1쇄 찍음 2010년 5월 3일
1판 1쇄 펴냄 2010년 5월 10일

지은이 | 로베르트 반 훌릭
옮긴이 | 신혜연
편집인 | 김준혁
펴낸곳 | ㈜황금가지

출판등록 | 1996. 5. 3. (제16-1305호)
주소 | 135-887 서울 강남구 신사동 506 강남출판문화센터 5층
전화 | 영업부 515-2000 / 편집부 3446-8773 / 팩시밀리 515-2007
홈페이지 | www.goldenbough.co.kr

ⓒ ㈜황금가지, 2010. Printed in Seoul, Korea

ISBN 978-89-6017-243-2 04840
      978-89-6017-245-6 (set)

밀리언셀러 클럽
추리 · 호러 · 스릴러

번호	제목	저자
1	리타 헤이워드와 쇼생크 탈출 사계 봄·여름	스티븐 킹
2	스탠 바이 미 사계 가을·겨울	스티븐 킹
3	살인자들의 섬	데니스 루헤인
4	전쟁 전 한 잔	데니스 루헤인
5	쇠못 살인자	로베르트 반 홀릭
6	경찰 혐오자	에드 맥베인
7·8	고스트 스토리 (상) (하)	피터 스트라우브
9	경마장 살인 사건	딕 프랜시스
10	어둠이여, 내 손을 잡아라	데니스 루헤인
11·12	미스틱 리버 (상) (하)	데니스 루헤인
13	800만 가지 죽는 방법	로렌스 블록
14	신성한 관계	데니스 루헤인
15·16	아메리칸 사이코 (상) (하)	브렛 이스턴 엘리스
17	벤슨 살인사건	S. S. 반다인
18	나는 전설이다	리처드 매드슨
19·20·21	세계 서스펜스 걸작선 1·2·3	제프리 디버 외
22	로마의 명탐정 팔코 1 실버피그	린지 데이비스
23·24	로마의 명탐정 팔코 2 청동 조각상의 그림자 (상) (하)	린지 데이비스
25	쇠종 살인자	로베르트 반 홀릭
26·27	나이트 워치 (상) (하)	세르게이 루키야넨코
28	로마의 명탐정 팔코 3 베누스의 구리반지	린지 데이비스
29	13 계단	다카노 가즈아키
30	마이크 해머 시리즈 1 내가 심판한다	미키 스 레인
31	마이크 해머 시리즈 2 내총이 빠르다	미키 스 레인
32	마이크 해머 시리즈 3 복수는 나의 것	미키 스 레인
33·34	애완동물 공동묘지 (상) (하)	스티븐 킹
35	아이거 빙벽	트레바니언
36	뱀파이어 헌터 애니타 블레이크 1 달콤한 죄악	로렐 K. 해밀턴
37	뱀파이어 헌터 애니타 블레이크 2 웃는 시체	로렐 K. 해밀턴
38	뱀파이어 헌터 애니타 블레이크 3 저주받은 자들의 서커스	로렐 K. 해밀턴
39·40·41	제 1의 대죄 1·2·3	로렌스 샌더스
42·43	스티븐 킹 단편집 스켈레톤 크루 (상) (하)	스티븐 킹
44	아임 소리 마마	기리노 나쓰오
45	링	스즈키 고지
46·47	가라, 아이야, 가라 1·2	데니스 루헤인
48	비를 바라는 기도	데니스 루헤인
49	두번째 기회	제임스 패터슨
50	톰 고든을 사랑한 소녀	스티븐 킹
51·52	셀 1·2	스티븐 킹
53·54	블랙 달리아 1·2	제임스 엘로이
55·56	데이 워치 (상) (하)	세르게이 루키야넨코
57	로즈메리의 아기	아이라 레빈
58	데릭 스트레인지 시리즈 1 살인자에게 정의는 없다	조지 펠레카노스
59	데릭 스트레인지 시리즈 2 지옥에서 온 심판자	조지 펠레카노스
60·61	무죄추정 1·2	스콧 터로
62	암보스 문도스	기리노 나쓰오
63	잔학기	기리노 나쓰오
64·65	아웃 1·2	기리노 나쓰오
66	그레이브 디거	다카노 가즈아키
67·68	리시 이야기 1·2	스티븐 킹
69	코로나도	데니스 루헤인
70·71·74	스탠드 1·2·3	스티븐 킹
75·77·78	4·5·6	
72	머더리스 브루클린	조나단 레덤
73	여탐정은 환영받지 못한다	P. D. 제임스
76	줄어드는 남자	리처드 매드슨
79	러시아 추리작가 10인 단편선	엘레나 아르세네바 외
80	블러드 더 라스트 뱀파이어	오시이 마모루
81·82·90·91	적색,청색,흑색,백색의 수수께끼	다카노 가즈아키 외
83	18호	조지 D. 슈먼
84	세계대전Z	맥스 브룩스
85	텐더니스	로버트 코마이어
86·87	듀마 키 1·2	스티븐 킹
88·89	얼티드 카본 1·2	리처드 모건
92·93	더스크 워치 1·2	세르게이 루키야넨코
94·95·96	21세기 서스펜스 컬렉션 1·2·3	에드 맥베인 엮음
97	무덤으로 향하다	로렌스 블록
98	천사의 나이프	아쿠마루 가쿠
99	6시간 후 너는 죽는다	다카노 가즈아키
100·101	스티븐 킹 단편집 모든 일은 결국 벌어진다 (상) (하)	스티븐 킹
102	엑사바이트	하토리 마스미
103	내 안의 살인마	짐 톰슨
104	반환	리 벤슨
105	하루하루가 세상의 종말	J. L. 본
106	부드러운 볼	기리노 나쓰오
107	메타볼라	기리노 나쓰오

한국편

번호	제목	저자
1	몸	김종일
2·3·4	팔란티어 1·2·3	김민영 (옥스터칼니스의 아이들 개정판)
5	이프	이종호
8	한국 공포 문학 단편선	이종호 외 9인
9	B컷	최혁곤
10	한국 공포 문학 단편선 2 - 두 번째 방문	이종호 외 8인
11	한국 추리 스릴러 단편선	최혁곤 외
12	한국 공포 문학 단편선 3 - 나의 식인 룸메이트	이종호 외
13	한국 추리 스릴러 단편선 2 - 두 명의 목격자	최혁곤 외
14	한국 공포 문학 단편선 4	이종호 외